HALLELUJABRÖDERNA

Jag sänder en vacker tanke till alla som hjälpte mig
föda fram **Hallelujabröderna**.
Med kärlek, test-, lektörs- och korrekturläsning,
har vi tillsammans skapat ett litet mirakel.
Fyll nu tanken med en dröm och släpp iväg den.
Drömmen är ett frö som när det tillåts börjar gro.

Förlag: BoD – Books on Demand, Stockholm, Sverige
Tryck: BoD – Books on Demand, Norderstedt, Tyskland
ISBN: 978-91-7699-713-0

1

Det verkade inte som om någon i Helgeryd var intresserad av att bli frälst. I alla fall inte av bröderna Karlsson.

Simon, den yngste av de tre bröderna, drog i sin svarta slips och petade in några kvarglömda blonda lockar under den kastanjbruna peruken. Han knackade på dörren ännu en gång och gick sedan nerför trappan för att ställa sig bredvid Harald och Emrik.

De stod utanför ett rött torp, det enda som i den här byn verkade vara bebott för det lyste från fönstren. Solen hade börjat klättra ner från himlen och lyste mellan de höga tallarna som en skinande diamant.

Simon slängde iväg en spottloska som fastnade som ljust slem mellan träplankorna på golvet.

"Fan, vi skulle ha klätt ut oss till poliser."

Harald lade handen för Simons mun.

"Men nu är vi mormoner."

Emrik stirrade på dörren och rätade till den svarta mustaschen vars lim luckrades upp av svetten på överläppen.

"Tänk om vi åker fast?"

Harald skakade på huvudet och suckade, men avbröt det med ett brett leende när dörren till torpet knarrande öppnades på vid gavel.

En kort, smal kvinna i sjuttioårsåldern stod framför dem. Hon bar en ljusblå, noppig morgonrock. Runt midjan hade hon knutit ett slitet tygbälte i samma färg. Fötterna hade hon stuckit in i något som såg ut som toviga lamm. Hennes ansikte hade slätats till av de lila papiljotterna i håret. Silvergrå hårlockar som ännu inte hade rullats in låg som ett band på hjässan.

Harald sträckte ut sin hand mot kvinnan.

"God dag i stugan. Kan vi komma in och berätta om Gud?"

I samma stund som bröderna log mot henne tändes hennes hår upp av skimret från fönstret i vardagsrummet bakom henne. Det var som om en gloria svävade över hennes huvud

och fick henne att för ett kort ögonblick se ut som en åldrande
ängel.

Emrik lyfte upp handen till munnen.

”Herre Jesus!”

Harald lade huvudet på sned och log.

”Ja, vi får inte glömma Jesus.”

Kvinnan klappade Haralds hand.

”Och jag är Vilja.”

Harald satt insjunken i den laxrosa plyschsoffan. Hans fingrar
hade vitnat om knogarna och stelnat i sitt grepp om portföljen.
Emrik satt i en fåtölj mittemot och höll Bibeln tätt intryckt mot
bröstkorgen, medan Simon vickade med fötterna där han satt
uppflugen på soffarmstödet och blåste ut en tuggummibubbla.
Det blåa golvuret tickade när sekundvisaren rörde sig och
skrällde till mot urglaset.

Det var inte så här Harald hade tänkt det skulle bli. De
behövde pengar för att starta ett nytt hederligt liv, men bara
samvetslösa idioter skulle kunna råna den här damen. Vilja såg
snäll och bräcklig ut där hon satt på gungstolen med den grå
yllesjalen virad om sina axlar.

Ur morgonrockens ficka plockade hon upp ett par glasögon.

“Så ni är mormoner?”

Harald nickade till svar. Tuggan han tagit av det torra kexet
limmade sig fast i gommen. Simon ställde ner fötterna på golvet
och log mot Vilja.

“Halleluja och amen.”

Hon tryckte in sina glasögon till näsroten, såg på Simon och
Emrik och fixerade sedan Harald med blicken.

“Ni är alltså från Jesu Kristi Kyrka av Sista Dagars Heliga?”

Simon svarade henne.

“Nej, vi är från mormonerna.”

Harald sträckte gäspande ut sina händer, drog ner dem bakom
ryggen och gav Simon ett diskret nyp i bakdelen. Simon vände
sig om mot Harald och plutade med munnen. Harald harklade

sig och gjorde en ansats att ta sig upp ur soffan, men halkade ner när han inte fick ett grepp med handen om armstödet.

"Förlåt min bror. I vår kyrka ryms alla människor, oavsett intelligensnivå, så länge man tror på vår Gud. Om du vill, kan jag ta fram Bibeln och visa de citat vi särskilt tror på."

Harald knäppte med fingrarna och Emrik räckte över Bibeln han hade hållit i sin famn. De hade varit överens om att Harald på måfå skulle peka ut flera citat och läsa upp dem. Sedan skulle han vända och vrida på orden i texterna, komma med argument och motargument tills ingen kom ihåg vad han hade sagt och menat. Det var ingen risk att de åkte fast som falska profeter. I Sverige gick det tusen invånare på en mormon och Helgeryd med sina cirka femtio invånare hade nog inte träffat på något så sällsynt.

Vilja reste sig upp ur gungstolen.

"Ni ser ut att frysa. Ett glas whisky?"

Emriks ansikte sprack upp i ett leende.

"Ja tack, tant."

Vilja gick ut i köket där de hörde henne öppna och stänga ett skåp. Glas klirrade mot varandra när de ställdes på en bricka.

Harald tog sats med fötterna och svingade sig upp från soffan. Han kunde svära på att den inte hade någon som helst fjädring. Soffkuddens tunna skumgummi hade inte bjudit på motstånd när något under soffan, förmodligen en trasmatta, hade stämplat ränder på hans rumpa. Han lutade sig fram mot Emrik.

"Är du dum i huvudet? Mormoner dricker inte sprit."

Emrik ryckte på axlarna och bet sig i underläppen.

"Jag hoppas hon inte vet om det."

Simon ställde sig upp, gick ut till hallen där han spejade bort mot köket. Harald drog honom i skjortärmen, men Simon drog sig loss.

"Vi skulle reka, sa vi inte det? Hon kommer inte att se mig smyga bakom henne."

Harald satte sig i soffan som svarade med ett gnissel. Den vita virkade duken på armstödet skavde som hålkort mot Haralds armbåge och han puttade försiktigt bort dem. Sång kom från köket och han riktade uppmärksamheten dit. Vilja sjöng. Harald och Emrik tittade på varandra och viskande sjöng de efter henne.

”I min Herre har jag allt. Han har öppnat för mig en väg.”

Harald skakade på huvudet och Emrik sträckte på sina ben samtidigt som han lutade huvudet mot soffryggen.

Vilja hade nu slutat sjunga och hennes röst hade förvandlats till en gäll stämma.

“Vad gör du?”

Simon avbröt henne.

“Jag tänkte hjälpa dig lyfta brickan. Om du inte vill dansa förstås. Det är inte varje dag du får dansa med en snygg och ung man som mig. Du kan få känna på mina muskler om du vill.”

“Nej tack.”

“Kom igen. Jag ska inte skvallra.”

Harald tog sats och svingade sig upp ur soffan. Emrik tittade på Harald och reste sig snabbt upp. De rusade bort mot köksingången där de såg Simon ta ett tag om Viljas midja. Han drog henne mot sig och snurrade runt henne. Vilja skrek högt och fäktade med sina armar.

Vilja gjorde ett nytt försök att trycka sig bort från Simon som hade lutat sitt huvud mot hennes papiljotter. Dansen tog dem till köksbordet. Hon fick tag på en tidning som hon daskade på Simons huvud. Simon släppte taget om Vilja som fortsatte rotera bort till kylskåpet där hon slog ryggen mot dörrhandtaget. Simon rätade till sin peruk som hade halkat ner mot nacken.

“Akta mitt hår. Vet du hur länge jag har fått greja med det?”

På en pinnstol stod en öppnad sportbag. Harald och Emrik glodde ner på sedlarna som stack ut ur den. Massor av sedlar. Emrik gav till ett tjut och Harald knuffade honom snabbt åt sidan och drog igen blixtlåset innan han lyfte upp sportbagen. Simon som också hade fått syn på väskan sprang bort till den.

“Jävlar.”

Vilja backade mot sovrummet samtidigt som hon jämrande tog sig för bröstet. Hon landade på sängen där överkastet tog emot henne. Simon gick fram till henne och lade huvudet på hennes bröstkorg. Han satte sig på sängen och klappade hennes ansikte innan han vände sig om mot bröderna.

"Jag tror hon dog."

Emrik störtade bort till köksfönstret, det som vette mot verandan och tryckte näsan mot fönsterrutan. Han sprang bort till det andra köksfönstret där han såg ut över trädgården. Han vände sig mot bröderna med armarna i kors och gungade fram och tillbaka.

"Nu är det klippt."

Simon reste sig upp från sängen.

"Jag rörde henne inte, jag lovar."

Harald tog på sig skorna han ställt i hallen och öppnade ytterdörren.

"Det spelar ingen roll. Vi måste härifrån."

När de hade börjat sin dörrknackarturné tidigare under dagen hade det varit vackert aprilväder. Mörka moln hade visserligen lurat lite längre bort, men solen hade sett lovande ut. Det var som om den kunde blåsa bort molnen. Bröderna sprang nu planlöst i den täta skogen medan hällregnet silade ner mellan grantopparna och erbjöd dem en ofrivillig dusch. Allt som kunde binda dem till brott skulle dumpas, utom sportbagen som var deras nyckel till frihet. Harald höll ett fast grepp om sportbagen, medan han hoppade över trädrötter och klev över stenar. Emrik höll Bibeln i famnen och fäktade med den andra handen bort grangrenar som med hög fart kom svingande mot honom.

Harald som hade hunnit ikapp Emrik slet loss Bibeln ur hans famn och kastade den bakom sig, drog sedan bort Emriks svarta peruk som dinglande fastnade i en gren. Det stack till i överläppen när Harald drog bort sin limmade mustasch och trampade ner den i mossan med sina skinnskor.

"Du rör fan inte mitt hår."

Simon svor åt Harald, men det hjälpte inte för hans hår flög i väg i samma sekund som Harald sjönk ner med sin sko i något blött och kallt. Han drog upp skon, skakade av vattnet och fortsatte löpa.

Bröderna befann sig någonstans i Småland. Närmare än så kunde de inte precisera sina sugande klafsanden över de fuktiga mossarna och kärren. Om inte ödet bestämde något annat åt dem skulle de inom en överskådlig framtid hamna i finkan, precis som pappa Sickan som mellan korta stunder av frihet bytte boende mellan anstalterna Skogome och Högsbo. Hans söner med nystartade brottskarriärer hade redan förtjänat frihetsberövande och medlemskap i de randiga pyjamasarnas sällskap.

Hårt underlag under fötterna signalerade att de hade kommit till en väg. Det var en smal skogsväg med M-skyltar som markerade var bilar i teorin kunde mötas.

Simon stannade, böjde sig flåsande framåt och slog händerna på knäna.

”Tror ni kärringen är död?”

Harald tittade bakom sig och mötte solen som sänkte sig ner mot grantopparna. Vid det här laget borde strålkastarljusen från polisbilar lysa upp grusvägen och följas upp av ficklampors skuttande bländande sken mellan träden och skällande schäferhundar som guppade upp och ner i mossan. Han riktade blicken framåt och såg att han hade halkat efter Emrik och Simon. De yngre brödernas uppknäppta kavajer fladdrade i vinden när de sprang. Haralds otränade fötter pulserade av smärta. Om han hade vetat att de skulle springa ifrån sitt första rån, kanske ett mord han helst ville glömma, borde de ha behållit tennisskorna på. Harald sprang i kapp Simon och Emrik.

”Simon, det var du som kollade om hon levde.”

Vad hade kvinnan tänkt på? Hon borde ha varit försiktigare. Vem fyllde en sportbag med sedlar, när tjuvar som de bara kunde gå in och ta dem? Det skulle inte vara deras fel om hon dog, resonerade Harald. De var simpla tjuvar men definitivt inga mördare.

En kyrka dök upp i nästa vägkurva. Ett regnskydd i större format kom väl till pass. De gick fram till porten. Harald vred om portnyckeln och tryckte upp den högra dörrhalvan. Emrik följde efter och Simon stängde snabbt dörren om dem.

De sjönk ner på stengolvet och under tystnad väntade de på att deras hjärtan skulle sluta banka innanför de blöta skjortorna. De hade hittat hem, i alla fall för natten.

Emrik blundade och lade armarna i kors.

”Gud kommer att straffa oss.”

Harald reste sig upp och skrapade på skårorna i golvet, där stenblocken möttes.

”Var inte orolig. Han finns troligtvis inte och finns han bryr han sig inte.”

Simon gick bort till den sista bänkraden och lade sig raklång på träbänken.

”Fan, vad jag är lycklig. Jag är med mina bröder. Pappa skulle vara så stolt om han såg oss.”

Harald kastade en psalmbok på Simon.

”Håll käften!”

Psalmboken öppnade sig på psalm 248, *Tryggare kan ingen vara än Guds lilla barnaskara.*

Emrik gick fram och lade sig vid koret där han tog av sig kostymen. Han lade den över sig som filt och kurade ihop sig under den.

”För säkerhets skull, medan vi är i Guds hus, tycker jag att vi låter bli att svära.”

”Halleluja!”

Simons replik ekade mellan kyrkväggarna.

2

En vecka innan rånet låg bröderna på varsin madrass på golvet i Haralds och Emriks tvåa. Det var allt de hade i möbelväg. De möbler de inte hade sålt låg i Peabs container på gården, vars lås Harald hade fått upp med en bultsax han hade hittat i samma byggfirmas bil. Om några dagar skulle lägenhetsnyckeln lämnas till hyresvärden. Sedan skulle de inte ha någonstans att ta vägen. Det var det som var planen.

Simon slickade på chipspåsens innerfolie för att ta tillvara det som fanns i matväg i lägenheten. När han var färdig, reste han sig upp, skrynklade ihop påsen och kastade den på golvet. Han sneglade ner på mobiltelefonen han höll i handen.

"Erikshjälpen har öppnat nu."

Harald plockade upp chipspåsen och stirrade på Simon.

"Du behöver inte vara med om du inte vill. Är du säker på att du inte vill åka hem till Mona och Gurkan?"

"Tror du jag vill missa det här?"

Simons ansikte flammade upp som om han hade skållat sig på hett vatten.

"Du vet att jag inte kan. Tanja kommer säga att det var mitt fel. Jag skulle ha sagt åt henne att sluta."

Harald borde vara tacksam att Simons fosterföräldrar hade tagit hand om Simon, men Tanja skulle inte ha rört honom. Simon hade visat hennes Facebook-profil. Snygg, men alldeles för gammal för lillebror. Kunde han inte hitta en jämnårig, med tanke på vad som hände honom som barn? Harald tänkte inte färdigt tanken, utan lät den bero. Inget gott kom utav att minnas något han inte kunde förändra.

Mona och Gurkan hade utan att ställa några följdfrågor tagit hand om Simon och öppnat sitt hem för honom. Eftersom det var Goran Gurkan, stans snällaste grönsakshandlare hade Sickan gått med på det. Det hade varit bäst så, nu när Sprit-Kalle var pappa Sickans bästa polare.

Det var så många frågor som hade väckts i Harald när Simon stod vid dörren efter tretton års frånvaro. Han hade sett ut att må bra och det fick räcka för nu.

Emrik satte sig upp i skräddarställning och lutade sig mot den gula tapeten. Blommorna i den hade sjunkit in i pappret och vissnat av det skoningslösa solskenet som lyste genom de gardinlösa fönstren.

"Det är inte Haralds fel att vi inte kan stanna kvar. Om han hade fått pengar från Försäkringskassan eller inte förlorat jobbet behövde vi inte göra det här."

Harald ställde sig upp och drog loss dammtussar som hade fastnat på byxorna. Han vred på handleden och tittade ner på armbandsuret.

"Det är bäst vi skyndar oss. En ny leverans kommer på morgonen och de kommer att vara upptagna med att lasta."

Simon stod i hallen och drog på sig sin röda vinterjacka. Den hade kostat mer än deras månadshyra på lägenheten.

"Om vi nu ska stjäla kläder, kan vi inte dra in till stan? Dressman har det vi behöver."

Det var just det. Det kunde knappast räknas som stöld att ta saker som Erikshjälpen fått till skänks.

Harald öppnade hissdörren och klev in. Simon och Emrik knuffade varandra. Vem av dem skulle gå in efter storebror? Det var som om de aldrig hade gjort något annat än att tävla om storebrors uppmärksamhet.

Simon hade varit fem år när han lämnade dem. I januari hade han stått vid deras dörr för att uppfylla sitt nyårslöfte, att återförenas med sin riktiga familj.

Det gick ingen nöd på Simon resonerade Harald. Arton år var han och han hade inte en enda gång sedan återföreningen påmint dem om vad de hade gjort med honom. Det hade varit för hans eget bästa, att bli inlåst i garderoben när de gick till skolan. Mamma skulle bli frisk snart och ingen behövde få veta. Simon fick ju det han behövde; en ficklampa, en lånebok, ett äpple och ett smörat knäckebröd. Det enda de krävde av honom var att han var knäpptyst.

Simon plockade upp sin mobiltelefon ur fickan och knäppte ett kort på dem när de klev ur hissen. Han visade dem det nytagna fotot. Simon var så lik sin far på kortet, med sin oskyldiga sol-och-vårblick, ett optimistiskt öppet ansikte som gränsade till galenskap. Finlemmad och lång var han också, med blonda lockar som ramade in det unga maskulina ansiktet där fjunen på sina håll ersatts av grövre strån. Harald och Emrik däremot hade ärvt sina drag från en okänd ful släkting. De hade samma råttfärgade hår som yrde som gråbruna dammtussar över hjässan med sin egen koreograferade dans. Där försvann likheterna för övrigt. Harald var lång och tunn och 31 år, Emrik kort och korpulent och barnsligare än sina 25 år. Det bästa hos Harald var hans närsynthet och brytningsfel för de svartbågade glasögonen som han haft sedan femtonårsåldern gav honom ett lärt utseende, speciellt när han kisade. Ett sådant utseende antydde att han mer än väl kunde ha gått klart gymnasiet, men vem skulle ha tagit hand om Emrik då?

De gick över gården. Simon pekade på allt som fångade hans intresse. Medelklasslivet i radhuset hade satt skygglappar på honom. På Lextorp förföll allt. Hänförd tittade han på de trasiga gungorna. Kedjor hade lossnat och slokade mot sanden. De enstaka däck som ännu hängde från ställningen var sönderskurna. I sandlådan skrapade en katt på snöskorpan som lagt sig som ett lock för hans utomhuskisslåda.

Harald tittade på Simon som gick bredvid honom. Simon såg fortfarande det som de planerade att göra som ett äventyr, att de skulle gå i pappas fotspår. Gurkan hade berättat om Sickan och utsett honom till någon slags arbetarklasshjälte, även om han aldrig haft ett riktigt jobb. En modern Robin Hood. I själva verket stal Sickan från vem som helst och stoppade pengarna i sin egen plånbok. Simon fick tro vad han ville. De skulle ha en rånturné och sedan skulle de ha tillräckligt med pengar för att bli hederliga igen. Vad hade de för val? Ryggskottet hade satt stopp för vaktmästarvikariatet på högskolan, men så fan heller att han skulle få kronofogden på sig för att Försäkringskassan vägrade betala sjukpenning innan de fick in de rätta pappren från läkaren.

Simon var den som hade kläckt idén att råna pensionärer. De hade en medfödd misstänksamhet mot banker och de hade alltid pengar hemma. När de saknade sina pengar skulle bröderna vara långt borta. Ingen skulle misstänka dem. Men hur skulle de komma in? De måste ha ett ärende i husen. Att klä ut sig till rörmokare eller elektriker var ingen idé. De kom först när man ringde dem. Tidningsförsäljare hade inte heller anledning att gå in. Det var Harald som till slut kom på det. Religiösa dörrknackare kom alltid i tid och otid. Den enda agenda de löd under var den himmelska, att frälsa så många själar de bara kunde.

Haralds erfarenhet som elev i söndagsskolan skulle dessutom komma väl till pass. Nu fick han nytta av de oändligt långt lektionerna som salig mor hade tvingat honom besöka.

Mormoner kom in var som helst. Hade man sett en mormon hade man sett alla och förmodligen en för mycket. Vem kunde urskilja en kostymnisse från en annan? De skulle praktiskt taget vara osynliga och anonymt slinka in och ut i de småländska skogarna. Det skulle räcka att det Harald förkunnade lät rätt och vagt påminde om något pensionärerna hade läst i Bibeln. Med himmelssmicker, löfte om frälsning och vip-biljetter för att komma in i Himlen, skulle de ha foten innanför tröskeln.

Harald visste vart han ville återvända till. Till Helgeryd och hans bästa barndomsminne. Mamma och de tre bröderna hade tagit bussen till den lilla byn där torpen låg utspridda som röda legobitar i skogen. De hade hyrt en stuga och vaknat och somnat till fågelkvitter och varm rinnig kåda som spred en doft som fick Harald att tänka på frid. Vägen som var så krokig att en full kunde gå rak på den.

När bröderna väl blev insläppta skulle de turas om att gå på toaletten, gå igenom rum efter rum och leta efter sedelgömmorna. Emrik skulle bara se till att hålla käft, låta bli att nervössvettas och sitta i soffan med händerna under rumpan och se ut som om han uppnått nirvana. Simon skulle le sitt änglaleende och charma gråhårspatrullen. Harald skulle nämna populära bibelcitat som tanterna skulle le igenkännande åt och för sent skulle gamlingarna upptäcka att bröderna hade haspat upp flera fönster. På natten skulle de återvända och bända upp fönstren med skruvmejsel. Bröderna skulle snabbt plocka åt sig pengarna och sedan hitta ett nytt ställe att bo på.

Dörren till Erikshjälpen plingade. Fan! Harald såg sig om. Han hade inte räknat med att en dörrklocka skulle annonsera deras ankomst. Morgonsolen sken in genom de dammiga fönstren. Trots att lokalen hade proppats med hyllmeter av porslin, böcker, fyndlådor och trasmattor som hängde på väggarna, gick det inte att dölja verkstadslokalen och de gamla oljefläckarna på golvet.

Klockan var bara halv elva. Alla visste att de nya varorna plockades upp senare under dagen. Det var då man kunde göra de verkliga fynden.

Simon stampade med foten för att bli av med snöslasket på skorna och steg in.

”Jag kan svära på att det är kallare här än i Vargön.”

Emrik lyfte upp fingret till munnen och hyschade.

”Kan vi snälla skynda oss. Jag gillar inte det här.”

Simon sprang omkring i lokalen, sicksackade mellan klädställningarna och dök ner i en låda som var fylld med herrhattar. Han lyfte upp en av hattarna, en svart cylinderhatt och balanserade den på huvudet. Harald ryckte den från honom och kastade tillbaka den i lådan.

”Kavaj, byxor, skor, skjorta och slips, det är allt vi behöver.”

Simon höll i en tallrik med kokosdrömmar som han hade lyft upp från cafeterian längre bort i lokalen. Han tog en tugga av en kaka och lade tillbaka den på tallriken.

”Och skärp.”

Harald suckade och gick bort till klädkarusellen där han såg svarta kavajer som passade för ändamålet. Tre likadana kavajer i tre olika storlekar. Det var som om de hade väntat på dem. Han lyfte dem ur galgarna och gick bort till bordet där byxor låg travade efter storlek. Emrik hade redan valt ut en åt sig själv och stod i omklädningshytten och bytte om. Harald drog isär gardinen och gav honom kavajen. Emrik fingrade på byxblixtlåset som hade hakat upp sig.

"Tror du mamma skulle ha haft något emot det här?"

Harald nickade. Mamma skulle ha haft mycket emot att de rånade. Om det inte hade varit för att hon var superkristen skulle hon ha lämnat Sickan för länge sedan. Det var när hon ännu hade haft den möjligheten. Hon hade försökt frälsa Sickan och barnen ända in i det sista. På slutet när bara droppet hade hållit henne vid liv hade hon pratat om skärselden och helvetet, som om det skulle ha fått barnen och mannen att vända sig till Gud. Om denne Gud inte ens kunde rädda henne var han inget att ha.

Kvinnan som stod i kassan skrek åt Simon.

"Hade du tänkt betala för de där kakorna?"

"Nej!"

Simon sprang förbi bröderna, vinkade när han backade ut genom dörren. Kvinnan sprang bort till dörren och hytte åt Simon som hade försvunnit in i skogen.

Emrik steg ut ur omklädningshytten med sina jeans i famnen och följde efter Harald som tecknade åt honom att gå ut genom personalingången han öppnat på vid gavel. Harald lastade en hög med kläder i Emriks famn, som gick i kulörerna svart och vitt och de stegade sedan ut i snöslasket som trängde sig igenom Haralds nötta tennisskor.

Simon sprang ifatt dem på cykelvägen. Ingen kunde ana att de snart skulle till att råna en gammal tant. De såg ut som tre bröder som skulle byta om till begravningskläder.

Simon bar på en papperskartong. Han lyfte upp en svart peruk.

"Helt perfekta! Jag lånade tre par skor också."
Harald tittade rakt framför sig och bet ihop käkarna.
"Gör aldrig om det. Vi kunde ha åkt fast."

3

Eftertankens kranka blekhet sken blygsamt in genom de blyinfattade fönstren och lyste upp Gud i all sin härlighet samt ner på Simon och hans nakenhet. Under natten hade Simon blivit varm i sina mormonkläder och kastat ner plaggen på golvet under kyrkbänken och sedan lagt sig att sova spritt språngande naken. Emrik rörde sig rastlöst i sömnen ihoprullad vid altaret med kavajen som kudde, medan Harald öppnade upp sina ögon för vårsolens ohämmade blickar där han låg på sin bänkrad.

"Herregud", var det första Harald yttrade, ett passande uttryck att tilltala den allsmäktige på morgonen efter ett pengarån. Han ställde sig vid informationstavlan vid ingången för att stretcha sina muskler. De var stela och värkte av gårdagens ofrivilliga språngmarsch. Han lutade sig över tavlan och läste. Enligt den hade Helgeryd haft 56 invånare 1999, 78 när kyrkan byggdes 1876. Ovanför brandsläckaren stod det att max 200 besökare fick vistas i lokalen samtidigt. Helgeryds invånare fick plats flera gånger om. Förmodligen hade kyrkan aldrig fyllts till sista bänkrad. Ett gulnat tidningsurklipp som hade fästs med ett häftstift fladdrade. Harald lade pekfingret på den och läste. Helgeryds kyrka hade av misstag byggts upp i fel skala. Harald log. Gud och hans anställda var inte ofelbara.

Simon sträckte på sig och gick bort till mittgången där han ställde sig och hoppade upp och ner. Händerna lyftes upp till en solhälsning.

"Du behöver inte kalla mig Gud. De flesta kallar mig Simon. Eller hingsten."

"Herregud!"

Ett kvävt rop hördes från Emrik som hade vaknat och fått syn på den nakna Simon.

De hade hamnat i en rejäl soppa insåg Harald, kanske inte den värsta de hamnat i, men inte långt därifrån. Simon verkade ta det med ro. Det var som när han fem år gammal frågade om det var dags för tysta leken. Harald och Emrik hade tryckt in honom i garderoben där han satt tills de kom hem från skolan. Pappa Sickan fick absolut inte vakna, för då skulle han ringa efter Sprit-Kalle och be honom komma med en 5-litare. Simon hade varit en van garderobssittare när soc-tanten och Gurkan kom och hämtade honom. Emrik och Harald hade stått kvar på gården och sett Simon glatt vinka till dem från bilens bakruta när Gurkan körde iväg. Det enda han hade fått med sig var den enögda nallen och extra kalsonger som Harald hade tryckt ner i en plastpåse.

Harald beordrade Simon att klä på sig. Det var dags att räkna pengarna. Emrik ställde sig vid kyrkdörren där han blockerade ingången.

Sedlarna hade vällt ut så fort han öppnade blixtlåset till sportbagen. Jävla kärring! Harald gnuggade tinningarna för att kunna tänka. Om hon inte haft så mycket pengar skulle hon ha levt nu. De skulle på sin höjd ha snott med sig några sedlar. Vem fan klämde ner alla sina besparingar i en väska? Hade hon väntat på att bli rånad? Absurd tanke. Å andra sidan hade mamma alltid sagt att Herrens vägar var outgrundliga. Det var som om mamma stod framför honom och log med hela kroppen, på ett sätt som gjorde Harald varm inombords. Han tittade upp på Simon och Emrik som förväntansfullt tittade ner i sportbagen.

"Jag tycker vi stannar här en natt till."

Simon lutade sig över sedlarna som hade staplats som små tegelblock med gummiband om varje tiotusen.

"Hur mycket fick vi?"

Emrik bet på en nagel, det lilla som fanns kvar på det såriga och knubbiga lillfingret.

"Om vi går till polisen och erkänner, kortar de ner vårt straff. Vi dödade henne egentligen inte. Gamla människor dör hela tiden, eller hur?"

Simon skrattade högt och gick fram till Emrik.

"Har du alltid varit så feg?"

Han tryckte upp sitt pekfinger mot Emriks kind.

"Tjallar du, kan jag få dig att försvinna spårlöst."
Emrik backade och satte sig på kyrkorgelns bänk.
"Jag skojade, men du vet att jag kan."
Harald lyfte upp händerna och stampade med fötterna på golvet, allt för att stjäla deras uppmärksamhet.
"450 580 kronor. Jag har kontrollräknat tre gånger."
Simon sträckte ut sin hand.
"Vi splittar på tre."
Harald knuffade bort hans hand och gav honom en ilsken blick. Simon var alldeles för ung för att veta vad som var bäst för honom. Pengarna skulle räcka till en kontantinsats på en bostadsrätt. Simon måste gå färdigt gymnasiet och Emrik kunde kanske läsa vidare på högskola. När bröderna hade sitt på det torra och inte behövde honom mer kunde kanske han själv börja läsa in gymnasiet.
Simon sträckte ut sin hand igen.
"Jag har rätt till min andel."
Harald gav ifrån sig en ljudlig suck.
"Du har inte rätt till något. Det är inte våra pengar utan tantens. Du måste lära dig att skilja på vad som är ditt och vad som är andras pengar."
Simon visade sitt missnöje genom att grimasera. Utan ett ord gick han och satte sig på bänken han hade sovit på, lyfte upp sin skrynkliga vita skjorta och började frånvarande knäppa skjortan.
Emrik satt vid orgeln och läste högt ur en kvarglömd broschyr. Nästa gudstjänst skulle hållas om tre veckor. Fyra kyrkor delade på prästen Lennart Ödeskog.
Harald ställde sig bredvid Emrik.
"Jag har tänkt. Vi kan inte ha pengarna i lägenheten. Jag tycker vi öppnar ett sparkonto."
Emrik lyfte upp sitt huvud från broschyren.
"Kommer inte banken undra varför vi har så mycket kontanter?"

Haralds ansikte blev vitt när blodet försvann ur det. Fan, det där visste han ju. Summor över tiotusen måste redovisas. Banken skulle bli mycket frågvis.

Simon lutade sig bak mot bänken och lade armarna i kors.

"Du är inte så smart som du tror."

Emrik lade tillbaka broschyren på orgeln. Han gned händerna mot lårets byxtyg.

"Jag tycker vi frågar pappa. Vad skulle han ha gjort? Var tror du han sitter inne nuförtiden?"

Simon klappade förtjust händerna.

"Jag ser fram emot att träffa mästarsnillet. Gurkan har berättat så mycket om honom. Jag tror han är lite avis på honom."

Emrik och Harald vände sig mot Simon. Det var så mycket de inte visste om hans liv. I början hade de varit och hälsat på honom när Gurkan hämtade dem, men det hade blivit en konstig stämning varje gång. Simon hade frågat efter mamma. Det var som om han hela tiden behövde få bekräftelse att hon inte längre fanns och grät sedan tröstlöst när han upptäckte att det inte hade varit en dröm.

"Gurkan ville att jag skulle kalla honom pappa, men jag har ju redan en."

Harald log när han mindes hur han hade försökt knycka gurkor av Gurkan där han satt på torget från våren till hösten och sålde sina grönsaker. Simon fortsatte.

"Mona och Gurkan är så trista, inte alls som pappa. Samma saker varje dag. Bädda sängen klockan sju, äta frukost halv åtta.

Harald hade mer än gärna bytt ut sitt liv mot Simons. Han skulle gladeligen ha ätit frukost samma tidpunkt varje dag. Det betydde att det fanns mat i hemmet. Trist var mycket bättre än det liv Emrik och Harald hade haft.

Harald harklade sig högt och bröderna tittade uppmärksamt på honom. Deras plan hade inte varit så genomtänkt konstaterade han torrt. De kunde inte ha pengarna i en kappsäck på golvet och ta en näve varje gång de skulle betala sina räkningar. Förr eller senare skulle någon bli misstänksam. Skattmasen och polisen skulle sniffa sig fram till dem. Emriks käft skulle glappa i hopp om straffreduktion. Nej, det skulle inte sluta så. Harald var storebror och därför var det hans uppgift att ordna upp det, speciellt som han kände ett visst ansvar för dem. Det hade inte gått så bra förra gången han hade tagit hand om Simon och nu skulle han ställa allt till rätta.

"Det måste finnas något annat sätt att tvätta pengarna på.".

Simon gäspade stort.

"Jag är hungrig."

Ingen kunde tänka klokt på tom mage.

De måste gömma pengarna, för de kunde inte gå med sportbagen mellan sig. Harald visste det rätta gömstället. Kyrkor var hans andra hem. Hur många gudstjänster hade han inte suttit bredvid mamma. En sysslolös pojke med rastlösa ben och fingrar gick igenom alla skrymslen och vrår medan han kröp mellan bänkraderna. Han lutade sig ner och knackade på stengolvet. När en av dem svarade med ihåligt ljud drog han loss sitt skärp, spände den runt stenblocket och tillsammans hjälpte bröderna till att lyfta upp det.

De tittade ner på hålet i golvet. Harald tog ut en näve kontanter ur bagen, stoppade dem i fickan och slängde ner väskan som landade med en dov duns.

Simon pekade ner i hålet.

"Vad är det där?"

Harald ryckte på axlarna. Han hade läst texten på stenen, men inte brytt sig. Det var ingen han kände.

"Vem bryr sig. En begravningsplats till en präst eller en framstående person. Han lär inte knycka pengarna."

Emrik tyckte inte det var snällt av dem att ofreda en präst i den sista vilan. De tittade ner på högen eller det som var kvar av honom. Han hade uppenbarligen vilat färdigt.

De tre bröderna stod vid kyrkdörren och vände ut och in på kavajerna. Ytterligare en förklädnad. De skulle se fåniga ut när de promenerade utmed landsvägen med svarta kavajer, som tre banktjänstemän som förirrat sig i skogen. Det röda paisleymönstrade innertyget fick dem att se ut som ett dansband. Och de måste ha en ny story, en som inte band dem till rånet. Deras turnébuss hade pajat mitt i den småländska myllan och där hade de funnit Gud som sänkte sig som en sol mellan trädtopparna. Emrik stöttade sig mot en kollekthåv och tittade upp på Jesus på korset som fromt såg ner på dem.

”Hur tror ni vi får straffet i helvetet?”

Harald tittade på Emrik vars ögon lyste av oro. Mamma hade skrämt honom med helvetet. Om de följde i pappas spår skulle de brinna som evighetslågor. Som om Himlen var så mycket bättre. Det hade inte hjälpt att mamma konstant bad till Gud, för sin man och sina söner. Om hon hade hamnat i onåd hos Gud och hade fått lämna sina barn, var det kört för dem. Fast Harald var inte säker på att helvetet fanns på riktigt. Han kunde ändå föreställa sig dem bli satta på spets och roteras över glödande kol eller fylla upp vakanserna som Satans kolskyfflare, där de kunde få avlösa Hitler från hans skift. Emrik hade under alla år försökt vara snäll, men lyckades ändå bryta mot flera av budorden som varit heliga för mamma. Det konstanta balanserandet på slak lina som spänts upp mellan rätt och fel hade gett honom kronisk magkatarr som han bedövade med chips och kakor.

Emrik höll i kollekthåven och vände tyget ut och in. Harald kom att tänka på trollkarlars cylinderhattar. En fallucka som fälldes upp med en hemlig spärr där kaninen kom igenom. Emrik smekte tyget och löpte med fingret utmed ringen.

"Jag undrar vad kyrkan gör med pengarna som de samlat in? Tar de dem till banken?”

Haralds hjärta hoppade över ett slag, drogs ihop och började slå hårdare. En tillsynes omöjlig uppgift hade vecklat ut sig som världens enklaste sak.

"Bröder, jag har lösningen. Vi startar en sekt. Jag menar trossamfund. Halleluja!”

Brottslingar fann Gud hela tiden, i alla fall när de var inlåsta. De hade hittat till Gud utan frihetsberövande. Hans idé var briljant. De skulle göra en tväromvändning.

"Vi stoppar pengarna i kollekten. Ingen kommer att fråga varifrån pengarna kommer. Har ni någonsin sett en kyrkobesökare få ett kvitto för sin givmilda insats? Det är anonyma gåvor. När pengarna är i kollekten är det sektens pengar."

Bröderna Karlsson tittade misstänksamt på vägen. Den slingrade sig fridfullt och slank in mellan tallar och granar, där den försvann för att dyka upp igen längre bort. Igår kväll hade den varit lömsk och trolsk där vargar skapade av en skenande fantasi hade ylat i bakgrunden. Nu kvittrade vårfåglarna när de skickade meddelanden om att de var parningsmogna. Hundar kommunicerade mellan gårdarna. Skallen ekade mellan träden, dallrade till innan de avtog för att återupptas av en annan hunds ylande.

Solen värmde försiktigt upp omgivningen. Kavajerna som de vänt ut och in lyste som röda tulpaner i barrskogen. Harald tittade upp, på träden som slöt sig tätt om varandra, när de inte avbröts av den sicksackande vägen. Emrik stod bredvid honom och tittade dystert ner på sina skor och muttrade högt om polisen och djävulen och på vad som skulle hända honom i det här livet, i döden och i efterlivet. Snart skulle det vara slut på hans oro. Det skulle Harald se till.

Idag verkade vara en bra dag att starta en sekt på. Åt vilket håll skulle de gå? Harald ställde sig en bit bort från kyrkan och blundade. Kroppen skulle minnas, ta dem tillbaka i tiden, till mörkret och kylan som hade förvandlat deras svett till kladdig ångest. Han öppnade ögonen och pekade på vägen.

"Vi ska dit."

Simon och Emrik stod på vägen och väntade in honom. De pekade på en skylt bredvid en busskur av trä. Det stod *Lanthandel 2 km* på den.

Simon gick framför sina bröder med händerna i fickorna och visslade. Emrik försökte hålla jämn takt med Harald som stirrade på vägen. Han snabbade på stegen och lade handen på Haralds axel.

"Tror du hon är död? Jag vill inte sitta inne på livstid. Vem vet hur världen ser ut när vi kommer ut igen."

Harald stannade och klappade Emrik på kinden.

"Var inte orolig. Ingen såg oss. De skulle ändå inte känna igen oss utan perukerna och mustascherna. De såg tre mormoner. Inget annat."

De stod på den tomma parkeringsplatsen framför Ica Helgeryd. Två vita träbaracker hade placerats bredvid varandra till en L-form. Hjulen under bodarna fanns kvar. Som sorgliga rester lutade hjulen sig bort från bodens träplankor vars vita färg flagnade och låg pulvriserade runt affären som om de markerade en brottsplats. Solblekta affischer hade tryckts fast med häftklamrar på väggarna och lovade tre tomatburkar till priset av två och extrapris på persikor i korg.

Kobjällran på dörren gav ifrån sig ett metalliskt ljud när Simon öppnade dörren. En man iförd en röd väst, broderad med namnet ICA-Ralf på, stegade fram till dem. Han hade suttit vid det som skulle föreställa kassadisken, ett avlångt köksbord med en kassaapparat. Han tryckte in sin hand i Haralds.

"Aha, willkommen. Wollen sie hyren en av mina stugor?"

Harald släppte hans hand.

"Jag hade nog först tänkt mig mat."

Mannen log och visade tänderna som glittrade av guldfyllningar. En diamant glimrade från en hörntand och ett runt guldörhänge glänste från den högra örsnibben.

"Var kommer ni från?"

Simon pekade på dörren.

"Utifrån."

Harald lade handen på Simons bröstkorg och vände sig mot Ralf.

"Ursäkta min mindre begåvade kollega. Vi hoppade av dansbandsbussen. Vi behöver någonstans att sova, duscha och laga mat. Skulle du kunna vara vänlig och visa oss till närmaste hotell?"

Ralf log mot Harald. Hans tänder blänkte till i skenet av den stålgrå industrilampan över honom.

"Jag föreslår våra privata minihotell eller bungalows som vi här i Småland gärna kallar för stugor. Jag har flera lediga. De flesta här i Helgeryd bor på äldreboendet Gyllene vilan, som jag också äger. Där finns några rum lediga. Motellstandard."

Harald knackade på bordet.

"Vi tar gärna en stuga."

Ralf plockade fram en pärm under kassaapparaten och placerade den framför dem. Han bläddrade fram till första bilden på en stuga, väntade en stund och bläddrade sedan vidare till nästa. Samtliga uthyrningsobjekt verkade vara röda stugor med vita knutar. Han log igen, ett flin som fortplantades till hans ögon.

"Så, vill ni ha en med bredband och modern standard? Om ni vill fiska i Helgeån har jag fiskekort som kan köpas per dygn, vecka eller säsong. Ni borde även passa på att ta linbanan som löper över gran- och talltopparna. Det blir fantastiska fotografier. Femtio kronor per tur, rabatt till de som hyr av mig."

Han pekade på en affisch på väggen. En äng med sommarblommor och mogna havreax sträckte ut sig i det oändliga. Vid det nymålade staketet blängde en tjock svartfläckig ko ner på bröderna. På hennes hals hängde en röd träskylt med texten *Småland, Sverige på riktigt*. Bredvid affischen hade bokstaven **i** målats på väggen vilket omslöts av en grön kvadrat. Över **i**:et stod det **das tourist** och längre ner **informationen**.

"Hur länge tänker ni stanna?"

Det var något med Helgeryd. Utan att Harald hade tänkt sig för slank det ut att de behövde ett ställe att stanna på över sommaren. De hade funnit Gud och skulle bilda ett religiöst sällskap.

Ralf tog ett steg tillbaka, stängde pärmen och stod sedan en lång stund och kliade sig på hakan.

"Jag har det perfekta stället för er."

Ralf låste upp ett skåp av bleckplåt, tryckte till mot dörrkanten med tummarna och fick den att jämrande öppna sig. Inuti fanns nycklar som hängde på varsin krok och skildes åt genom att var och en hade tilldelats en bricka i orange, blått eller brunt utom en nyckel som hängde ned från ett gult plastsnöre med ett kors på. Han vände sig om och log.

”Jag tänkte att det var något speciellt med er pojkar. Här är det jag som bestämmer vilket hus man kan få hyra. Orange nycklar går till våra exklusiva semesterboenden, värmeslingor i golvet, bastu och pool. Blå nycklar går till röda stugor och de bruna till ett plåtskåp i lagerrummet där de som tältar kan få förvara sina värdesaker. Ni är de första som får hyra Eden.”

Han räckte Harald nyckeln som hängde i det gula plastsnöret med korset. Harald tog emot den, men Ralf höll kvar sin hand i hans.

”Jag och Vilja äger den tillsammans. Hennes farfar grundade ett av de första mormonsällskapen här i Småland. De utvandrade senare till USA, men Vilja blev kvar här och behöll Eden.”

Harald stelnade till. Det kunde inte vara möjligt. De hade klätt ut sig till mormoner och rånat en mormon. Vad var oddsen för det?

Ralf klämde Haralds hand.

”Vilja har försvunnit, men hon dyker säkert upp.”

Ralf släppte taget om Haralds hand och log.

”Du ska se att det ordnar sig.”

Harald gnuggade handen som pulserade av smärta mot byxbenet. Ralf gav honom hyreskontraktet och lade tillbaka pärmen under kassaapparaten.

”Nå? Vad heter er sekt, om man får lust att sticka ner en kväll och få frälsning?”

Det hade inte Harald tänkt på. De flesta bra sektnamn var redan upptagna. Han kunde inte tänka klart. Vilja hade alltså försvunnit från Helgeryd utan att ringa polisen. Det verkade inte logiskt.

Bredvid Harald rörde sig Emrik oroligt. Han kikade fram bakom Harald.

"Vi är Hallelujabröderna."

Harald hostade till, tittade på Emrik samtidigt som han tog emot pennan som Ralf gav honom, för att signera hyresdokumentet för Eden, ett hus som saknade både bild och beskrivning i pärmen.

Med varsin papperspåse i händerna steg de ut från lanthandeln och gick åt det hållet Ralf hade pekat åt. De skulle veta att de var framme när de såg huset. Det skulle inte finnas några som helst tvivel på att de kommit fram till rätt hus garanterade Ralf. Sedan hade han lett, som om han hade varit nära att berätta något för dem men sedan ångrat sig.

Ralf hade visat vad den lilla lanthandeln kunde erbjuda den nödställde. Blåställ och bh:ar hade samsats på en klädkarusell. Fyllda bensindunkar bakom frysrummet och vinflaskor med hemmagjorda etiketter bakom en gardin Harald av misstag dragit isär i tron att det var ett omklädningsrum.

När de var utom synhåll från lanthandeln satte Harald ner sin bärkasse och glodde på Emrik.

"Är du för fan inte klok? Var fick du namnet från? Vem ska nu ta oss på allvar?"

Emrik tittade ner på sina skor och sparkade på smågrus.

"Förlåt! Namnet bara flög in i min hjärna. Det kändes rätt då."

Emrik hade velat väl som vanligt. Harald lyfte upp bärkassen igen.

"Namnet spelar nog ingen roll. Det är ju inte så att vi ska gå och bli religiösa. Vi ska stoppa pengarna i kollekten och dra när vi är färdiga."

En mörk skugga drog över marken och bröderna tittade upp mot himlen. Molnen var formade som fyra hästar med varsin ryttare på. En av ryttarna stod längst fram. Under hästen virvlade sig molnen. Ryttaren höll sitt svärd riktat upp mot himlen. Mamma hade läst högt från Uppenbarelseboken och Harald kände igen apokalypsens fyra ryttare. De hade förebådat om världens undergång. Det var aldrig ett bra tecken.

Simon suckade högt.

"Vi ska bli gudstjänare. Tror ni jag kommer att få ligga runt?"

Harald tittade ner på sin matpåse han höll i handen.

"Vi är en sekt, inte ett jävla hårdrockband. Du får inte ha groupies."

Simon log.

"Men konfirmander är okej, eller hur? Den Heliga Anden kommer att tala genom mig."

Emrik bet loss en bit av en nagel och spottade ut den.

"Jag tror inte mamma skulle ha tyckt om det här."

Harald började gå mot Eden.

"Det är nog hennes minsta bekymmer."

Hon hade tjatat om att de skulle lära sig mer om kristendom. Hon och Gud borde jubla i himlen nu. Harald hade värre bekymmer än så. Om Vilja frivilligt hade försvunnit, vart hade hon tagit vägen och varför hade hon inte ringt polisen? Det var något som inte stämde. De borde genast dra från Helgeryd, men Harald ville det ännu inte. Han hade drömt om att få vara här. Om Vilja var död, fanns det inget som kopplade bröderna till henne. Och om hon levde borde hon kanske förklara varifrån hon fått pengarna. Det kunde väl inte vara att hon hade lika orent mjöl i påsen som bröderna?

4

Bröderna Karlsson kunde på långt håll se det vita avlånga huset med sitt torn. Inget hus kunde vara mer rätt än det här, ett mellanting mellan en större villa och en kyrka. En tillhörande vildvuxen trädgård med redskapsskjul, stall och några mindre byggnader. Det tydde på att Eden en gång måste ha varit ett lantbruk. Ett vitt och grönt paradis. Fönsterkarmarna på det vita tvåvåningsträhuset var dimgrönt. Ena kortsidan var högre än den andra då det hade byggts till ett torn. En rostig metalltupp satt högt upp på taket och vinglade i vinden vilket fick vingarna att flaxa. Det ärgade koppartaket såg ut som om det blivit bestrött med grönt puder som nästan täckte den kopparbruna färgen. Harald räknade till tio fönster på långsidan och fyra på kortsidan. Mellan stallet och huset rann en bäck, där Helgeån var som smalast. En liten träbro kunde ta dem över till andra sidan där grannens fält hade vaknat till liv med små gulgröna skott. Gården var ett passande gömställe för dem. Det såg inte ut som om någon varit där på åratal även om huset nyligen hade målats och försetts med en rullstolsramp.

Trädgården var bortom räddning, i alla fall om de tre skulle ta hand om den. Det var igenvuxet och buskarnas grenar var överdimensionerade i förhållande till sina veka stammar. Grenar hängde brutna mot marken och fjolårsgräset slokade trött mot marken. En svag doft av jord som inte vänts på länge, där löven hade fallit lager på lager och lämnats att förmultna. Om det någonsin hade funnits rabatter hade de slukats av hallonbuskarna som tagit över hela vegetationen tillsammans med sly av lönn och alm som om några år skulle förvandla gården till en skogsdunge. Det var dock inte brödernas primära bekymmer, att röja upp här, så länge det fanns en framåtkomlig väg till huset.

Harald stod kvar på gården efter att Emrik och Simon hade försvunnit in för att göra sig hemmastadda. Sportbagen med pengar väntade på honom i kyrkan. Det var inte långt dit, för han kunde se kyrktornet bakom huset. Ändå tvekade han. Han ville så gärna stanna här, vila sina rastlösa ben och gro rötter som trängde ner till i marken. Det var som om något oförklarligt hade tinat i hans hjärta, en ny möjlighet för dem, även om det var helt omöjligt i den situationen de befann sig i. Löjlig tanke att bli kär i en plats, men det här var något han skulle kunna kalla för ett hem. Deras förra lägenhet hade varit ett ställe att sova på, men Eden var ett hem där man levde och dog. Under andra omständigheter kunde de ha flyttat hit för gott. De hade råd med huset om Harald fick pengarna från Försäkringskassan. Ralf hade begärt tolv tusen kronor i förskott ända fram till september. Han behövde någon som såg till platsen hade han sagt och sedan lett besynnerligt.

Sportbagen var kvar under kyrkgolvet, men någon hade ruckat på stenen. Harald var säker på att de hade lagt tillbaka stenblocket. Han lade sig raklång på golvet och sträckte ner armarna och fick tag i handtaget och började dra. Med väskan i famnen rullade han över på sidan. Pengarna var kvar. Hans andhämtning ekade i kyrkan när han såg sig om. Allt gick lite för enkelt. Polisbilar borde åka runt på vägarna och spana. När de hade sprungit från kvinnans hus hade han i ögonvrån sett hur hon hade rest sig från sängen. Han hade varit säker på att det varit en synvilla, för han hade ju så gärna velat tro att hon inte hade tagit skada. Det förklarade inte varför hon hade haft så mycket kontanter hemma. Om de inte var svarta. Vem var hon egentligen? Hon måste ha mer pengar än så, för en fattig pensionär betedde sig inte så vårdslöst med sina pengar.

Emrik och Simon mötte honom vid de höga ytterdörrarna. Deras ansikten lyste av glädje, som två förväntansfulla barn på julafton där de stod på trappan. Hallen Harald klev in i var stor. Det fanns flera hatthyllor och skoställ stod på rader efter varandra. En vindlande trappa ledde upp till ovanvåningen. En av dörrarna gick till köket och den andra till församlingslokalen.

Han bestämde sig för köket. Det doftade kaffe, något han inte druckit på flera dagar. Emrik visade att han hade hittat en kaffeburk i ett av de vita överskåpen och sedan hittat kaffekokaren bortglömd bakom en köksgardin på en av de breda fönsterbänkarna. Till hans glädje hade den fungerat.

Harald slog sig ner vid köksbordet, trummade med fingrarna på det nötta furubordet och såg ut över rummet. Köket var tidlöst med pärlspont upp till taket. Spisen var en äldre modell med keramikhäll, bred nog för att hantera stora kastruller. Det dög. Två av fönstren vette ut mot Helgeån. På fältet längre bort stod en man i grönt regnställ och svarta gummistövlar och tycktes inspektera sitt land. Han tryckte ner en käpp i jorden där gräset var små gröna prickar som slumpmässigt tycktes ha slängts ut i det bruna.

Emrik ställde en kopp kaffe framför Harald.

”Vänta tills du får se övervåningen. Kom!”

Trappan till andra våningen ledde till ett utrymme som måste ha använts för bibelstudier. Travar av biblar låg på det runda furubordet. Åtta trästolar hade skjutits in mot bordet. En Bibel låg uppslagen med en överstrykningspenna liggande tvärsöver sidan. Mamma brukade stryka under vissa citat med blyerts.

Harald tittade nyfiket bort mot den smala korridoren med tre stängda dörrar på varsin sida. De gick igenom de sex rummen bara för att konstatera att de såg likadana ut. Det enda som skilde dem åt var vilken färg sängöverkastet hade. Rummen var spartanskt möblerade, en enkel träsäng med ett nattduksbord. Skrivbord av vandrarhemsstandard. Väggarna var vitmålade och pryddes med ett träkors över dörren och en tavla över bädden. Harald kände igen motivet på tavlan. Typisk hötorgskonst som en del fann meningsfull. Två barn korsade en trasig bro medan en skimrande skyddsängel såg till att de kom säkra fram. Det var dessa budskap som han fann störande. Om någon verkligen brydde sig om barnen skulle de inte ha kastats ut i det okända. Änglarna tog hand om de små. Säkert. Harald hade en och annan fjäder att plocka av sin skyddsängel.

”Du måste se församlingsrummet.”

Emrik sprang före nerför trappan.

Harald hade inte hjärta att berätta att de egentligen inte behövde den. Det var bara en del av charaden. Eftersom Emrik var glad ville han inte förstöra det för honom.

Dörren till stora salen gav knarrande efter. Solen strålade samtidigt ner från näckrosfönstret på bakersta väggen där Jesus fromt tittade ner på honom. Harald blundade för det starka skenet, satte upp handen till skydd innan han öppnade ögonen igen.

Nypolerade träbänkar i ljust trä på varsin sida av gången ända fram till scenen där det fanns en talarstol med mikrofon. Han gick fram till en av bänkarna och strök med handen över det lena träet. Det borde ha funnits ett lager av damm överallt, men någon hade nyligen varit där och lämnat efter sig en svag doft av grönsåpa. Ralf hade sagt att de var de första som hade fått hyra Eden. Vart hade de förra hyresgästerna tagit vägen?

Emrik pekade bort mot en dörr bredvid scenen.

"Och där är prästrummet."

Harald upplyste honom om att det hette sakristia, även om huset tekniskt sett inte kunde kallas för kyrka. Dörren till sakristian var olåst och de trädde in i ett avlångt rum. Ett fönster vette också här mot Helgeån.

Här ville Harald vara. Han blickade upp på de höga garderoberna, två tunga möbler av ek som tog upp en vägg, ekbordet i mitten av rummet som förlängdes av två lika höga byråer på var sin sida. Väggen mittemot garderoberna täcktes av en ekbokhylla fylld med böcker. Harald strök med ett finger över bokryggarna. Rader av religiösa skrifter. Hans hand stannade vid Thomasevangeliet. Han hade hört talas om den, men biblioteket ville inte plocka in det i sortimentet. Den gled lätt ut från bokhyllan när han drog ut den. Boken var tunn och han öppnade den. På första sidan hade någon skrivit rakt över bladet: *Till min vän Vilja.*

Emrik skrapade med fötterna över golvplankorna och väckte Harald från hans tankar som hade fört honom till en annan plats. Harald lade handen på Emriks axel.

”Jag behöver få vara ifred en stund. Gå och se om ni kan få ihop en lunch.”

När Emrik hade gått klev han upp på fönsterbänken som tycktes tjäna som dagbädd. Det låg en färgglad randig madrass där. Inte en enda färg hade glömts bort. Han slog upp Thomasevangeliet och tittade ut mot Helgeån som fridfullt strömmade under bron. Ett duvpar lyfte från broräcket och flaxade en stund innan de försvann ur sikte.

Harald vaknade av att ett ljud stack till i öronen. Det hade väckt honom som en mobiltelefonsignal. Thomasevangeliet, boken han läst innan han nickade till hade glidit ner på golvet. När han tog upp den för att ställa tillbaka den i bokhyllan, föll hans blick på ekgarderoberna. Där kunde han gömma sportbagen som han provisoriskt hade ställt under köksbordet. Sakristians dörr hade ett lås och om han behöll nyckeln skulle pengarna vara i säkert förvar.

Garderobsdörrarna spjärnade emot, som om de ville veta om Harald verkligen ville avslöja innehållet. Jo, han var säker på sin sak. Haralds inre motstånd hade dämpats av ett nyuppväckt intresse. Dörrarna gled isär och Harald tappade andan. Färgsprakande västar glänste från sina galgar, var och en med motiv som anspelade på paradiset. Det var som om någon hade kopierat motiven från flera upplagor av broschyrerna Jehovas vittnen delade ut. Renar och lejon spatserade bredvid varandra i en omöjlig geografisk plats där snö, vattenfall och ökenlandskap hade broderats sida vid sida. Vita särkar, nattlinneslånga med sprund till knähöjd, hängde bredvid västarna. På golvet fanns flera sidenmjuka tofflor. Aldrig i livet att han satte fötterna i livlösa papegojor. Det skulle se ut som om han försökte ta livet av dem. Allt det andra gick an, men gränsen gick vid tofflorna.

Kläderna var strukna och luktade milt av tvättmedel. Det gjorde nog inget om han lånade dem över sommaren. Emrik och Simon kunde hitta blåställ och shorts på Ica. Harald kunde nöja sig med särkarna. Precis som Jesus skulle han få inspiration i dem och kanske bryta den ovanliga vanan att ta andras pengar.

Emrik, Simon och Harald satt nyduschade vid köksbordet. Emrik och Simon hade på sig samma kläder och hade kavlat upp sina skjortärmar. Harald hade klivit in i en av de bekväma särkarna. Simon hade påpekat att han såg ut som en stjärngosse, fast utan struten på huvudet. Simon såg inte heller klok ut poängterade Harald. Utan plattång stod Simons lockar ut som gyllene skruvar.

En våg av ömhet sköljde genom Harald. Han iakttog Simon ätandes sin smörgås. Lillebror såg så ung och sårbar ut. Ett stänk av sorg skvätte upp från Haralds inre innan han gömde sig bakom skyddsmuren av självvald glömska.

Harald ställde sig upp och klappade i händerna. Emrik och Simon tittade upp från bordet.

"När ni har ätit klart börjar vi med första lektionen. Första uppgiften består i att var och en lär sig att städa efter sig."

Simon satte ner smörgåsen på bordet där han lyckats generera en hög av smulor. Han vände sig mot Emrik.

"Menar han allvar?"

Emrik nickade.

Bröderna satt i en sliten tygsoffa i ett litet fönsterlöst TV-rum som det gick att komma in i från församlingslokalen. Harald stirrade på Simons fötter som han lagt upp på bordet framför sig.

"I vår familj har vi inte skor på bordet."

Simon plockade ner fötterna.

"Något mer?"

Harald pekade på dörren.

"Om du inte gillar att jag tar ton, så är dörren där."

Simon lade armarna i kors.

"Får jag mina pengar då?"

Harald ställde sig framför Simon.

"Jag har redan sagt att det inte är dina pengar."

"Inte dina heller. Vem bestämde att du skulle bli vår ledare?"

"Jag är äldst och kände vår mamma bäst."

Simon fnyste högt.

"Ska en död bestämma över oss?"

Harald höjde varnande pekfingret.

"Passa dina ord."

Emrik drog med handflatan över sina fuktiga ögon.

"Mamma var så snäll när hon levde att hon fick bli ängel direkt när de hörde om alla hennes goda gärningar."

Simon pekade på Emrik som slagit armarna om sin kropp och gungade fram och tillbaka.

"Är det något fel på honom?"

"Han saknar mamma och blir upprörd när vi pratar om henne som om hon var död."

Simon lyfte kapitulerande upp händerna.

"Har jag missat något? Lever hon?"

Harald gav Emrik en våd av toarullen som stod på bordet.

"Det finns olika sorters dödar och den värsta sorten är när man inte minns och inte vårdar minnet av de som har levt."

Det var dags för Simon att invigas i deras Karlsson-liv. När han fem år gammal hade hamnat hos Mona och Gurkan hade hans föregående familj och tillhörande minnen i ett slag suddats ut.

Harald förmedlade det han kom ihåg innan mamma blev sjuk. Det fanns även tiden med mamma när hon låg inne på sjukhuset och fick blodtransfusion. Harald hade klättrat upp i sängen och lagt sig bredvid henne, känt revbenen och ryggkotorna som stack ut från hennes kropp. Viskande hade hon anförtrott honom detaljer om sitt liv med Sickan. Det var viktigt att någon mindes hade hon sagt.

Haralds röst stockade sig och han harklade sig för att hålla tårarna borta. Mamma Karin hade varit familjens murbruk, hållit ihop dem genom ekonomiska svårigheter, genom pappans brottsturnéer och fängelsevistelser. Hon hade inte ens tyckt om Sickan, när hon träffade honom på dansen, men så berättade han att han var bibeltroende. Det hade varit en nödlögn för att få av henne trosorna men hade ändå lett till en magisk sommar som slutade med att hon blev gravid. Utsparkad från sitt hem hade hon ingen annan än Sickan att vända sig till. Hon stod i oändlig tacksamhetsskuld till honom och bad konstant för hans svarta själ. Ett varmt hjärta bankade säkert innanför hans hårda yttre och det var hennes uppgift att nå fram till den. Alla förtjänade en ny chans.

Harald satt på bordet framför Emrik och Simon som blivit alldeles röda i ansiktet. Harald sänkte rösten till en viskning.

"Och det sista hon sa var 'lova mig att du tar hand om de små'."

Hon hade även bett att bröderna skulle hålla ihop, leva ett kristet liv, skaffa familj och jobb för att hedra minnet av henne. Det var detaljer som han tänkte berätta först lite senare. Just nu var det dålig tajmning. Deras brott gagnade det goda syftet, att få dem på grön kvist och bort från kriminalitet.

Harald tog ut ett slitet fotografi från urplånboken. Simon och Emrik lutade sig fram för att granska det blekta fotot. Mamma tittade upp på dem. De söp in hennes bruna lockar, det tvekande leendet och det vackra blida ansiktet. Simon pekade på det nyfödda barnet i hennes famn och Harald nickade. Ja, det var Simon. Emrik och Harald stod på var sin sida om mamma med välkammade mittbenor och bildade en halvcirkel runt Simon.

Harald kunde inte låta bli att tänka på hur annorlunda deras liv skulle ha varit om hon hade överlevt. Han skulle inte ha hoppat av gymnasiet, det skulle mamma ha sett till. Hans lärare hade år efter år sagt att det skulle bli något stort av Harald som vetgirigt sög i sig all kunskap.

Emrik snyftade och torkade sina ögon med tröjärmarna. Hans skakande händer höll i fotografiet. Mammas bortgång hade varit tuffast på Emrik som inte kunde förstå varför mamma hade lämnat honom ensam med Harald, hans enda halmstrå. Pappa var borta i dagar, som kunde bli veckor och månader och lämnade efter sig ett tomt och mögligt kylskåp. Emrik åt sig mätt i skolan, stal knäckebröd som han smugglade ut i ryggsäcken medan Harald kom hem med fickorna fulla av kakor trots att han inte hade pengar att köpa dem för. Det var först när Harald fick en etta med socialens hjälp som han hade pengar Sickan inte kunde supa upp. Emrik hade flyttat hem till Harald. Det visste skolan om. Fast nu när Emrik var hel och ren och skötte sig fanns det ingen anledning för skolan att ringa till socialen.

Simon hade ställt sig upp och gick nu fram och tillbaka i rummet.

"Varför fick inte jag stanna med er? Emrik fick ju."

Harald och Emrik tittade snabbt på varandra och skakade på huvudet. Harald reste sig upp och klappade Simon på huvudet.

"Socialen kom och hämtade dig, det är allt. Pappa bestämde att du skulle bo med Mona och Gurkan."

Harald lade händerna bakom ryggen, med fingrarna i kors.

"Jag kunde inte göra något. Det blev ju bra ändå. Gurkan är en bra man."

Simon slog sig ner i soffan igen och lade armarna runt sig själv.

"Det blev strul sista året. Jag drog när Tanja hotade att berätta om oss, om jag inte låg med henne igen."

Harald skrattade, men blev allvarlig när han såg blicken Simon gav honom.

Simons stirrade ner på golvet.

"Tanja hjälpte mig med gymnasiematten. Hon är snygg för att vara gammal. Jag ville inte mera. Mona och Tanja är så tajta med varandra. Fan. Ingen skulle tro mig. Hon skulle få det till att låta som om jag pressade henne på pengar. Du vet, något som pappa säkert skulle ha gjort."

Harald tog tag i Simon som först spjärnade emot, men sjönk sedan in i hans famn. Harald klappade Simons huvud.

"Bra att du berättade. Det räknas inte som incest. Hon är inte din moster på riktigt."

Haralds frånvarande blick var vänd mot dörren. Det kunde ha varit mycket värre.

Tysta satt de i soffan och lutade sig mot varandra. De hade var och en lidit, men snart skulle det bli slut på det. Nu hade de varandra.

Bröderna hade brutit upp för att laga till lunchen och mätta och belåtna skulle de påbörja det de kommit till Eden för. De satt nu vid köksbordet med Bibeln uppslagen på Andra Moseboken. Kranen droppade i bakgrunden och fick tallrikarna som balanserade på varandra i diskhon att skallra i jämn takt. Kaffet som ännu inte helt hade passerat genom filtret spred en arom av förväntansfullhet. Harald kliade sig fundersamt i håret. Han följde bibeltexten med pekfingret. De tio budorden var en bra start som kärnfullt sammanfattade Bibelns budskap till människorna. Det räckte med att följa dem till punkt och pricka för att ha sitt på det torra. Hallelujabröderna skulle utgå från Bibeln, men liksom andra trossamfund göra sina egna omtolkningar. De var de senaste utbrytarna från den evangelisk-lutherska kyrkan.

Harald tittade upp på Simon och Emrik som satt mittemot honom. Simon slutade upp med att dra fingrarna i håret, medan Emrik lät fingret med nagelutväxt att tugga på få vara kvar till senare.

"Det första budordet lyder så här: Du skall inga andra gudar hava jämte mig."

Han lyfte blicken från Gamla Testamentet.

"Vad tycker vi om det?"

Det var inte svårtolkat. Gud gillade inte andra gudar och uppenbarligen fanns det flera av dem annars hade väl Gud inte nämnt dem. Det var lite som att välja el- och telebolag. Man skrev kontrakt med en och begick inte avtalsbrott utan dryga böter. De valde Gud framför andra gudar.

"Andra budordet: Du skall inte missbruka Herrens, din Guds namn, ty Herren skall inte låta den bli ostraffad som missbrukar hans namn."

"Definiera missbruka", sa Simon.

Harald tittade hastigt upp innan han läste vidare.

"Tredje budordet: Tänk på vilodagen så att du helgar den."

Harald mindes lektionen de hade haft på söndagsskolan. Vilodagen hade kommit till när Gud hade blivit färdig med sin skapelse en dag för tidigt. Eftersom han ville att veckan skulle vara sju dagar lång blev den sista veckodagen officiellt en dag där inget vettigt utfördes. Om någon frågade hade Hallelujabröderna sina gudstjänster på lördagar för att kunna ordentligt helga söndagen med sovmorgon.

"Fjärde budordet: Hedra din fader och din moder för att det må gå dig väl och du må leva länge i ditt land."

Simon räckte upp handen. Skulle det tolkas som ett underförstått hot? Om man inte diggade sina föräldrar skulle man döden dö? Det stod liksom skrivet mellan raderna. Simon hade invändningar mot det. Det borde finnas kryphål för farsor som stack och morsor som dog. Kunde de kanske skriva in det i sin tolkning? Och hur ställde sig Bibeln till icke-biologiska föräldrar? Skulle man lyda dem eller sina ursprungliga föräldrar? Harald plockade upp pennan från bordet och fyllde Bibeln med sina egna tillägg.

"Så, då kan det stå att du ska hedra din riktiga fader och moder tills du blir omhändertagen. Därefter ska din fostermoder och fosterfader hedras. Det hade nog Jesus inget emot. Josef var ju hans fosterfar. Jesus lyssnade både på sin far Gud och fosterfar Josef. Jag ser inget problem med det."

Harald satte punkt med pennan och fortsatte att läsa.

"Femte budordet: Du skall inte dräpa."

Bröderna satt tysta och tittade på varandra. Harald slog näven i bordet.

"Vi har inte slagit ihjäl någon. Vi skrämde henne, men vår avsikt var inte att dräpa. Ni hörde Ica-handlaren. Hon är försvunnen, inte död."

Harald tittade ner i Bibeln. Det budordet hade de inte brutit mot. Än.

"Sjätte budordet: Du skall inte begå äktenskapsbrott." Harald drog en suck av lättnad. Äntligen ett lättolkat budord. "Hallelujabrödernas tolkning av budordet är att endast de som är gifta kan bryta mot det. Är man inte gift har man inte begått något brott.”

Emrik räckte upp handen och ställde sig upp.

”Jag har läst att muntliga kontrakt är lika bindande som skriftliga.”

Harald reste sig upp och gick fram till ett av köksskåpen där han plockade ner tre muggar. Han hällde upp färdigbryggt kaffe. Budorden var svårare än han hade trott, med flera gömda fallgropar. En alldeles för frikostig tolkning av budorden skulle leda till samhällets förfall och ändlösa orgier. Han ställde muggarna på köksbordet.

”Om man hänger ihop med en och samma tjej, eller kille, är det ett muntligt löfte om att inte ha ihop det med någon annan, oavsett om man är gift eller inte.”

Simon tittade ner i sin kaffemugg.

”Jag har inte gjort slut med Tanja, för hon ville inte liksom.”

Harald kladdade ner något i Bibeln och lyfte upp blicken.

”Det räcker att en gör slut för att det ska räknas. Sex månaders betänketid för de som har barn.”

Emrik hade invändningar.

”Budordet kan också betyda att man inte får skilja sig när man väl har gift sig. Du skall inte göra äktenskapsbrott, alltså får du inte bryta äktenskapet.”

Harald smällde handflatan på bordet.

”Men nu är det jag som bestämmer hur det ska tolkas.”

Emrik och Simon stirrade på honom.

”Jag menar vi Hallelujabröderna förstås. Tänk på att vi inte kan tvinga någon att vara gift mot deras vilja. Den fria viljan är okränkbar även om Gud skrev budorden. Inte en enda människa fick vara med och bestämma reglerna.”

Emrik harklade sig.

”Men tänk om du redan har gjort slut på den fria viljan genom att gifta dig?”

Harald trummade med fingrarna på bibelsidan. Hans ord kom ut långsamt och eftertänksamt.

”I så fall skulle det ha funnits olika långa äktenskapskontrakt att teckna. Och det finns det ju inte.”

Emrik och Simon nickade bekräftande. De hade äntligen förstått innebörden av sjätte budordet så som Hallelujabröderna tolkade det.

Harald tvekade, men läste ändå upp nästa mening.

“Sjunde budordet lyder: “Du skall inte stjäla.”

Simon klappade händerna.

”Vi har sex rätt av sju. Det är inte illa. Vem har sagt att vi måste vara perfekta?”

“Åttonde budordet: Du skall inte bära falskt vittnesbörd mot din nästa.”

Emrik föreslog att de skulle tolka det som att det var fult att skvallra på sin nästa, så länge man inte visste hela sanningen.

“Nionde budordet: Du skall inte ha begärelse till din nästas hus.”

Simon drog fingrarna genom håret.

“Det är lugnt. Hoppa över till nästa budord.”

Harald sänkte ner huvudet och läste.

“Tionde budordet: Du skall inte ha begärelse till din nästas hustru, ej heller till hans tjänarinna, ej heller till något annat som tillhör din nästa.”

Simon lutade sig bakåt, stegrade med stolen för att sedan vingla tillbaka mot golvet.

“Jag fattar. Så jag ska välja Gud och sedan inte säga hans namn för han blir assur, ok. Gilla mina föräldrar eller den som tar hand om mig, lyssna på dem när de är sjysta. Ha inte ihjäl någon och ta inte någon annans prylar eller bli avis. Knulla inte med någons fru eller hans anställda. Enkelt. Det står inget om att det är förbjudet att ligga med singlar, eller ta pengar som man råkar hitta på marken. Det verkar vara ok att missbruka djävulens namn. Och det softaste av allt, en dag jag inte behöver göra ett skaft på. Jag köper det. Vad säger du Emrik?”

Emrik nickade mot Simon.

Harald slog ihop Bibeln. "Det var snabbversionen det. Följer ni dessa regler är ni välkomna in i brödraskapet."

Simon sträckte fram handen.

"Ska vi ta ett halleluja på det?"

Bröderna ställde sig i en cirkel med bordet mellan sig och förde ihop sina händer till mitten där de lade händerna på varandra. Ett förbund hade bildats.

5

Två veckor hade gått sedan rånet. Regnet hade öst ner från himlen, dag som natt, smattrade på koppartaket och höll bröderna vakna om nätterna.

Harald vaknade av att han kippade efter luft, som om någon hade stängt av den. Det var inte nytt för honom, men det var länge sedan han hade fått panikångest. Han kröp in i sig själv, iakttog kroppen, lät hjärtat få banka ut sin stress, ångest och sorg. För ett ögonblick iakttog han känslorna och släppte sedan i väg dem. Vad hade orsakat det? Förmodligen inbrottet hos den gamla tanten.

Regnet hade tvättat fönstren och i takt med det hade deras tidigare liv på en annan plats sköljts bort. Nu kändes det absurt att de var kapabla till att råna. Om dagarna låg han på fönsterbänken i sakristian, iakttog vattenränderna på fönsterglaset som distraherade honom från skrifterna han hittat i bokhyllan. Alla böcker i bokhyllan var evangelier, bekännelser, redogörelser ur en och annan martyrs och helgonförklarads liv. Och de handlade om människor, inte så olik honom, som drivits av ett inre och yttre tvång att predika.

Det var som om tiden hade stannat i Eden. Det fanns ingen gårdag, bara flera dagar i nuet som höll dem instängda i ett regnigt Helgeryd.

Harald tittade upp på klockan. Morgonen hade börjat med en tystnad som avslöjade att regnet hade upphört. Han sträckte på sig vid fönstret, tittade ut mot de små fjäderlätta molnen som hade målats dit med lätta, svepande penseldrag på himlen. När han tassade nerför trappan, lyssnade han på de bekanta knarrande trappstegen och snarkningarna från brödernas rum. Ett skrapande ljud väckte hans nyfikenhet och fick honom att stanna vid fönsterbrädan. En lövsångare studsade, bredde ut sina vingar för att lyfta, men sänkte ner dem när han såg Harald titta på honom. Fågeln pickade på fönstret, kvittrade och pickade igen. Harald knackade med pekfingret på glaset.

”Jag förstår dig inte lilla vän.”

Det var något visst med Eden där naturen tog kontakt med honom.

Harald öppnade dörren till det som en gång måste ha varit en städskrubb. En duschkabin upptog det klaustrofobiskt trånga utrymmet. Han hängde kalsongen på dörrhandtaget, tog ett steg från tröskeln och klev in i kabinen.

Vattnet från Haralds blöta hår droppade ner på toalettgolvet. Det fanns inga privata toaletter i huset, bara unisextoaletten där det fanns fem låsbara bås att välja på. Harald hade valt den sista toaletten som sin egen, likaså handfatet mittemot där han hade ställt rakgel och hyvlar på fönsterbänken. Dessa små rutiner som dusch och rakning hade blivit viktiga för honom. Det fanns inget annat han kunde fylla ut dagarna med mer än rutiner och läsning av heliga skrifter.

Harald såg ur ögonvrån Emrik komma in på toaletten. Mörka skuggor under Emriks ögon avslöjade att han legat vaken under natten. Emrik gick fram till ett av båsen, knuffade upp dörren, fällde upp toalocket och drog ner kalsongerna. Sömnigt uträttade han sina behov. Han spolade och gick fram till handfatet bredvid Haralds.

”Jag har tänkt på Hallelujabröderna. Jag tror inte Simon har förstått det kristna budskapet. Han kommer att avslöja oss. Jag hörde honom prata för sig själv, om allt snuskigt och syndigt som det inte står något om i Bibeln.”

Emriks ögon lyste av oro.

”Kan vi inte bara lämna pengarna till polisen? Om vi erkänner direkt får vi förkortade straff och samhällsrehabilitering. Fängelset kan bli det bästa som har hänt oss. Du kan läsa in gymnasiet och börja på högskola. På distans förstås.”

Harald stirrade in i spegeln. Kråksparkarna och de djupa rynkorna i pannan hade inte funnits där för några veckor sedan. Fängelsevistelse skulle inte se bra ut på cv:n. Med händerna skopade han upp kallt vatten och sköljde ansiktet, masserade pannan och ögonen med fingertopparna. Han vände sig om.

”Oroa dig inte för Simon. Vem skulle han skvallra till?”

Tänk om Simon verkligen var intresserad av det kristna budskapet, att han vattentätade dem. Några av dem behövde bytas ut och andra tas bort, de som redan sköttes av rättsväsendet.

Bara Ralf och Kammarkollegiet kände till sektens existens. Harald hade skickat en ansökan till den senare och fått bekräftelse på e-mail att det skulle ta några veckor att handlägga den. Med ett godkännande kunde de börja med generösa donationer i kollekthåven. När alla pengar hade passerat genom kollekten skulle Hallelujabröderna avregistreras och gå under jord.

Simon ropade i hallen, strax efter att dörrens ringklocka gav ifrån sig ljud. Vem kunde det vara? Simon stod framför dem klädd i sina silkiga boxershorts.

”En står i hallen och frågar efter Hallelujabröderna.”

Harald vred av vattnet och gick fram till Simon.

”Snälla du, *en* kan aldrig stå i hallen. Antingen är det en person av kvinnligt eller maskulint kön som står i hallen.”

”En tjock kvinna med stora bröst står i hallen och frågar efter oss.”

Emrik backade bort till fönstret, vispade ner rakgelen och hyvlarna som studsade ner på klinkergolvet med en metallisk klang efter sig.

”De har upptäckt oss!”

Han lyfte fönsterhasparna och försökte öppna fönstret. Det ville sig inte, för fönstren var igenmålade. Harald drog bort Emrik, pekade på en toalettstol där han kunde sätta sig. Harald lutade sig över honom.

”Vem skulle ha hittat oss? Gudspatrullen, som kontrollerar att sekter inte olovandes bildas utan den högre instansens tillåtelse?”

Simon tog tag om dörrkarmen och gjorde tre push-ups med sin kropp som vikt.

”Hon säger att Ralf skickade henne till oss för frälsning och någonstans att bo.”

Harald gick mot dörren.

"Skicka in henne i församlingslokalen. Jag kommer strax."

Han tittade ner på sina vita kalsonger som hängde löst om höfterna och pekade sedan på Emrik.

"Du går in i tv-rummet. Det finns VHS-kassetter. Ta den med Matteusevangeliet. Titta på den tills vi är klara."

Emrik ställde sig upp.

"Vad är VHS?"

Harald låste upp dörren till sakristian med nyckeln han hade gömt på dörrkarmen. Han gick fram till ekgarderoben och drog ut en vit särk som han lade på bordet. Vilken väst skulle passa till den? En av långvästarna broderade med blommor och djur? Eller kanske den ljusgröna med vargar som parade sig i månskenet, där deras svansar formade ett hjärta. Han klev in i särken och tog på sig västen. Showen skulle strax börja. En aldrig skådad sekt hade formats i de småländska skogarna. Harald lade sitt öra mot sakristians dörr. Simon pratade med någon utanför.

"Harald, vår församlingsledare, tar strax emot dig."

Ett skrapande läte kom från stolar som drogs fram. Harald avgjorde att de hade satt sig i stolarna vid väggen. Det som Simon hade sagt lät fint och korrekt. Harald var inte prästvigd, men församlingsledare kunde vem som helst vara. Hans kläder skulle göra bestående intryck. Vem var han som Hallelujabroder? Han ångrade västen han bar och valde ut en ny, en skrikorange sidenväst som räckte ner till fotanklarna. Hans tånaglar hade inte klippts och svart smuts hade samlats under naglarna. Det kunde inte hjälpas. Han måste kliva in i ett par matchande tofflor. Det skulle bli exakt den klädsel folk kunde förvänta sig av en sekt med en excentrisk guru, shaman eller nåjd som ledare. En klädstil utöver det vanliga.

Haralds hand tvekade vid handtaget. De var ännu inte klara med utmejslingen av Hallelujabröderna. Vem var de och vad stod de för? Vad var deras motto till exempel? Han kom att tänka på pappa och log.

Harald slog sig ner bredvid den unga kvinnan. Hon kunde inte vara mer än tjugo år. Den lilla magen och sättet att lägga händerna över den avslöjade att hon var gravid. Hon hade ett vackert ovalt ansikte och långt mörkbrunt hår med självfall. Den blommiga klänningen smet åt kring hennes mage. På hennes fötter vickade ett par rosa plasttofflor.

Harald lade sin hand över hennes hand. Hon log när hon lyfte upp hans händer och kysste dem. Harald tittade frågande på Simon som strålade som en dimmig glödlampa.

Harald drog bort sin hand och gömde den i västens djupa sidfickor.

"Du behöver inte kyssa min hand."

Kvinnan rodnade och tittade ner i golvet.

"Åh, men jag trodde."

Hon sneglade på Simon som stod bredvid henne. Han drog ner boxershortsen så att hans magra höftben och den v-formade bringan kom till sin rätt. Harald vred runt händerna som om han precis hade smörjt dem med handkräm.

"Påbudet med handkyssande tog vi bort på det senaste mötet. Det skulle Simon ha vetat om han hade närvarat."

Simon ställde sig i profil, tittade upp på korset, så att ljuset från näckrosfönstret fick hans kropp att bada i gult och grönt. När han stod så och plutade med sin mun, for en skugga över hans haka som lätt kunde tas för ett begynnande pipskägg. Simon blinkade med de långa ögonfransarna som en fladdrande ljuslåga i korsdrag.

Harald harklade sig och vände sig om mot den unga kvinnan. Sättet hon andades på som om allt var slut för henne. Något tyngde henne. Skulle han lägga handen på hennes hjässa och säga: Vad fattas mitt barn? Var det så Hallelujabröderna pratade?

"Berätta varför du är här."

Hon lyfte upp sitt ansikte. De mörka mandelformade ögonen var fyllda med tårar.

"Jag har ingenstans att ta vägen."

Det var då hon berättade varför hon hade sökt upp dem. Rosita hade nitton år gammal blivit utslängd hemifrån. Det var när hennes kläder inte längre kunde dölja bulan på magen.

Simon gick fram till henne, tittade djupt in i hennes ögon för att sedan lika djupt snegla ner på glipan mellan brösten.

”Jag lider med dig, verkligen. Jag förstår hur det känns att inte få komma hem igen.”

Rosita nickade och begravde under kraftiga snyftningar ansiktet i händerna. Omedvetet lutade hon sig mot Harald som försiktigt lade handen på hennes axel.

”Ralf lovade att ni skulle ta emot mig med öppna armar.”

Harald hostade till.

”Jaså, det gjorde han.”

Hennes hundvalpsögon tittade vädjande på Harald. Känslomässig utpressning, den lägsta formen strax före pistolhot. Vad skulle han göra?

”Vad har han berättat om oss?”

Rosita snörvlade in i Haralds långa ärm.

”Han sa att ni var trevliga och att ni inte skulle ha något emot att välkomna någon som hamnat i knipa.”

”Nämnde han något om vår religion?”

Rosita skakade på huvudet.

”Han sa att ni letade efter Gud här i Småland, att ni behövde få svar på några frågor.”

Hon virade in sina fingrar i Haralds.

”Jag har bett till honom varje dag, men han är upptagen. Jag har inte fått någon hjälp, om inte det här räknas förstås.”

Simon klappade henne på knäet.

”Visst är det knäppt, att Gud inte svarar. Jag tror han saknar en fungerande växel på sin telefonlinje.”

Harald gick fram och tillbaka i församlingslokalen medan Simon med hög röst förkunnade hur Gud borde utforma sin bönelinje. Harald stannade, lade händerna på svanken och tittade ut genom fönstret och den hopplösa trädgården. Vad han mest ville vara att be Simon dra åt helvete. Han gjorde bara saken värre. Nu hade Simon tillsatt sig själv som Guds nya telekommunikatör. Det första bedjarna skulle få höra var Simons ljuvliga stämma. Beroende på ärendets art, de hade flera siffror att välja på, skulle han låta kyligt stockholmskt eller varmt värmländskt. Om du låg för döden och behövde snabb syndaförlåtelse, tryck ett och vänta. En värmländsk röst skulle svara och skulle förlåta allt den döende hade gjort. Det på stubinen, innan det var för sent. Tryck två och en stockholmsk röst skulle svara. Hade du snuvat någon på pengar, behövde advokat och en snabb bil, ja, då var två rätt. Siffran tre var det gamla vanliga. Slaskpotten. Barn, ex-män, ex-hustrur, grannar, främlingar på gatan skulle bete sig på ett visst sätt för att de skulle bli nöjda. Nu ringde de till Gud för en urladdning. Där skulle de mötas av Simons version av dialektal gnällröst som lät den som ringde trycka på siffror i all oändlighet och kopplas bort varje kvart tills de lärde sig sin läxa. Gud fick inte störas med böner om att förändra människor runtomkring sig.

Harald tittade på Rosita vars ögon nu glittrade till.

”Förlåt min mindre vetande broder. Är du intresserad av att veta något om vår sekt?”

Rosita skakade på huvudet.

”Det behövs inte. Jag behöver bara någonstans att bo.”

Harald ställde sig på scenen och knackade på mikrofonen för att se om den var på. Det var den inte. Han förde mikrofonen upp till munnen. Det såg bättre ut med rekvisita när han förkunnade.

”Vår sekt föddes för några månader sedan. Vi var tre vilsna dansbandsmedlemmar, som fick ett himmelskt budskap. Vår buss släppte av oss i Helgeryd där Gud fortsatte prata med oss.”

Rosita sneglade på dörren till församlingslokalen och sedan på Harald. Hon lutade sig bak och knäppte fingrarna framför magen med en djup suck.

Harald gick fram och tillbaka på scenen, pekade på Jesus på korset, på ljuset som strålade in genom fönstret samtidigt som han gestikulerade med yviga rörelser. Han förklarade att Gud inte hade tid att lyssna på deras synder. Livet på jorden var inriktad på att var och en skötte sig självt och störde andra så lite det bara gick. Utan friktion skulle alla leva i harmoni.

Rositas röst lät ivrig när hon ställde en fråga.

"Hur gör jag om jag har syndat? Vem ska jag då vända mig till?"

Simon som satt bredvid henne log när han tittade ner på hennes mage.

"Definiera synd."

Harald knackade på talarstolen.

"Ingen är skyldig tills brott har bevisats."

Harald visste vad han talade om. Det som utfördes med uppsåt, i syfte att skada någon eller denne någons egendom var ett brott man begått. Att råka göra något var inte bevis på att någon var skyldig. Gud lade sig inte i våra förehavanden. Sådant skulle skötas av det vanliga rättsväsendet.

Rosita invände.

"Om vi inte behöver Gud, vad behöver vi då er till?"

Simon viftade avfärdande med handen.

"Det undrar jag med. Jag trodde vi skulle vänta med att avskaffa Hallelujabröderna tills efter sommaren."

Harald hoppade ner från scenen.

"Vi är en länk mellan Gud och människorna tills alla sköter sitt."

Emrik hade under tiden smugit ut från TV-rummet och grabbat tag i det som fanns i klädväg. Lakanet runt hans kropp hade han virat om sig som en grekisk toga.

Rosita pekade på sin mage, ville höra vad de ansåg om hennes utomäktenskapliga graviditet.

Emrik spottade i handen, drog sina fingrar genom håret, justerade hårtestarna som hade ramlat ner vid öronen. Harald tittade bort mot Emrik, nickade och fortsatte prata med Rosita.

"Som sagt är du inte skyldig tills brott har bevisats."

Simon klappade hennes mage.

"Är han gift, han som gjorde dig på smällen?"

Rosita skakade på huvudet. Simon log.

"Då har du inte brutit mot äktenskapsbrottsbudordet. Du är för ung för att gifta dig, men du kan ändå få ha kul."

Harald kliade sig på hakan och tittade ut genom fönstret.

"Sex är inte fel om ni båda är myndiga och är med på det."

Emrik reste sig upp från sista bänkraden. Han höll i lakansändarna för att lakanet inte skulle veckla ut honom i hans nakenhet. Det fick honom att se mer romersk kejserlig ut än han hade tänkt sig.

"Du kan få bo i mitt rum om du vill."

Emrik gick fram till Rosita som rodnade ända upp till öronsnibbarna. När han var framme tittade han ner i golvet. Båda stirrade ner i golvet, våga inte möta varandras blickar.

Harald lade handen på deras axlar.

"Hon ska inte sova i ditt rum. Det finns säkert något kvinnohärbärge i närheten."

Rosita tittade upp på Emrik och skakade på huvudet.

"Min resväska står utanför. Ralf sa att ni har ett rum som var färdigt till mig."

Harald satt i den tomma församlingslokalen och tittade upp på krucifixet, på Jesus som hängde på väggen och log försmädligt mot honom. Vem hade trott att det skulle vara så här ansträngande att använda kollekten som tvättmaskin för stulna pengar. Eftersom de inte hade annonserat om sin församling, hade han inte förväntat sig att få en församlingsmedlem. De var ju inte ens registrerade.

Ralf hade tillåtit sig att ta friheter. De kunde inte låta bli att ta emot henne, de var ju trots allt religiösa. Emrik hade tagit med henne på en rundtur genom alla rummen, hade till och med lovat att måla om i ett rum, rosa väggar för den lilla bebisen.

Rosita slog sig ner bredvid honom. Hon hade duschat, luktade kokos och rosor, ombytt till ett rosa nattlinne som pryddes av en grön Lisebergskanin. Hon satt i skräddarställning och knäppte händerna framför sig.

"Tack för att jag får bo hos er. Ralf sa att ni skulle låta mig. Jag vet inte hur han visste det, men nu vet jag. Ni är mycket goda människor och tror så starkt på Gud. Jag kan faktiskt tänka mig att bli frälst på nytt hos er."

Hon klappade honom på axeln, reste sig upp och plockade upp två ihoprullade servetter som låg på golvet.

"Vi romska kvinnor är vana att ta hand om familj och hem. Släpp all matlagning och tvätt till mig."

Det förklarade hennes sydländska utseende. När hon hade gått vände sig Harald mot Jesus igen och lade sig på scenen med händerna bakom huvudet. Det var inte klokt det som hade hänt på sistone. Nu hade de en inneboende och potentiell församlingsmedlem. Det innebar att de skulle vara tvungna att spela med i sekten från morgon till kväll.

6

Harald stod framför Jesus som från korset blängde ner på honom. Trots att han och Jesus på korset hade hunnit bekanta sig med varandra under flera veckor var den Allsmäktiges son ännu avogt inställd till Haralds stapplande försök att bilda något som skulle kunna kallas för ett trossamfund. Majsolen sken in och värmde upp församlingslokalen, men Jesus såg köldskadad ut med sin flagnande plasthud. Harald hade gett sig in i samma bransch som han fastän han inte kände till de vanliga rutinerna för alkoholkonsumtion inom ekumeniken. Istället för sedvanligt rödvin skulle han nu skåla i billig skumpa. Det smakade som överjäst äppelcider vars sötma hade rymt ut genom korken.

Emrik, Simon och Rosita pratade i mun på varandra och märkte inte av Jesus illvilliga min. De hade samlats vid altarbordet som hade täckts med en vit linneduk. På bordet hade Rosita dukat fram fyra vinglas, en flaska mousserande torrt vin, en saftkanna till henne och ett paket kex. Harald hyschade och höll upp en hand.

"Tystnad!"

Tre par ögon vände sig nyfiket mot honom. Harald tänkte först stirra stint på dem, för att ge tyngd åt stundens allvar, men bländades i samma sekund av ljuset som strålade in genom fönstret vid taket. Fönstret var graverat med näckrosor och när ljuset färdades genom den färgade den kyrkväggarna gula och gröna. Jesus hepatitgula hud badade i olivfärgat ljus och fick honom att för ett kort ögonblick se levande ut. Hans kinder blev rosa för den oönskade uppmärksamheten. Jesus skapare, inte Gud utan konstnären, hade i all hast glömt täcka hans genitalier med ett skyggt ländstycke. Naken som en välhängd romersk staty hängde han på korset med inget annat att skyla sig med, än spikarna i händerna.

Harald lyfte sitt glas vin upp i luften.

"Skål Hallelujabröderna! Nu är vi ett registrerat trossamfund."

Emrik, Simon och Rosita höjde sina glas och skålade.

Det hade varit nära att Harald hade gett upp tanken på sekten. Lisa Nyrén som var deras registrator på Kammarkollegiet hade alltid hittat något att invända mot i deras ansökan. Mejl och telefonsamtal hade gått som vältrafikerade spårlinjer mellan dem. Lisa verkade inte ha något annat att göra än att avslå deras rutinansökan. Ett vitt fönsterkuvert hade till slut kommit där Lisa meddelade att deras ansökan hade gått igenom. Lisa skulle givetvis ha sista ordet. På en neongul post-it-lapp mitt på blanketten hade hon med sin spretiga handstil upplyst att hon inte kunde hitta fler fel. Harald skulle som tur var slippa henne och hennes irriterande röst som snäste av redan när hon svarade.

Harald hade trott att hon skulle hjälpa honom. Det var hans första sekt, om han räknade bort mormoneskapaden, och ville absolut inte missa någon klausul. Därför hade han listat upp sina frågor efter betydelsegrad. Var trossamfund skattebefriade? Skulle kollektpengarna registreras? Lisa hade upplyst honom att det fick han ta reda på själv och hänvisade till både deras och Skatteverkets hemsida. Om han inte kunde läsa fanns det alltid en inläst version.

Skadeglädjen hade flikat in sig i hennes röst när hon upptäckte att han hade missat att de måste ha en styrelse. Det hade hon upplyst på deras tredje avslag. Harald skrev ner samtliga sektmedlemmarnas namn, gav dem olika styrelseposter och skickade dem till Lisa med vändande post.

Rosita, Hallelujabrödernas sekreterare, ställde sitt saftglas på altarbordet och slog sin penna på styrelsens anteckningsbok.

"Hur blir det med gudstjänsten imorgon?"

Kassören Emrik tittade frågande på ordförande Harald, medan styrelseledamot Simon hällde upp mer vin till sig själv.

Gudstjänsten. Ett registrerat trossamfund måste ha någon form av gudstjänst eller meditationsstunder.

Simon sträckte fram sin surfplatta. Den var uppenbarligen en kinakopia, fast en välgjord sådan, av märket Angloid. Ica-handlaren hade gett den till Simon, sagt att han vunnit på en nitlott. De som inte ens hade köpt en lott.

”Jag har fixat vår hemsida.”

De tittade ner på surfplattan där det framför en svart bakgrund stod *Hallelujabröderna* med röda flammande bokstäver.

”Fint”, sa Harald fast det lät som han sa *skit*. Hade någon brytt sig om att fråga ordföranden innan de lanserade en oproffsig hemsida? Sidan skulle nog bara försvinna i mängden. Internet svämmade över av liknande sidor. Han ville absolut inte ha dit hippies som tänkte rädda världen samtidigt som de trevade över gitarrsträngarna och sjöng *Kumbaya* under inverkan av hallucinatoriska droger.

Simon pekade på surfplattan, på en av deras sidor och fick fram en ny bild som pryddes med ett stort kors.

”Jag har postat lördagens gudstjänst, länkat till vårt Facebook-konto, lagt upp på Instagram och taggat på Twitter. Jag har valt tema.”

Simon log.

”Du som trodde att jag inte kan något om kyrkor.”

Simon hade konfirmerat sig för några år sedan. Mona hade lockat med ett guldkors i konfirmationsgåva. Den hade han löst in på pantbanken och köpt en back folköl av en skum typ bakom ett gatukök.

Rosita hade gått ut i köket där Harald hörde henne tappa vatten i diskhon.

Harald drämde en Bibel på Simons huvud.

”Idiot!”

Simon masserade hjässan.

”Gillade du inte hemsidan?”

”Måste du för djävulen annonsera ut våra gudstjänster? Vi är en sluten sekt.”

”Det skulle du ha sagt innan jag lade upp sidan.”

Harald gick runt i cirklar, rundade lokalen i åttor, korsade mellan kyrkbänkarna och mittgången. Hans utstyrsel fick honom att se ut som en märklig rugguggla. För ändamålet hade han tagit på sig en paljettväst över den vita särken. Orange och gula paljetter föll från den långa västen som broderats med cirklar, trianglar och spiraler. Harald mumlade högt.

"Skadan är skedd. Jag går in i sakristian och förbereder mig. Be Rosita komma med vin och ett paket torra kex, Jesu Kristi blod och kropp. Jag måste ha ett tema på gudstjänsten."

Simon pekade på skärmen.

"Men jag sa ju att jag har fixat det. 'Behöver vi Guds förlåtelse'?"

Harald skakade på huvudet.

"Som du har ställt till det. Då behöver jag ha svaret på det idag, helst redan igår."

Simon tyckte att han hade valt ett bra tema. Det fanns bara två svar på frågan: ja eller nej. Harald kontrade med att en enkel fråga hade desto svårare svar. Och var skulle han hitta svaret? Det visste Simon. I Bibeln, sökmotorn för andliga frågor. Emrik höll inte med. Bibeln bestod av tusentals sidor. Hur skulle Harald hitta ett passande bibelcitat när det fanns så många att välja på?

Simon höll upp sitt pekfinger.

"Blunda, tryck ner ett pekfinger. Läs! Gud kommer att leda dig rätt."

Simon tyckte att slumpen, alias Gud, var en utmärkt lottdragare, då densamme hade fått dem att bilda en sekt i Helgeryd. De hade också den att tacka för att de fick hyra det passande kapellet.

Harald slog sig ner på den främsta bänkraden.

"Vi har inte bestämt om Gud styr oss med sin himmelska plan eller låter oss hamna i klistret. Han var skaparen, men jag misstänker att han inte lägger sig i vad vi gör. Se bara på världen. Människorna har förstört hela miljön."

Harald hade gått in i sakristian för den första bibelcitatdragningen. Vad för soppa hade han egentligen hamnat i? Han lutade sig mot byrån och tittade ner i en av lådorna. Tofflor och strumpor i himlens och regnbågens färger, allt från billacks metalliclyster till rost. Det var som om någon hade spytt glitter i byrån.

Det fanns flera biblar att välja på. Han drog ut den som såg nyast ut från bokhyllan, Bibel 2000, som han lade på fönsterbänken. Det gick visserligen att läsa Bibeln rad upp och rad ner, men alla kristna samfund tolkade den lite som de ville. Texten skulle dechiffreras av trossamfundets rosettasten, som vred alla texterna till att passa och handla om just dem. Hur ställde Hallelujabröderna sig i frågan om erektionen? Skulle de på den yttersta dagen, väckas upp från de döda, knuffa bort gravstenen och därigenom stiga upp med Gud Fader själv till himlen? Hur gjorde man med dem som inte var sedvanligt begravda? De som på grund av olyckliga omständigheter blivit av med kroppsdelar? Det var ett omständligt arbete för stackarna som hade gått en sådan död till mötes att först bli tvungna att hitta alla sina delar för att kunna ta hissen upp till Jesus.

Hallelujabröderna hade definitivt avskaffat kroppens betydelse i livet efter detta. I Himlen fanns inga snabbköp där man kunde köpa silvertejp för att sätta ihop kroppen. Vänta! Det var lättare att passera genom ett nålsöga än att komma till himlen. Nej, de skulle stödja tesen att kropparna inte behövdes. Anden kunde passera in genom små springor, men en kropp skulle kräva en dörr att gå igenom.

Harald suckade tungt. Så mycket att tänka på. Han bestämde sig för att schemalägga funderingar kring sektens olika tyckanden och ogillanden till någon annan dag. En sak i taget. När de var klara med kollekttvätten kunde de kanske sälja sitt franchise-samfund till den som ville ta över. De behövde inte ens byta namn och bloggen skulle de få på köpet. Det var bara att fortsätta välsigna i Herrens namn.

Harald drog fram en pall, klättrade med hjälp av den upp på fönsterbänken där han satte sig på madrassen med Bibeln i famnen och ett vinglas i handen. Det var dags att lotta ett bibelcitat att kontemplera över. Han stoppade pekfingret i munnen, drog ut det, vek upp en sida på måfå och tryckte till med fingertoppen. Den himmelska apparaten hade nu sagt sitt.

Stället hans finger hade landat på var intressant.

Hesekiel 44: 30. Alla de bästa förstlingsgåvorna av varje slag skall tillfalla prästerna, alla offergåvor ni ger. Det första av det ni bakar skall ni ge till prästerna. Då skall välsignelse vila över ert hus.

Med fler församlingsmedlemmar skulle de inte ens behöva gå till lanthandeln.

Texten skulle definitivt citeras på hemsidan, utifall någon hittade till Helgeryd. Den första bakplåten skulle ges till dem. Det var inte det här han letade efter just nu. Hesekiel verkade vara ett bra ställe att hitta tunga citat på, men medan han läste vidare blev han besviken. Resten av Hesekiel stämde inte överens med hans tro.

Bibeln var full av motsägelser. Han måste hitta något som stärkte honom i hans tro vilket sannerligen inte var lätt. Herrens tukt och förmaning förebrådde honom från sidorna, men ännu inget han kunde bygga sitt tempel på.

Haralds finger landade på Andra Korinthierbrevet 13:13. *Nåd från vår herre Jesus Kristus, kärlek från Gud och gemenskap från den heliga anden åt er alla.*

Det lät som slutet på ett avskedsbrev. So long, vi ses. Gör som ni vill. Älskar er för alltid. Harald tittade upp från Bibeln. Utan hjälp av Bibeln hade han kommit på det. Tre ben; nåd, kärlek och gemenskap. På detta må vår kyrka stå. Jesus dog för våra synder. Gud älskar oss. Den Heliga Anden bjuder oss alla in.

Behövde vi Guds förlåtelse? Samtidigt som Harald grubblade på lördagens tema, knölade han upp en ljusgrön, fluffig väst till kudde. Madrassen fick tjäna som dagbädd medan han funderade på bibliska mysterier. Smått vimmelkantig lade han sig för att vila. Kristi blod för dig utgivet hade fyllts på tre gånger ur Chianti-flaskan.

Snart var Harald inne i en dröm där Jesus, Gud och den Heliga Anden hade flyttat in i ett webbhotell i Korseberg. De överlade i ett konferensrum, över ett pokerparti, medan en filmduk bakom dem visade videosnuttar från hela världen. Det var katastrofer i stort och smått, allt från familjära dispyter över en kastrull spaghetti till jordbävningar i Malaysia. En ängel i vitt nattlinne och rosa vingar läste som en andfådd sportkommentator högt ur sitt papper. Den stora pappersrullen i dennes hand blev längre och längre och flöt ner mot golvet. "En konflikt har brutit ut på Röda torget mellan soldater och homosexuella. De senare kräver sina sexuella rättigheter. Nu över till Sverige. I Helgeryd…"

Jesus lade ner sina kort på bordet, givetvis med siffrorna ner. Eftersom Gud var allvetande lät han bli att tänka på dem, för annars hade han blivit varse om vilka kort hans son spelade med. Jesus lutade sig mot Gud och harklade sig. Gud tycktes inte märka det för han var upptagen med två saker, att fundera ut nästa drag och att styra över världens väder. Hans instrumentbräda för att övervaka moln var lika avancerad som i ett flygledartorn. Det fanns knappar för solsken, cumulusmoln, fjäderlätta moln, valkmoln, makrillmoln, askmoln, regn och monsun. "Herre mig", sa han och tryckte tillbaka en knapp som precis hade gjort att det regnade från Oslo till Bergslagen. Det blev en kortskur, Guds sätt att ångra ett regn. Det var tur att Gud inte hade tryckt på åskknappen. Den hade ingen tillbakafjädring. En åska kunde inte ogöras, lika lite som en atombomb när den väl hade briserat.

Jesus reste sig upp från bordet.

"Pappa, är det inte dags att vi börjar lägga oss i?"

Gud talade ur sitt vita skägg som ringlade ner till hans guldfärgade sidentofflor med marinblå tofsar. Det lät som en suck, men kommet från Gud var det mer som ljudet som åstadkoms vid en bergssprängning.

"Det går tyvärr inte."

Den Heliga Anden som hittills hade varit koncentrerad på sin korthand, tittade upp och log sitt outgrundliga Mona-Lisa-leende.

"Även solen har sina fläckar. Ett smärre fabrikationsfel. Istället för frisinnad råkade vi skriva in fri vilja i tillverkningskoderna. Vi vände på några bokstäver och se hur det gick. De har bråkat, slagit ihjäl varandra, när de inte är upptagna med att bränna, lemlästa eller försöka spela Gud. Vi har skrämt med syndafloder, gräshoppssvärmar, men inget hjälper. Och de hittar på nya ledare som låtsas vara Messias."

Heliga Anden klappade Jesus på axeln.

"Förlåt, men jag menar imitatörer. Fruktansvärt envisa de där människorna. Ska alltid ha sista ordet om det så blir deras död."

Harald hade upptäckt att han i drömmen hade krympt till en grön spyfluga. Med skimrande vingar snurrade han i luften, ovan vid att flyga flög han upp och ner, surrade på plats tills han landade på Jesus bröstkorg. Jesus lade armarna i kors och tittade på Gud.

"Menar du, att vi ska låta dem hållas? Hur blir det med frälsningen?"

Gud kliade sig i sitt långa, blanka skägg.

"Jag som Allvetande borde veta, men den fria viljan har ställt sig i vägen för min klarsynthet. Vi skulle behöva några år till för att se vart mänskligheten är på väg. Jag tänker i alla fall inte skicka ner dig igen som jag gjorde för tvåtusen år sedan. De skickade tillbaka dig utan att ens lösa in en returbiljett."

Och de tre, Jesus, Gud och Heliga Anden, lade ner sitt kortspel och hummade. De testade att tralla på en liten melodisats som änglakören hade presenterat för dem. Sången fick rummet att skimra änglalikt och heligt, som om en fyrverkerilåda hade detonerat i rummet. Det Jesus hade bett Gud om var inte lika enkelt längre. För tvåtusen år sedan hade det varit hyfsat lätt för Guds enfödda son att föra fram sitt budskap. Efter korsfästelsen hade Jesus ord förvanskats generation efter generation. Godheten hade funnits kvar som ett klister som höll ihop orden, men kristendomen hade sönderfallit till olika falanger. Var och en tolkade Bibeln på sitt sätt och försökte se till att ingen såg på den på ett annat sätt. De irländska katolikerna och protestanterna hade förvånat och smått förbannade upptäckt att de fick köa och gå in genom samma pärleport. I himlen fanns grupprum där irländare på löpande band bad varandra om förlåtelse. Nu när de alla var döda, var det ingen större idé att sura ända in i evigheten.

Bibeln var full av metaforer som kunde tolkas hur som helst. Inte trodde någon egentligen på att Gud eller Jesus kunde vandra på jorden. Om Jesus skickades ner skulle han spärras in på ett mentalsjukhus för sina vanföreställningar att han var ett med Gud och världen.

Den Heliga Anden, en rätt så genomskinlig men ändå genomtrevlig typ, läste upp vad som stod på hans himmelska surfplatta. Genom sina fasettögon kunde Harald se att det var av samma märke som Simons. Angloid.

"Jag har hittat något kul här. Den senaste raden av tokfrälsta är Hallelujabröderna. De påstår sig ha fått en gudomlig uppenbarelse av dig Gud, mitt i de småländska skogarna."

Gud drog fram sina läsglasögon.

"Få se. Det var som katten. Deras nästa tema i kyrkan är: 'Behöver vi Guds förlåtelse'?"

Han skrattade vilket fick hans runda mage att hoppa till under hans vita nattlinne.

"Anden, säg till mig när de hittat svaret på frågan. Frågan är helt betydelselös, kan varken ställas eller besvaras. Svaret är dock mycket intressant och avslöjande."

Jesus hade fått syn på den gröna spyflugan, Harald alltså, och ropade så högt att det ekade ända bort till konferensrummet mittemot. Där hade Lucifer kickoff för nytillkomna smådjävlar.

"Jag tror vi har en liten spion här." Jesus viftade med sina händer. Det sista Harald mindes var att Jesus händer var breda som tennisracketar. Om han inte varit Guds son och hjälpreda eller död, skulle han ha kunnat göra sig en karriär som bagare.

En spyfluga hade slagit sig ner på Haralds mage. I samma ögonblick som Harald slog upp ögonlocken uträttade den sina behov på hans väst. Harald slog ihop händerna.

"Det är fel fråga. Herregud, vad vi har haft fel om honom."

Harald tog Bibel 2000, drämde flugan rakt på miljonerna av ögon och skickade den tillbaka till Guds konferensrum i Korsebergs webbhotell. Flugan var lycklig när han dog, då han snabbt hade sörplat i sig en droppe av det röda vinet som Harald hade råkat spilla på sin klädsel.

7

Harald befann sig i sakristian där han drog i strumplådor och lådor som innehöll skärp, hängslen, slipsar och manschettknappar med kors på. Anteckningshäftet han skrivit ner gudstjänsten på fanns ingenstans. Utan den vägrade han gå ut i församlingslokalen. Han skulle prata om Guds förlåtelse, men Harald tänkte absolut inte förlåta den som tagit hans papper.

Rosita stack in sitt huvud genom dörröppningen. Hon undrade vad som stod på. Klockan hade slagit elva och Simon hade varit och ringt in i klockstapeln två gånger. Det enda som fattades för gudstjänsten var församlingsledaren, samt kyrkobesökare.

Harald drog handen över den svettiga pannan, som varit snustorr tills någon stal hans noteringar.

"Jag hittar inte mina anteckningar."

Rosita gick fram till fönsterbänken, sträckte sig bakom Harald och drog fram ett litet häfte där prislappen upplyste om att den kostade fem kronor på Ica Helgeryd.

"Varsågod."

Harald frågade om det satt många därute och Rosita skakade på huvudet. Bara Emrik och Simon. Ingen hade hittat till Helgeryd, trots att de mot Haralds vilja hade annonserat på Internet. Harald log motvilligt. De skulle få vara ifred. Smålandssjälar hade inte behov av frälsning.

Simon ringde på kyrkklockan en tredje gång medan Harald klev bort till talarstolen. Han hade stått vid spegeln där han hade övat på sin min sedan i morse. Det skulle se ut som om hans mun var ämnad för intellektuella saker han ville förmedla omvärlden. Inget slöseri med ord. Varje ord skulle betyda något. Sedan hade han tänkt på att hans min hade sett lite för allvarlig ut. Med lite salighet i blicken fick han till det rätta ansiktsuttrycket. En sorts sekterisk hänförelse där hans ögon glänste mot horisonten, tippade över kanten och hamnade bland de icke-levande. Vem som helst kunde se att han lyste av att ha funnit härligheten, paradiset. Amen på det.

Harald bredde ut sina händer, tecknade åt dem att resa sig upp. Emrik stödde upp Rosita, men Simon satt kvar vid pianot och plinkade på något som lät som *Blinka lilla stjärna*. Harald blickade över de tomma kyrkbänkarna och spände ögonen i Emrik och Rosita.

"Kära församlingsbor, vi är nu församlade."

Rosita tvinnade sina fingrar runt Emriks fingrar. Emrik ryckte till och log och viskade sedan i hennes öra. Hon vände sig mot honom och smekte honom sakta över kinderna. Han viskade något nytt till henne, vilket fick henne att fnissa och hyscha åt honom. Harald tittade strängt på dem och knackade på sin mikrofon.

Simon hade gått över till att spela något som påminde om *Mors lilla Olle*. Harald rensade strupen och lutade sig över talarstolen.

"Kära församlingsbor, vi är nu församlade.

Simon ställde sig upp och knackade på pianolocket.

"Det har du redan sagt. Vi är redan församlade. Go on with the preach, preacher."

Haralds ansikte var vitt som ett solblekt lakan. Han hade tappat tråden och kunde inte hitta den någonstans. Pappret i handen innehöll bokstäver som hoppade runt. Händerna skakade. Kroppen var inte till någon vidare hjälp, men han skulle fortsätta om det så var det sista han gjorde.

"Gudstjänsten idag kommer att handla om svaret på en fråga. Behöver vi Guds förlåtelse, en fråga som människor i alla tider har ställt sig. Vår kör, Emrik och Rosita, sjunger *Number of the beast*, Odjurets nummer, som har översatts och tonsatts av broder Simon vid pianot."

När Harald tittade upp såg han hur bröderna och Rosita tittade uppmärksamt på honom.

"Jag kommer att läsa ett stycke ur Bibeln, på det sätt vi i Hallelujabröderna vill ha det. På slutet tar vi kollekten. För den som vill, finns det fika i köket. Kaka och kaffe kostar tio kronor. Samtliga pengar går till återuppbyggandet av ett hem åt tre moderlösa bröder. Guds frälsning vare med er allihopa!"

Emrik torkade en tår ur ögonvrån och Simon ropade högt från sitt hörn av församlingslokalen.

"Halleluja på dig broder!"

Ytterdörren gnisslade. Harald stirrade på dörren till församlingslokalen. Skor klapprade över golvet. Någon kom allt närmare. Församlingsborna hade redan vallats in. Vem kunde det vara?

Dörrhandtaget drogs ner och en nätt ung kvinna stod vid dörröppningen.

"Ursäkta att jag är sen. Det är faktiskt inte mitt fel. Ni borde ha en skylt vid vägen och annonsera om gudstjänsten i god tid. Jag frågade Ica-handlaren och inte ens han visste vilken tid det skulle börja."

Kvinnan som hade ställt sig längst bak i församlingslokalen kunde inte vara mer än en och femtio lång. Varje centimeter av henne var uppfylld av hennes viktiga och ettriga röst. Hon skulle ha varit vacker om hon inte hade den där minen, den som antydde att hon hade rätt även när hon hade fel. Hennes grå kjol skulle också ha varit sexig om den inte stördes av den vita uppknäppta blusen och det långa blonda håret som knutits till en hård knut mitt på hjässan.

Rösten lät välbekant. Harald hade hört den irriterande rösten förut, men kunde inte placera den. Hur vågade hon störa mitt i gudstjänsten? Han pekade på en tom plats längst bak, där hon kunde sätta sig. Det brydde hon sig inte om. Hon gick längs mellangången, allra längst fram där hon satte sig bredvid Emrik och Rosita. Hon vände sig om, tittade över de tomma bänkraderna och räckte upp handen.

Harald spände ögonen i henne. Hennes korta figurformade kjol smet åt kring hennes lår, men hon satt ändå bredbent och tog mer plats än vad hon behövde. Harald lutade huvudet och svalde saliven som skummade i hans mun. Hon mötte hans blick och korsade benen. Hennes hårt plockade svarta ögonbryn stod ut som raka streck. Kvinnan slog ut med händerna och skakade på huvudet.

”Jag saknar en psalmbok, en Bibel att bläddra i och en broschyr om dagens gudstjänst.”

Harald ställde sig vid sidan av talarstolen och lade händerna bakom ryggen. Nu var det dags att ta fram den myndiga blicken, den utan en nypa salighet.

”Broschyren tog slut. Vi använder inte psalmboken och Bibeln har bara jag. Endast mina tolkningar av Bibeln är giltiga. Nå, var det några fler frågor eller kan jag fortsätta med gudstjänsten?”

Kvinnan tittade återigen runtomkring sig, på Emrik, Rosita och sedan på Simon vid pianot. Hon muttrade för sig själv, tog fram en anteckningsbok ur sin handväska, bläddrade fram till en sida och började anteckna.

Högt för sig själv, fullt hörbart för de andra sa hon:

”Det saknas rätt utrustning, vilket jag misstänkte. Har de ens tryckt upp några broschyrer?”

Dörren till församlingslokalen öppnades. Ralf från Ica Helgeryd lyfte upp sin hand till hälsning. I hans sällskap hade han en äldre man klädd i ett brunfläckigt blåställ och gummistövlar.

”Kära församlingsbor, vi är nu församlade för tredje och sista gången och hör sen.”

Kvinnan på främre raden höll upp sin penna i luften som darrade av förväntan.

Harald knackade på mikrofonen och vände sig mot de församlade.

”Behöver vi Guds förlåtelse?”

Emrik och Rosita tittade på varandra, ryckte på axlarna och tittade sedan upp på Harald som höll inne med svaret.

Harald dängde Bibeln på bordet. Stearinljuset som satt i en metallhållare bredvid honom hoppade till.

”Nej, nej, nej! Jag har träffat Gud. Han sa att frågan var inget att bry sig om. Det är svaret som är intressant. Ställer inte vi de allra dummaste frågorna på de mest självklara saker och får ett obegripligt svar tillbaka?”

Nu talade Harald ur sitt hjärta. Det var inte tal om förlåtelse. Vad brydde sig Gud om världsliga angelägenheter. I sanningens namn, hade han inte skapat oss till sin egen spegelbild? Hur smart var det att bygga in defekter vid skapandet av människan? Inte ens Gud visste vad vi skulle ha förlåtelsen till. Han ville i alla fall inte ha den trots att människor sedan de började dyrka honom hade samlat dem på hög. Alldeles för mycket fokus lades på onödigt förlåtande. Istället borde vi från början vara trevliga mot varandra och låta bli att lägga oss i andras liv.

Simon smällde till pianolocket och ställde sig upp. Han lyfte upp sina händer i luften.

"Halleluja!"

Rosita och Emrik ville inte vara sämre de heller utan reste sig upp och ställde sig sedan på bänken. De satte upp händerna, svängde dem till höger och vänster som en flagga som rörde sig i bris. Simon ställde sig på sin pianopall. Det var som om även han ville komma närmare Gud. Ralf med sällskap hade iakttagit Simon, Rosita och Emrik med växande nyfikenhet och de tog sats för att hylla Gud. Ralf tog fram en stålfärgad fickplunta, drog i sig några munnar av den och räckte över den till mannen bredvid honom. Med en fot på kyrkbänken och en på mannens axel kom Ralf upp på bänken. Mannen slickade sig om läpparna, räckte fickpluntan till Ralf och svingade sig för sin ålder tämligen vigt upp. Ralf och den okände mannen satte händerna till väders och vaggade dem i sidled.

Harald plirade ner från predikstolen.

"Ja, se där, församlingen är gripen av andligheten"

Kvinnan bredvid Rosita iakttog församlingen och deras mycket märkliga beteende. Hon skakade på huvudet och gjorde nya anteckningar i sitt häfte.

Harald bad dem sätta sig ner. Gudstjänsten hade kommit till delen där Hallelujabröderna skulle tolka ett valfritt bibelcitat.

Endast Harald visste vilken strid han hade utkämpat med Bibeln. Medan han väntade på den himmelska uppenbarelsen hade han förfriskat sig ur en bag-in-box med rött vin, en kvargömma i källaren som hade smakat som vinäger. När han trodde att han inte kunde hitta ett passande avsnitt, råkade han spilla rött vin över sidorna. En ljusröd ring hade bildats över Efesierbrevet, fjärde kapitlet, andra stycket. Det gjorde honom övertygad om att det var just det stycket han skulle läsa upp.

"I sanningens namn har vi redan fått den nåd som är utgiven av självaste Jesus Kristus. Somliga av oss ska vara elever till varandra, medan några av oss ska vara profeter."

Harald kunde faktiskt tänka sig själv som profet, att med viktig röst förkunna till de fattiga och obildade.

"I vilket fall som helst är det meningen att vi ska samlas så som vi gjort idag. Ni ska lyssna på min röst och enade ska vi hålla oss fast vid kärleken och sanningen. Tillsammans bygger vi upp vår församling, där var och en behövs."

Harald tecknade åt Rosita och Emrik att ställa sig upp.

"Gott folk, det är dags för *Number of the best*."

Emrik skakade på huvudet. Rosita viskade något i hans öra, vilket fick honom att rodna. Hon tog han hans hand och de gick upp för trappan till mikrofonerna vid altaret. Rosita ställde sig vid den högra mikrofonen medan Emrik tog den vänstra.

Simon bläddrade i notbladen, hittade rätt sida och tryckte ner flera tangenter samtidigt. De gjorde ingen ansats att harmonisera med varandra. Och han fortsatte trycka. Ut kom oväsen som en fyraåring som kröp över klaviaturen med lätthet kunde åstadkomma. Simons fingrar hoppade upp och ner på de vita och svarta tangenterna. Harald svalde. De hade övat när han var och handlade. Det skulle bli en överraskning hade de sagt.

Emrik och Rosita tittade på varandra, slog takt med fötterna, gungade med kropparna och väntade på att få hoppa in i melodin. Eftersom melodin saknade någon form av repetitiva toner tog de till slut sats och sjöng för full hals.

Bara en mor kunde älska Emriks sångröst. Gud förvisso, men Harald var säker på att de inte hade avslutat sitt pokerspel i himlen. Han hörde inte hur Emrik ålade sig genom noterna, stängde till stämbanden och åstadkom ett knarrande ljud som lät som en osmord dörr.

Rosita sträckte ut sin hand mot Emrik som tog den i sin och lyfte upp till en segergest. De drog ut mikrofonerna ur sina hållare och ställde sig rygg mot rygg.

Harald duckade bakom talarstolen, försökte dra sig till minnes om han någonsin hade hört något så överjävligt.

Det var Simons fel, ja, så var det.

Harald stirrade mot fönstren som vette ut mot fältet och undrade om det gick att öppna dem. Vad hade han egentligen trott? De var en löjeväckande sektverksamhet, en misslyckad sockerkaka som inte jäste för någon hade glömt bakpulvret. Simon hade översatt låten med Google Translate. Så var det. Han hade klagat på psalmsångerna, sagt att de var tråkiga. Ändå hade Harald föreslagit *Härlig är jorden*, *Bereden väg för herran* och *O helga natt*. Riktiga klassiker. Han hade låtit Simon övertala honom, som påstått att de inte var något annat än en coversekt, en riktig härmis bland församlingarna.

Sången tog slut. Simon plinkade på pianot som tog sina sista rosslande andetag. Den sista tonen vibrerade ut, slog mot kyrkoväggarna och sögs in mellan hålen på plankorna och kilade sig fast där. En stor slemklump satt fast i Haralds strupe. Att svälja var inte att tänka på och att hosta upp var opassande. Han räckte upp handen och viskade:

"Gudstjänsten fortsätter om fem minuter, efter en kort vattenpaus."

Församlingslokalen hade tömts på folk. Kvar i rummet var kvinnan som lett på de mest olämpliga ställen i Haralds anförande. Oroväckande snygg även om hennes strikta näsa pekade uppåt. Hon såg inte ut som en kvinna som plötsligt en dag beslöt sig för att gå på gudstjänst.

Hon verkade ännu inte ha bestämt sig för att ansluta sig till dem att döma av hennes missnöjda min. Hennes iskalla blå ögon stirrade på honom. Haralds blick kunde inte låta bli att vandra nedåt, ner mot hennes bröst som pekade rakt framåt. Det såg ut som om de förberedde sig för att rymma ut från blusen genom att knäppa upp knapparna.

I ett tidigare liv, den han hade haft för några veckor sedan, skulle han ha försökt ragga upp henne. En som henne strödde man inte rosenblad runt, utan intellektuella citat som hon kunde plocka upp och granska närmare. För att få henne på kroken skulle det krävas långa monologer av filosofiska tankegångar. Sådana som henne kunde han hitta på bibliotek, bokcaféer, på högskolans stentrappa där de solade sina bleka armar från långa studietider under svaga lysrör.

Kvinnan strök utan att tänka en hårtest bakom örat, gick fram till Harald och tryckte in sin hand i hans.

"Jag glömde presentera mig. Lisa Nyrén.

Det lät irriterande bekant i hans öron.

"Från Kammarkollegiet."

Hon log och släppte taget om hans hand.

"Jag skulle se hur det stod till med Hallelujabröderna. Intressant gudstjänst. Jag kan knappt bärga mig och se hur det spårar ur."

8

Det kokta fläsket var inte bara stekt. Det hade även doppats i smet innan det slutligen friterats. Harald hade stoppat gudstjänsten för att återhämta sig, en vattenpaus efter att ha hört den mest överjävligaste låt han någonsin haft oturen att höra.

Simon måste ha klistrat in *Number of the beast* av Iron Maiden i Google Translate och sedan inte kontrollerat att texten fick samma betydelse på svenska. Rosita och Emrik hade bara ögon för varandra och inte för texten. De turades om att viska och rodna. Och nu hade en oinbjuden person dykt upp, Lisa Nyrén, tjänstekvinnan från Kammarkollegiet som sedan hon steg in oavbrutet hade lagt sig i deras gudstjänst. Deras första gudstjänst skulle sluta i katastrof och det fanns inget han kunde göra åt det.

Lisa Nyrén var den sista han ville träffa i det här livet och i livet efter detta. Hur hade hon ens hittat dit? Det var förstås registreringsformuläret. Fågelsångsvägen 3, stod det på den gröna brevlådan ute vid vägen. Det gick nog inte att ta miste på vilket av husen som inhyste den Hallelujabröderska församlingen.

Lisa stoppade ner sitt anteckningsblock i väskan.

"Roligt att se mig?"

Det var svårt att beskriva känslan för byråkratkärringen. För sexig för sin egen ironiska och satanistiska röst. Hon borde dra åt helvete, ett ställe som inte borde vara alldeles för obekant för henne. Harald log mot henne, ett sådant där leende som inte betydde att han var glad att se henne.

"Vad är det nu? Hittade du ett stavfel i ett av de fem pappren jag skrev om tre gånger tills du blev nöjd?"

Lisa höjde sina ögonbryn.

"De är korrekt ifyllda. Jag kom hit mest av nyfikenhet. Vi pratade på jobbet om mörkertalet."

Harald tog ett kliv tillbaka och lutade sig mot väggen. Hans händer skakade bakom ryggen.

"Vilket mörkertal?"

"Ja, hur många skalsamfund det finns i Sverige. Deras enda syfte är att kunna hålla på med olagligheter och ha den religiösa verksamheten som täckmantel. Då kom jag att tänka på Hallelujabröderna."

De hade knappt ens haft en gudstjänst innan myndigheterna var dem i hasorna. Harald tänkte på blanketterna han hade skickat fram och tillbaka, alla samtal han hade ringt och mailen. Skulle allt det vara förgäves? I helvete heller. Han lade armarna i kors.

"Ursäkta? Nu vet jag inte vad du talar om. Antyder du något?"

Harald skulle inte ge upp utan strid. Än sedan om hon med sin intuition var nära att spräcka deras fasad.

Lisa plockade fram sitt anteckningsblock, bläddrade fram till en sida där hon skrivit Hallelujabröderna på första raden. Hon stoppade pennan i munnen.

"Hallelujabröderna verkar sakna en stark ideologi. Ni är tre bröder som visserligen inte finns med i brottsregistret, men er far förekommer flera gånger i den. Ni tycks ha funnit ett kryphål i lagen. Här kan ni hantera stora pengar, olagliga förstås, utan att skatta för dem och leva gott till sista myntet."

Harald lade händerna i västfickorna och höjde sig över henne.

"Vi har ingen kontakt med Sickan. Vi växte upp med vår mycket religiösa mor. Står det i dina papper? Vi tror på att vi är oskyldiga tills brott har bevisats."

Lisa tittade ner i sina anteckningar och skakade på huvudet. Det hade hon inte vetat om. Han måste vara på sin vakt från och med nu. Lisa var en skarpsynt kvinna och hon skulle nog gräva fram sanningen. De hade inte ens hunnit boka tvättid för pengarna förrän hon var efter dem.

Emrik och Rosita hade satt sig på sin bänk igen. Simon var tillbaka på sin plats vid pianot. Harald tittade bort mot talarstolen och vände sig om mot Lisa en sista gång.

"Om du ursäktar mig, så har jag en gudstjänst att slutföra. Du gör som du vill, om du vill stanna kvar, men jag förstår om du har bråttom hem till Stockholm."

Harald log sitt inövade saliga leende.

Lisa satte sig på första bänkraden och lutade sig bak mot ryggstödet.

"Jag ska ingenstans i dag. Jag har hyrt ett vackert torp över veckoslutet. Det går en liten stig härifrån. Om jag inte hade varit ute på tjänsteärende skulle jag kunna ha riktigt mysigt här."

Rosita måste ha städat bort hans anteckningar under tiden han pratade med Lisa, för Harald kunde inte hitta dem vid talarstolen. Typiskt Rosita. Om han ställde en kaffekopp på köksbordet tog hon genast bort den, hällde ut kaffet och diskade, om han inte höll i koppen med båda händerna. Han försökte fånga orden han mindes, men de flöt iväg innan han hann grabba tag i dem. Det var dags att prata om sanningen.

"Vi har pratat om Guds förlåtelse, vilket osökt leder till huruvida Gud anser att vi bör straffas. Gud är inte intresserad av att förlåta oss, för vi gör inget fel i hans ögon."

Emrik satt rak i ryggen på bänken och sög in varje ord hans bror sa. Rosita lutade sig mot hans axel medan Simon lutade sig över pianot. Ralf och hans vän hade även de tystnat och tittade upp på Harald. Harald tittade oavvänt på Lisa.

"Vad gäller världsliga och lokala lagar och sedvänjor, bör vi rätta oss efter dem, för vem vet vad en myndighet kan ställa till med. De kan ställa till med rejäl oreda i ens liv om man inte följer reglerna. Det blir allvarliga konsekvenser om man glömmer sätta punkt på rätt ställe i ett dokument."

Lisa särade på sina ben. Harald lutade sig åt sidan för att fånga upp en glimt av hennes trosor. Hon log och korsade benen. Det var varmt i församlingslokalen. Harald svalde och böjde sig ner för att diskret torka sin panna mot särkens mynning. Hur skulle han rädda gudstjänsten? Han höjde upp huvudet. En tanke hade kommit till honom och den var inte alls dum.

"Nu har vi kommit till trosbekännelsen. Det är dags för våra församlingsmedlemmar att komma fram och bekänna."

Han tittade ner på Rosita och Emrik som höll varandras händer.

"Jag kallar på broder Emrik att träda fram."

Emriks ansikte var blekt så när som på de röda blossande kinderna. Han smög sig fram till Harald och viskade:

"Du sa inget om det här."

Harald vände sig mot Jesus på krucifixet och gjorde korstecknet. Med hög röst talade han med ryggen mot församlingen.

"Herrens vägar äro outgrundliga och ibland hamnar vi på små grusstigar när vi försöker ta en genväg."

Emrik stod bredvid Harald och drog i hans väst. Han lutade sig fram och viskade.

"Vad är det jag ska bekänna? Den stora grejen?"

Harald drog sig loss och gick fram till mikrofonen.

"Berätta om ditt liv i församlingen."

Emrik kliade sig på hakan som blivit lika ilsket rött som kinderna, tittade förvirrat ut mot bänkarna och tog emot mikrofonen av Harald.

"När jag gick med i Hallelujabröderna fann jag kärleken för första gången i mitt liv. Jag visste inte ens vad det var förrän jag såg henne."

Rosita tittade ner på sina fötter, tog sats mot ryggstödet på bänken när hon reste sig upp. Hon gick fram till Emrik.

"Och jag fick en familj, en som inte bryr sig om vad jag har gjort."

Rosita avbröt sitt tal för att smeka sin mage innan hon fortsatte.

"De accepterar och älskar mig precis som jag är. Inte den jag borde vara. Jag är så tacksam för att jag fann Hallelujabröderna. Nu har jag tak över huvudet, vänner, mat på bordet, något att göra om dagarna och så förstås Gud."

Simon stod nu bredvid Rosita, att som nästa man bekänna. Harald tittade åt Simons håll.

"Tack, jag tror det räcker."

Simon lyfte upp sina händer.

"Ska inte jag få bekänna?"

Lisa som satt med anteckningsblocket i knät log.

"För min del, kan du bekänna allt om du vill."

Emrik och Rosita klev ner och satte sig på sin bänk. Simon skruvade upp mikrofonstativet och lutade mikrofonen mot sina läppar.

"Jag fann mina bröder som jag inte har träffat på tretton år. Jag lever med dem i andakt här i Hallelujabrödraskapet. Jag är dessutom singel."

Simon tittade bort mot Lisa och trutade med sina läppar. Harald tyckte att det påminde om ett ankansikte.

"Jag är 18 år men är mer erfaren än så. Inte munk, mer som en kristen hunk."

Harald hostade till och knuffade Simon åt sidan.

"Tack broder, för din ärligt naiva bekännelse. I sanningen får alla det de förtjänar bäst, var en efter förmåga och kapacitet. Herren fyller förråden efter våra behov. Amen."

Emrik och Rosita reste sig upp och ropade "Halleluja". Snart hade alla rest sig upp på bänkarna och gjorde gudshälsningen genom att vifta med händerna rakt upp i luften. Harald försökte le så där saligt som han övat på i spegeln inne i sakristian. Allt han kunde åstadkomma var en halvsidig ansiktsförlamning med snedvriden läpp.

Kollekthåvarna som stått lutade mot väggen vid dörren plockades fram och Harald gjorde tecken åt Simon och Emrik att träda fram. Medan han gjorde korstecken över deras huvuden lutade han sig mot Emrik och viskade åt honom att bara lägga en av femhundralapparna i håven. Emrik stelnade till, väste tillbaka för att fråga vad han skulle göra med de andra niotusenfemhundra kronorna han hade i jackfickan, de som Harald hade stoppat på honom innan gudstjänsten.

Harald lade handen på hans axel.

"Det är tills hon från Kammarkollegiet har åkt hem."

Emrik tittade bakom sig och såg Lisa hånflina mot dem. Han gjorde korstecknet och tittade upp mot Jesus.

"Herre Jesus, fräls mig från ondo."

Simon gjorde även han korstecknet.

"Jag tar hans del, give me something bad and naughty. Halleluja!"

Rosita lade en lapp i kollekthåven. På den hade hon skrivit att hon skulle baka en kaka till Guds ära. Just nu hade hon dåligt med kontanter. Lisa tog fram sin mobil och frågade om de hade Swish. Det hade de inte. Det skulle inte behövas, för deras främsta kollektkälla låg i fysisk form bakom en garderob. När det var Ralfs tur lade han 50 kronor i form av ICA-kuponger i håven och mannen bredvid skakade på huvudet. Han hade inte några pengar, bara en fickplunta och innehållet i den skulle bara rinna ut ur håven. När det var dags för värdarna Simon och Emrik att bidra till kollekten, drog Emrik fram en liten bunt ur innerfickan, vek upp en sedel och stoppade den i håven. Simon skakade på huvudet och drog ut sina innerfickor så att alla kunde se att det enda som fanns i dem var ett fastkletat tuggummi. Han drog loss det och lade i kollekthåven. Högtidligt steg de sedan tillbaka till Harald och gav honom håvarna. Harald hällde upp innehållet i en svart plastbunke.

"Dagens kollekt går till de fattiga och behövande. Amen!"

Harald lyfte upp plastbunken, gjorde ett korstecken över den och ställde den sedan på altarbordet.

Det var dags för kaffe och fika till självkostnadspris. Harald gjorde en gest ut mot köket. Lisa reste sig upp och försökte få ögonkontakt med Harald. Det tänkte Harald inte ge henne. Lisa gick fram till Emrik, som hjälpte upp Rosita från bänken.

"Det ska bli gott med fika, efter den högst intressanta mässan."

Emrik log ängsligt mot henne.

Harald hällde upp nybryggt kaffe i termosarna. Det skulle räcka för flera påtårar. Emrik tog en av kopparna Rosita hade ställt på bordet och fyllde sin kopp med kaffe.

"Hon som du nämnde vill inte gå."

Harald muttrade till svar. Var och en skulle se till att hon inte kände sig välkommen. Hon skulle få sitta som en panelhöna vid väggen. Inte nog med det, sedan skulle alla gå loss på henne med saliga berättelser om Herren och Jesus, tills det blödde salighet och fromhet ur hennes öron som sav ur paradisträdet. Det kunde hon berätta för sin chef. Här fanns inget annat än troende människor och en gryende religion som famlade i mörkret efter lysknappen.

Lisa stod vid köksfönstret. Harald kunde från fönstret se att Ralf och hans vän gick över fältet bort mot bondgården bakom Helgeån. Djupt insjunken i sin anteckningsbok noterade Lisa allt som försiggick i köket. Simon gick fram till henne och lade sin arm förföriskt mot väggen.

"Kommer du hit ofta?"

Lisa lyfte ner sitt block och stirrade på Simon.

"Vad vill du?"

Simon slickade sina läppar och log.

"Det du vill. Jag är öppen för allt."

Harald såg Simon ur ögonvrån samtidigt som han tryckte ner den sista syltkakan på tallriken från ugnsplåten. Han gav Emrik tallriken och gick fram till Simon, gav honom ett tjuvnyp i ryggen vilket fick honom att hoppa till.

"Rosita behöver hjälp att samla in fikapengarna."

Harald drog ut en köksstol åt Lisa som hon satte sig ner på. Pinnstolen var vänd mot fönstret där ån rann fram som ett porlande bubbelvatten. Ralf och hans vän, som av allt att döma var deras granne hade återvänt. De gick över bron och var på väg mot huset. Lisa vände tillbaka sin stol mot köket och öppnade blocket till en blank sida.

Ralf och den andra mannen klev in genom kökets groventré. Ralf ställde en petflaska med genomskinligt innehåll på diskbänken. Harald pekade på flaskan.

"Vad är det där?"

Ralf hängde av sig sin röda Ica-väst på en av köksstolarna.

"Vigvatten."

Mannen i blåstället slog sig ner vid bordet och drog fram en kortlek ur en ficka.

"Jag är Paavo."

Emrik stod kvar med kaktallriken i handen där Harald hade lämnat honom. Harald ryckte till sig tallriken.

"Det var meningen att du skulle ställa den på bordet bredvid kaffetermosarna."

Emrik suckade lättad.

"Och jag som trodde att jag måste mingla med kakorna. Jag är inte lika bra på att prata som du."

"Det heter konversera. Prata gör man till vardags."

Simon stod bredvid Lisa och hånglade med en syltkaka. Han tryckte in tungan i syltkakans röda hallonklick, himlade njutningsfullt med ögonen. När sylten var slut knaprade han långsamt i sig kakkanterna av syltkakan, samtidigt som han slickade sig om munnen. Lisa tittade äcklat på honom, reste sig upp från sin stol och gick fram till Harald.

"Det han gör med syltkakan skulle kunna kallas för sexuella trakasserier."

Harald tittade på Simon som med oskyldig min tuggade kakan. När Harald vände sig om blinkade Simon fräckt mot Lisa och gjorde sugande läten med sina läppar. Lisas blick föll på Rositas bula på magen och hon skakade på huvudet. Hon knäppte med pennan på anteckningsboken, öppnade den, klottrade dit något på sidan innan hon stängde den med en smäll.

Harald kunde inte sluta stirra på Lisa. Hon var irriterande snygg. En lock som ramlat ur hårknuten föll över hennes ögon. Harald ville luta sig fram och tvinna hennes hår mellan sina fingrar.

Hon stod så nära att han kunde känna doften av hennes kropp, den svaga svettlukten under hennes armar. Harald tog tag om bordskanten. En plötslig yrsel hade fått honom att tappa balansen för ett tag. När hon tittade på honom motstod han lusten att dra henne till sig och sniffa på hennes hals. Hennes leende var självsäkert, men något annat hade smugit sig in i hennes blick. Det sög till i hans mage. Var det attraktion? Hon lade handen på hans bröstkorg.

"Jag är väldigt bra på att observera. Har du märkt det?"

Lisa tittade bort mot Rosita.

Harald backade ett steg. Det gick inte att stå för nära henne.

"Rosita blev utkastad av sina föräldrar när de fick veta att hon var gravid. Vi tog emot henne med öppna armar."

Lisa tog ett steg fram, drog ut hårnålarna och lät lockarna falla ner mot skuldrorna.

Harald lade händerna på sitt skrev.

"Vi får fortsätta prata efter att jag har bytt om."

Harald öppnade garderoberna. Särkarna såg alla likadana ut, men de kunde varieras i det oändliga med västarna som försökte överträffa varandra i prålighet och smaklöshet. Det enda som fanns i riktig klädväg var de mörka byxorna och kavajen, den som de skänkt till sig själva från Erikshjälpen. Kläderna hade hunnit vara mormoner, dansbandsmedlemmar och nu hade de konverterat till Hallelujabröderna.

Den stora helfigurspegeln visade en hyfsat ung man med några kråksparkar i ögonvrån som inte funnits där för några veckor sedan. Nu vid trettio hade hans ansikte fått skarpare drag. Han såg bra ut på ett välpolerat sätt, lång men inte fullt så tanig som han varit i tonåren. De slimmade musklerna som såg snygga ut i vit skjorta hade han fått av att jobba som vaktmästare på högskolan. Var det inte en glödlampa som hängde löst var det stolar och bord som skulle flyttas runt. Han var för smart för att vara vaktmästare, men hans roll som församlingsledare var som skapt åt honom. Han kunde leda vilken församling som helst med sin respektingivande framtoning och den allvarliga minen under snedluggen.

Harald blev stående i dörröppningen till köket. Människorna han hade lämnat för mindre än en timme sedan, såg ut att ha blivit bästa vänner. Emrik hade kastat iväg sin sociala blygsel och samtalade med Ralf och Paavo som nickade till svar. De märkte inte att Harald kom, trots att han drog stolarna de satt på åt sidan och gjorde sig en plats åt sig själv mellan Simon och Lisa.

Simon ögon glänste till när vårsolen reflekterades i dem.

"Har du träffat Paavo? Vet du om att han har varit med i finska vinterkriget?"

Lisa fnissade och skvätte droppar från sitt glas på sin blus som blev hallonrödprickig.

"Skulle jag kunna få påfyllning? Lingondrickan är väldigt god."

Harald tittade på Lisa och sedan på Paavo.

"Är han inte lite för ung för att ha krigat?"

Ralf reste sig upp, hällde upp några centimeter ur petflaskan i Lisas glas och hällde sedan ljusröd saft i glaset. Lisa tittade på Harald med en ostadig blick.

"Dummer. Han var med om kriget. Ingen sa att han var soldat."

Harald tittade på dem allihop. De svajade som om de stod på ett trädäck på en gungande båt. Den enda som stod stabilt på golvet var Rosita som lutade sig mot diskhon med en diskborste i handen. Harald skruvade upp locket på petflaskan och sniffade. Sprit.

"Vad är det här?"

Ralf blinkade.

"En liten hemlighet som puttrat i de småländska skogarna blandat med importbrännvin. Du kan inte känna skillnaden på äkta vara och hemkört. Jag drygar ut mina starkvaror."

Harald nickade åt Ralf att följa med ut i hallen. Där pressade Harald honom mot väggen.

"Vem drack Lisa full?"

Ralf ryckte på axlarna.

"Hon är trevligare nu."

Lisa kom ut i hallen, rapade högt, drog upp dörren till det lilla utrymmet under trappan och kröp in. Hon kröp snabbt ut igen, tog sig vingligt upp på fötterna och drog sedan upp dörren till toaletten. Harald tittade på den stängda dörren och vände sig om mot Ralf igen.

"Hur stark är din sprit?"

Ralf drog sig loss från Harald.

"40 %. Det var hennes tredje glas."

Harald slog handen mot pannan.

"Helvete!"

Harald stod och dunkade huvudet mot väggen när Lisa kom ut från toaletten. Han mumlade "helvete" som om det blivit hans nya mantra. Lisa hickade.

"Får ni svära i er religion?"

Harald lyfte sitt huvud och sträckte ut sin hand.

"Det blev precis bestämt så. Jag ska ta dig hem nu."

Lisa knuffade bort hans hand.

"Aldrig i livet!"

Lisa ville inte säga var hennes nycklar var. Harald gick ut i köket där han hämtade Ralfs knippe med reservnycklar.

Lisa satt på golvet när Harald lyfte upp henne. Hon lade armarna om hans hals när han gick nerför rullstolsrampen.

"Vad ska du göra med mig?"

Harald klev över grusgången som inte tycktes ha ett slut. Det gick en liten stig in i skogen och när han hade kommit några meter såg han det röda torpet.

Fan ta byråkrater. De söp som karlar även med små kroppar som Lisas. Representationskonto som skattebetalarna fick betala. Lisa hade representerat sig ordentligt ikväll. Hennes chef skulle bli nöjd.

Lisa smekte hans kinder och hans grepp om henne hårdnade.

"Du vill ha mig. Jag är inte blind, vet du."

Harald svarade inte. Hon skulle aldrig få veta hur mycket han ville ha henne.

När han kom fram till torpet låg hon tyst i hans famn med stängda ögon. Bra! En så liten kropp kunde inte tåla hur mycket alkohol som helst. Om några timmar skulle hon vara sitt sarkastiska jag igen. På något konstigt sätt föredrog han den versionen än den här sexiga varelsen som låg i hans famn.

En församlingsledare skulle inte ledas av sina känslor utan hålla dem under kontroll, åtminstone tills Lisa var tillbaka i Stockholm.

Harald placerade Lisa försiktigt ner på bänken vid träverandan och famlade efter nycklarna. Det fanns tjugotre nycklar i Ralfs nyckelknippa som var märkta med siffror. Ovanför torpdörren fanns en liten rund skylt med siffran elva på. Han plockade fram nyckeln med samma siffra, låste upp dörren och ställde upp den.

Sängen han lagt Lisa på var en vit träsäng i bondromantisk stil. Den såg robust och rejäl ut. Hon rörde sig på sängen och öppnade ögonen. Hennes blonda hår hängde över ansiktet och klibbade sig fast mot hennes röda läppar. Harald satte sig ner bredvid henne och förde försiktigt hennes hår bak från ansiktet. När hon inte lade näsan i blöt var hon riktigt söt.

”Ska du inte klä av mig?”

Harald backade bort från sängen.

”Varför det?”

Lisa sträckte ut sin hand och drog ner Harald i sängen. För att vara så liten var hon ovanligt stark. Hon knäppte upp sin blus och slängde ner den på golvet. Harald blundade, men det var för sent. När hon drog av sig bh:n hade han sett hennes keliga bröst. Harald tänkte protestera, men kom sig inte för när hennes hand vandrade ner till hans skrev. Handen trevade uppför gylfen till hans byxknapp. Han andades tungt när hon fortsatte längre upp. Hennes fingrar gled ner under linningen, ner till det bultande ståndet.

”Vad har vi här då?”

Haralds röst var hes när han svarade.

”Jag tror inte det här är en bra idé.”

Hennes händer gled upp och ner över penisen.

”Varför det? Tycker du inte om mig?”

Harald kom ihåg att han avskydde henne med hela sitt hjärta och försökte hålla fast vid den tanken. Han tog tag i hennes ivriga händer.

”Du är full. Du kommer att ångra dig i morgon bitti.”

”Du menar att jag ångrar mig till kvällen. Klockan är bara femton noll noll.”

Harald tittade ner på sin klocka. Okej hon var full, men kanske inte så full att hon inte var närvarande. Ralf hade nog överdrivit om procenthalten.

Lisa drog av sig sina trosor, böjde sig ner och plockade upp en necessär från golvet där hon plockade fram en kondom. Med tänderna slet hon upp folieförpackningen. Hon rullade kondomen över Haralds erigerade stånd och satte sig sedan gränsle över honom.

”Jag är inte så full att jag inte vet vad jag gör.”

Harald tittade upp mot taket och log. Hon hade snabbt ridit sig till en orgasm och protesterade inte när han slängde ner henne på sängen och tryckte in sig i henne. Att så fel kunde kännas så rätt. Han var osäker på vem av dem som hade ylat. De hade nog turats om. Han tittade ner på Lisa vars ena lår låg inkilat mellan hans fjuniga lår. Hon ryckte till och slog upp ögonen.

”Vem fan är du?”

Harald reste sig upp på sina armbågar. Nu skulle hon spela oskyldig.

”Harald Karlsson till er tjänst. Församlingsledare.”

9

Lisa hade rullat in sig i täcket och studsat ner bakom sängen. Hon satt nu på golvet och iakttog den nakna Harald som låg i sängen och gjorde sitt bästa att skyla helgedomen med sina händer.

Hon skojade inte, kunde inte alls minnas hur hon och Harald vällustigt hade slingrat sig om varandra för att sedan uttröttade somna med armar och ben inkilade som plockepinn om varandra. Det var därför han inte skulle ha legat med henne. Trots att hon hade bedyrat att hon inte var full hade hon tydligen varit det.

Lisa ställde sig upp.

"Så du ligger med fulla tjejer?"

Harald satte sig på sängkanten fortfarande med händerna kupade runt sin lekamen. Kondomen som slokade mot hans lår hotade att när som helst rulla av och skvätta ner golvet.

"Det är inget jag gör i vanliga fall. Du sa att du inte var full."

Lisa höll upp täcket som ett skydd mellan sig och Harald.

"Du skulle inte ha lyssnat på mig."

"Så du minns alltså."

Lisa satte sig på sängkanten och log oskyldigt. Harald flyttade sig åt sidan. Det som han hade mellan sina ben kom plötsligt ihåg de noggranna instruktioner han fått av Lisa. Hennes kropp fick endast hanteras på ett visst sätt. Lisa slängde oblygt täcket från sig och gick fram till fönsterbänken. Hennes trosor låg som en röd lampskärm över den vissna pelargonian. Hon slet åt sig trosorna och drog på sig dem.

"Tro inte att det här kommer att få mig att ändra min åsikt. Ni är en fejksekt och har säkert flera bulvanföretag."

Där gick gränsen för Harald. Det de tillsammans hade åstadkommit i sängen skulle hållas utanför hans församling. Han stönade när hans penis mindes och ställde sig i givakt. Han drog åt sig täcket som Lisa hade kastat ifrån sig.

Lisa stirrade på honom och lade sig på sängen igen. Hon suckade.

”För säkerhets skull tycker jag att vi gör om det. Annars har du bara utnyttjat en full tjej.”

Harald tänkte inte protestera utan lyfte lydigt på täcket. Lisa sträckte ner sin hand till necessären och plockade upp en ny kondom.

När de vaknade efter en lång slummer hade solen sänkt sig och det skymde i torpet. De famlade bort till toaletten där Lisa gav honom en inplastad tandborste, en sådan man fick hos tandläkaren. Tysta stod de bredvid varandra och borstade tänderna. Deras lår vidrörde lätt varandra. När hon böjde sig ner för att skölja av ansiktet lade Harald handen på hennes rumpa. Hennes leende fick Harald att smälta. Under andra omständigheter kunde hon vara kvinnan i hans liv. Han spottade ut tandkrämen och gick ut från toaletten. Hon sprang ut efter honom.

”Vad är det nu? Surar du?”

Harald höll upp tandborsten.

”Var ska jag ställa den?”

Lisa tog den från honom och kastade den i handfatet. Bredbent och naken med händerna på midjan såg hon ut som en fulländad gudinna i miniformat.

Harald gick fram till henne, pressade henne mot väggen med sin bröstkorg, kupade händerna under hennes skinkor och lyfte upp henne tills hennes mun var i samma höjd som hans. Försiktigt kysste han hennes läppar och hon svarade med att trycka sina mot hans.

De låg på sängen. Täcket hade ramlat ner på golvet och kuddarna hade i ett hett ögonblick kastats ut i hallen. Lisa låg på mage, med händerna under huvudet.

”Jag tror inte jag klarar mer.”

Harald vände sig om på sidan och smekte hennes rygg. Lisa plockade bort en dunfjäder som hade fastnat i hans hår.

”Synd att vi träffas under så tråkiga omständigheter.”

Hennes kinder var rosa och läpparna svullna efter att Harald hade nafsat på dem. Det rufsiga håret skulle behöva mer än en kam att reda ut det. Harald drog henne till sig.

"Vi ordnar det. Vi behöver inte sluta ses. Du vet väl att olikheter dras till varandra."

Lisa reste sig upp till sittande.

"Men jag kommer att fälla er för sektbedrägeri."

Harald lade sin hand på hennes händer, men hon slog undan honom.

"Vi får väl se."

Harald kunde se tårarna i Lisas ögon. Hon drog handryggen över ögonen. Så hon hade känslor för honom trots allt. Var det därför det hade slagit gnistor om dem redan när de möttes över telefonen? De var ämnade för varandra.

"Hallelujabröderna kommer att vara den första i sitt slag och bana väg för att fälla andra sekter för samma brott. Brottet kommer att uppkallas efter mig. Lex Lisa, upptäckten att någon driver ett trossamfund i syfte att tvätta svarta pengar."

Harald ställde sig upp och tittade bort mot hallen. De andra undrade säkert vart han hade tagit vägen. Han hade bara tänkt bära hem Lisa och sedan gå tillbaka. Ingenting annat.

Efter att ha ryckt och dragit i dörrar som öppnade upp för städskrubbar, matskafferier och klädkammare kom de fram till att badrummet måste vara i byggnaden utanför torpet. Nakna trippade de mellan buskarna bort till boden. Lisa sprang före honom in och låste dörren efter sig. Harald bankade ilsket på dörren tills hon öppnade. Han kvävde henne med en kyss för hennes tilltag. Det måste bli ett slut på dumheterna, tänkte Harald och släppte taget om henne. Lisa hade redan gjort klart för honom att han var en brottsling, vilket han i och för sig var, men det kunde ju inte hon veta med hundra procents säkerhet.

Utbyggnaden bestod av en hall där en dörr gick till ett duschrum och den andra till en bastu. Harald klev in i duschen, öppnade kranen och lät vattnet strila ner. Han hade glömt hur skönt det var att duscha i något som inte var stort som en klädgarderob.

En hand smög sig upp bakom honom. Lisa hade stigit in. Hon tvålade in hans rygg och gned hans rygg med brösten.

"Vi behöver väl inte skiljas åt som ovänner."

Han lade handen på sitt skrev. Om han skulle ta en tripp till Stockholm när sektverksamheten var nedlagd.

Harald tyckte inte att det var en bra idé att de gick in tillsammans. Hennes kinder var älskogsröda och håret som hon tidigare hade burit i en knut på hjässan slokade mot axlarna efter ett misslyckat försök att dra fingrarna genom det.

För att ingen skulle bli misstänksam skulle Lisa vänta ute på gården minst tio minuter innan hon gick in. Det gick hon inte med på. Om någon gick ut för en rökpaus skulle de undra varför hon stod där ute i kylan.

Stämningen i köket hade runnit till från spritdunken i grovköket, men när Harald steg in tystnade de i sin uppspelthet. Spelkort låg utspridda på bordet och Simon var i färd med att dela ut en ny giv.

"Så ni spelar kort?"

Djävulens påfund. Fast i hans dröm hade Gud, den Heliga Anden och Jesus spelat poker.

Harald tittade ner på bordet. Det var inte lämpligt att använda kollektpengarna till spel, speciellt inte med Lisa närvarande. Han skrapade ner pengarna i skålen och gav den till Rosita som satt på en pall vid diskbänken där hon med mörk min hade iakttagit dem. Hon tog kollektskålen och gick med den upp till andra våningen.

Ralf tittade upp från sin korthand.

"Nå, nattade du in din vän ordentligt?"

Lisa svarade från dörröppningen.

"Jovisst, flera gånger."

Ralf visslade till. Så många gånger.

Lisa satte sig vid bordet, tog ett nytt glas av Ralfs hemkok, inte ett dugg vis av hur det hade gått förra gången. Besviket noterade Harald att hon inte tittat åt hans håll. Han själv kunde inte stirra sig mätt på henne.

Kollekten. Han måste gå och kolla vad Rosita hade gjort med den.

Rosita hade flyttat in i Emriks rum och föst ihop deras sängar till en dubbelsäng. Harald borde ha varnat Emrik att kära ner sig. När de stack kunde de inte ta henne med.

Den svarta plastbunken stod vid fönstret. Rosita själv låg på sängen, försjunken i sin mobiltelefon och spelade något som gav uppmuntrande kurrande läten med jämna mellanrum. Hon log frånvarande mot Harald när han knackade på dörrkarmen. Vilken välsignelse hon hade blivit. Hon tog hand om dem, såg till att det fanns mjölk i kylskåpet och toapapper på toan.

Harald tog skålen och vände den upp och ner och lät innehållet rinna ut på täcket. De hade fått in femhundra kronor förutom det som hade försvunnit in i pokerspelet. Rosita hade satt Ica-kupongerna de fått av Ralf på kylskåpsdörren. Harald tog kuvertet som låg bredvid kassaskrinet på bokhyllan. Han skrev dagens datum och summa på kuvertet, stoppade in pengarna och slickade igen det.

Rosita lade sin mobiltelefon på sängbordet och tittade upp på Harald.

"Varför är Emrik rädd hela tiden?"

Harald satte sig bredvid Rosita.

"Jag tror inte han själv vet."

Hon knäppte händerna framför sig.

"Han gråter om nätterna när han tror att jag sover. Jag har frågat honom varför han är ledsen. Då nekar han och säger att han är så glad att ha mig, så länge det går. Vad menar han med det?"

Det gjorde fortfarande ont att berätta om det, men Rosita behövde veta så att Emrik inte skrämde iväg henne för fel orsaker. Harald ställde sig upp och började gå i rummet.

”Mamma dog när Emrik var tio år. Pappa var inte där för att ta hand om oss. Emrik litar helt enkelt inte på människor. Alla han älskar har försvunnit. Utom jag.”

”Växte ni upp med pappa?”

Harald nickade till svar. Sanningen, det som hade hänt efter att hon hade dött hade aldrig tagits fram. Nu var inte den rätta tidpunkten. Det hade varit värst för Simon. Det måste ändå räknas att Harald hade ordnat upp det för honom.

Rosita tittade ner på sina händer.

”Jag har också förlorat min familj. Jag trodde att Marco älskade mig. Min mamma gillade honom inte, men pappa ville att vi skulle gifta oss. Han var från en bra familj. Efteråt kallade han mig för hora. Att jag hade lurat honom att ligga med mig. Jag var inte värd något för familjen längre.”

Rosita drog ett djupt andetag som gick förlorad i snörvlingarna.

”Han gav förlovningsringen han skulle ha gett mig till min kusin Tamara. När jag blev gravid blev jag beskylld för att ligga runt. Emrik är den enda som vill ha mig, trots att barnet inte är hans.”

När Harald gick nerför trappan kunde han höra att Lisa höll på att vinna kortpartiet i köket. Hennes glada skrik fortplantades ut i hallen. I potten fanns en Ica-kupong, en älgskylt och fem kronor. Hon slutade le när hon såg Harald, inte alls glad av att bli avbruten just när hon höll skulle vinna hela omgången. Harald drog med henne bort till gudstjänstlokalen där de satte sig på sista bänkraden. Han ville höra det från henne innan hon försvann tillbaka? till Stockholm.

”Ska vi ses något mer efter det här?”

Hon lade armarna i kors.

”Varför det?”

Harald smekte hennes arm.

”Jag trodde vi hade något på gång.”

Lisa blundade och när hon öppnade ögonen log hon sarkastiskt.

"Vi har båda fått vad vi ville."

Harald tänkte inte dölja sina känslor för henne.

"Inte jag."

Lisas röst lät ansträngd när hon svarade.

"Om du tror att ett litet knull ska få mig att ändra min åsikt om er sekt, så har du fel."

Haralds ansträngningar i sängen och mot väggen räknade hon tydligen in som lönebonus och skattebefriade nöjestillägg. Skulle det vara på det viset, skulle det tydligen vara det.

"Då berättar jag om oss för din chef."

"Du skulle bara våga."

Hon skulle bara våga anmäla dem.

I köket skålades det friskt. Ralf, den enda i köket som inte tycktes vara full bortom sans, frågade vart Lisa hade tagit vägen. Harald svarade att Lisa hade gått hem till sitt. Hon behövde skriva en rapport om Harald och sedan en om sekten. Den första handlade om att han hade pressat henne till att ha sex med honom. Det skulle hon inte komma långt med. Vem som helst kunde se att hon spann som en nyservad bilmotor. Det fanns alldeles för många vittnen till det påstått påtvingande umgänget.

Ralf slängde ett ess på bordet.

"Så sant som det är sagt, nytta och nöje ska aldrig blandas ihop även om det var en reproduktionsduglig frisk kvinna."

Harald höll inte med. De hade haft trevligt tills hon fick för sig att fälla dem. Hur ont det än gjorde skulle han se till att hon inte vann.

10

Det lilla kapellet i Helgeryd hade inte varit med om maken till förändringar sedan de förra ägarna beslöt sig för att måla om väggarna i köket till mörkbrunt och installera en grön elspis, någon gång på 60-talet. Ute på gården slumrade trädgården i en törnrosasömn som ännu inte väckts till liv av någon flink trädgårdsmästare. Maskrosor och kvickrot gjorde sitt bästa i att försöka ta herraväldet men även de mötte motstånd av lövhögarna som kvävde allt som försökte kravla sig upp. Solen sken skoningslöst och eftersom det inte fanns skuggläge i form av mysiga bänkar under lummiga buskar och träd hade samtliga Hallelujabröder tagit sin tillflykt till kapellet där vinden fläktade dem från fönstren som öppnats för att framkalla korsdrag.

Det knackades i väggar och bänkar inne i kapellet. Träspån låg som små korkskruvslockar på församlingslokalens golv och flög upp så fort dörren öppnades och samlade sig i drivor vid väggarna. Från köket ringlade doften av nybakade kanelbullar till Simon som satt vid pianot och övade på *Blott en dag*. Den fortsatte bort till Harald som stod vid altarbordet där han sorterade gamla kläder från sakristian in i svarta soppåsar och till Emrik som ur furuträ täljde ett större krucifix till Jesus.

Bröderna hade efter två månader gjort sig hemmastadda i kapellet Eden och började även lägga sin egen personliga touch på stället. Harald kunde då och då bli påmind om att de i september, om tre månader, skulle lämna Helgeryd och försvinna spårlöst. Under tiden gjorde det honom gott att se att bröderna verkade må bra. Det var nästan att han kunde låtsas att de alltid skulle ha det så här.

Rosita hade föreslagit att de skulle måla om i köket och hallen. De vitmålade träpanelerna gav hela kapellet en ansiktslyftning. Känslan av att gå in i en numera vit hall jämfört med en brun hall var som att ersätta syndabekännelsen med syndabefrielse. Till och med maten smakade bättre i det vitmålade köket. Nu när de ändå frigjorde huset föreslog Rosita att Jesus rangliga kors skulle bytas ut mot ett mer stabilt. Om Jesus hade varit levande skulle han lätt ha sparkat på tändstickskorset och tagit sig loss. Deras Jesus var inte alls mager, inte som han brukade avbildas med revben som stack ut. Han var mer som en romersk staty gjuten i plast. Deras Jesus skulle vara en hejare på diskuskastning om han inte satt fast på väggen. Hans muskler glänste som om de hade smorts in med vaselin när solens strålar föll på dem från näckrosfönstret. Deras Jesus förtjänade ett nytt kors.

Emrik reste upp korset, en stam med två motsatta grenar, han ägnat flera dagar åt att tälja på. Det hade tagit längre tid än vad han hade trott då den var full av kvisthål. Rosita hade lånat en symaskin av Ralf och sytt ett grönt ländstycke till Jesus som passade hans gula, vaxliknande hud. Konstnären som hade skapat Jesus hade gjort en anatomiskt korrekt modell av honom ner till minsta detalj och dessutom gjort honom välhängd. Jesus såg genast gladare ut när han slapp blotta sig.

De hade lottat vem av bröderna som skulle upp på stegen och hänga tillbaka korset. Rosita var diskvalificerad. Magen putade ut mer för var dag och i sjunde månaden kunde hon inte se sina fötter längre. Emrik fick nitlotten och var den som skulle upp på stegen. När han stod på det tredje pinnsteget tittade han ner. Stegen och Emrik vibrerade lika mycket när han upptäckte att han hade fobi för höga höjder. Han fick ledas ner och lotten stod nu mellan Harald och Simon. Simon förlorade. Harald fick nitlotten, men eftersom han var församlingsledare hade han en utslagsröst och bestämde att han stod över sådant.

Simon klättrade snabbt upp för den tre meter höga stegen tillsammans med en hammare och en grov spik. Spiken var rostig och borde ha varit lite större, men Ralf hade inte haft någon bättre eller tjockare i sin butik. Den skulle hålla för Jesus hade han intygat.

Simon lyfte upp hammaren och slog in spiken i väggen. Han räckte över hammaren till Harald.

Jesus hade fästs mot korset genom att vira paketsnöre flera varv runt benen och händerna. Ingen kunde tänka sig att slå en spik genom hans händer och fötter. Det kändes grymt. Hade han inte lidit tillräckligt för deras synders skull?

Emrik räckte upp korset till Simon som böjde sig ner och grabbade tag i den med en hand medan Harald höll i stegen. Simon styrde spiken mot det lilla hålet Emrik hade gjort i korset där spiken skulle in. Något gick snett, för han slant med korset och tryckte in sin handflata i spiken. Han vinglade till när han skrek, tappade korset och Jesus som ramlade ner på altarbordet medan han själv föll ner på klädpåsarna vid stegen.

Harald, Emrik och Rosita tittade förfärade ner på Simon som stönande öppnade sina ögon. I fallet måste Simon ha tagit tag i Jesus fötter för de var nedblodade och Jesus stirrade ner på honom från bordet.

Simon tog tag om handleden på sin blödande hand. Rosita räckte honom ett tygplagg, en särk full med hål som hon hade dragit ut från klädpåsen under honom. Det slutade blöda när han virade den runt handen, men såret skulle behöva ses om. På vårdcentralen skulle de kolla om han behövde ta en stelkrampsspruta.

Ralf stod på gården med sin Ica-pickup och höll upp dörren för Simon som klev in i förarsätet. Trots att byn inte var tillräckligt stort för att täcka en vårdcentrals driftkostnader fanns det en privat vårdcentral vägg i vägg med äldreboendet. Vårdcentralen hade fått hyra lokalen för en spottstyver mot att den lilla filialen hade minst en doktor och en sjuksköterska som tog hand om Gyllene vilans inneboende. Ralf ägde ålderdomshemmet. Det fanns flera tomma rum i den rymliga byggnaden som snart även skulle tjäna som flyktingförläggning.

Ralf parkerade bilen bredvid vårdcentralen. Fyra unga jeansklädda tjejer åkte med sina mopeder runt en gatuköksvagn. Simon tittade nyfiket bort mot dem, samtidigt som Ralf ledde in honom i entrén.

På skylten bredvid dörren stod det Doktor Ali Mohammed Ali. Läkaren som öppnade dörren var stor som en boxare och han klämde sin hand hårt i Simons friska hand. Under den vita läkarrocken stack silvergrå hårstrån ut från den blå v-ringande skjortan, men över hans maskulint kantiga ansikte var hans tjocka kortklippta hår korpsvart.

Doktorn satte sig vid datorn, hummade, knappade in något på datorn och vände sig om. Han nickade igenkännande mot Ralf, vars kinder blev röda. Läkaren rullade sin stol mot Simon.

"Nå, hva är det som är galt med deg?"

Han lyfte upp Simons blodiga hand och virade bort det provisoriska bandaget.

"Ser ikke bra ut. Rusten spiker? En stivkrampespröjte og et nytt bandasje hos sykepleiern. Du kommer til å bli bra."

Simon och Ralf gick bort till den andra dörren som det stod Sjuksköterska Ingrid på. De knackade på dörren. Simon suckade och tittade bort mot doktor Mohammed Alis dörr.

"Fan, såg du doktorn. Jag ska bli som han."

Ralf lutade sig mot väggen, tittade ut mot den långa korridoren och log.

Simon hade kavlat upp sina skjortärmar. Ingrid, sjuksköterskan, hade anvisat honom till patientstolen samtidigt som hon ingående granskade hans vita blodstänkta skjorta.

"Du är en av Hallelujabröderna."

Hon hämtade en flaska Klorhexidin, hällde ut det på en kompress, som hon gnuggade mot såret som hade slutat blöda. Simon studsade till av smärta.

"Jag är inte religiös om du tror det. Jag är egentligen musiker och spelar piano. Hur visste du att jag var en av dem?"

Sjuksköterskan fixerade en kompress på handen och virade ett bandage runt den.

"Ni är det största som har hänt sedan stormen Gudrun gjorde oss strömlösa i flera dygn. Dessutom har prästen Lennart Ödeskog förklarat krig mot er. Oroa er inte för honom. Sedan kantorn dog har hans trogna kyrkobesökare minskat till tio på en bra söndag. Med dem turnerar han runt i sina kyrkor. Han är bara rädd för att bli arbetslös."

Någon hade kladdat ketchup på pickupen. De tittade bort mot gatuköket där en stor upp- och nervänd ketchupflaska rörde sig runt i cirklar runt kedjan den satt fast i. Ralf gick bort till gatuköket och Simon lutade sig mot pickupen.

Tjejerna som hade åkt moped runt gatuköket bromsade in och hoppade av från sina mopeder och rullade bort dem till Simon.

De var ungefär i Simons ålder, kanske några år yngre. Ingen hade hjälm men de såg ut att tillhöra samma gäng. Alla bar jeans, jeansjacka och korta randiga linnen som lämnade magen bar.

Ralf återvände till pickupen med slokande axlar.

"Några pojkar från trakten. Muttrade något om kusiner och bröder till den stora Leffe. Ingen har sett honom på flera år, men han och hela hans släkt hatar bögar. Jag hämtar något att rengöra med från Gyllene Vilan."

Simon tittade på de fyra tjejerna, drog med sin ena hand luggen bakåt, sög in magen och spände upp bröstkorgen. Tjejerna hade omringat pickupen med sina mopeder, men de sa ingenting. De idisslade sina tuggummin, lyfte på benen och trampade otåligt med sina nötta sneakers på asfalten. En av dem, som också var ledaren på sättet som de andra såg på henne, blåste upp en tuggummibubbla och smällde till den med handen.

"Vem är du?"

Simon tittade på dem en och en och fastnade med blicken på en av tjejerna, en tjej som hade sitt blonda hår uppsatt i hästsvans. Hennes söta ansikte täcktes av små ljusbruna fräknar. Hon log blygt mot honom. Tjejen som hade frågat Simon pekade på sina vänner och presenterade dem för honom. Den leende tjejen hette Elsa och var två år yngre än honom.

Simon skrapade på asfalten med sina svarta skinnskor.

"Vad tycker ni om läkaren?"

Ledaren blåste upp en ny tuggummibubbla.

”Han är typ skitgammal, säkert tretti.”

Simon gäspade samtidigt som han spände upp sina armmuskler, sträckte ut sina händer och lutade sig mot motorhuven. Tjejerna ställde sig i en ring runt honom.

Ledaren som hette Moppe tog ett steg fram.

”Vi trodde du var konstig. Elsas morfar är prällen här. Han säger att en farlig hjärntvättarsekt härjar i trakterna. Vi tycker du är snygg.”

Simon hoppade upp och satte sig på motorhuven.

”Vi ska starta bibelstudier. Jag kommer att leda dem.”

”Är ni typ kristna?”

Simon nickade till svar.

”I så fall går det bra. Vi får typ bara läsa i Bibeln, alltså för Elsas morfar. Vet ni om att det fanns en annan religion där ni bor, för trettio år sedan, men de försvann bara en dag.”

Ralf gick över parkeringen. I ena handen höll han blöta servetter och med den andra låste han upp bilen. Han tittade bort mot vårdcentralen och höll upp dörren för tre okända människor. Simon hoppade ner från motorhuven. De såg ut som rumänska tiggare; en man, en kvinna och ett barn. De satte sig i baksätet.

Tjejerna kickade igång sina mopeder som de smattrande åkte iväg på. De hade blivit lovade bibelstudier som skulle börja om några dagar.

Simon pekade på de tysta passagerarna i baksätet.

”Vad ska du göra med dem? Du ska väl inte köra dem hem till oss? De kan inte stå där och tigga, om du inte vill att de ska svälta ihjäl. Utanför din butik kan de ju inte heller stå. Du har inga kunder mer än oss.”

Ralf vred om nyckeln till bilmotorn.

”Snart kommer de tyska turisterna.”

Simon hoppade in i bilen, drog på sig bilbältet och stirrade oblygt på tiggarna. Mannen hade en rutig keps på huvudet och en ljusbrun manchesterkavaj över ett par svarta bylsiga jeans. De hade nog inte tvättats på ett tag för han luktade ingrodd svett. Hans ansikte var fårat och solbränt, hans blick sammanbiten. Kvinnan höll en liten pojke på knappt tre år i famnen. Pojken bar ett par snickarbyxor som räckte halvvägs upp på vaden. Han sög på sin tumme, men när han såg Simon stirra på honom tog han ut tummen och räckte ut tungan. Hans mamma tittade ut genom fönstret. Hon hade virat en blåblommig sjal över håret. Den vita blusen hon bar var fläckig av något dikesmelerat ljusbrunt. Hennes svarta kjol var dammig.

Simon vevade ner bilfönstret och fläktade med händerna in luft.

"Räcker det inte att du tog hem Rosita? Nu får vi rum-romer på halsen."

Simon vred sitt huvud mot den rumänske mannen. Han pekade på sig själv.

"Simon."

Mannen tittade först oförstående på honom, men satte sedan upp ett pekfinger i luften. Han pekade på sig själv, sin fru och sitt barn.

"Valentino, Maria, Florin. Snälla kan ni hjälpa mig? Pengar."

Ralf klappade Simon på knät. "Det är det enda de kan säga."

Simon tittade på vägen framför sig.

"Var ska vi dumpa dem? Jag tror inte Harald kommer att gilla det här."

Ralf log.

"Ni ska hjälpa dem. Det är vad barmhärtiga samariter gör."

Harald stod med armarna i kors vid kapelltrappan och spärrade vägen som en fotbollsmålvakt. Tiggarna steg ut från pickupen. Han pekade på dem.

"Vilka är de där?"

Ralf stängde bildörren och lyfte ner pojken från sin mammas famn. Han gick före de andra som följde efter, föste Harald åt sidan och drog upp dörren till kapellet.

Harald höjde upp sina händer till himlen medan de andra försvann in i huset.

"Vad i helvete?"

Hallelujabröderna, ett ytterst selektivt och exklusivt sällskap på fyra personer hade plötsligt utvidgats till en internationell hjälporganisation.

Ralf och de tre tiggarna satt på golvet i församlingslokalen med blicken riktad upp på den blodbefläckade Jesus. När Harald gick fram till dem vred Ralf sitt huvud mot honom.

"Jag har för mig att Jesus sa något om att alla är välkomna till himmelriket."

Harald knäppte händerna framför sig.

"Det är möjligt, men här i Eden är det fullt."

De tre tiggarna satt på golvet i mittgången med händerna knäppta till bön. Simon stod framför dem, uppenbarligen inte nöjd med sin paketerade hand. När han fick loss en flik av bandaget rullade han av den. Kompressen som suttit tryckt mot såret föll ner på golvet. Han vände och vred på handen och betraktade det röda märket mitt i handflatan. På handryggen fanns ett litet rött märke som inte funnits där tidigare. Om de inte visste bättre såg det ut som om spiken hade gått rakt igenom.

Maria, den rumänska tiggaren, lyfte upp blicken, såg Simons hand och hoppade upphetsat upp.

"Isus, Isus!!

Ralf tittade upp på korset, på Jesus blodiga fötter, gick bort till Simon och vände upp hans handflata.

"Jag tror hon menar att Jesus är här. Ett mirakel har skett i Helgeryd."

11

Enligt Bibeln färdades ordet snabbare än ljuset. Först fanns ordet och ordet var gott. Därefter kom ljus, mörker, himmel, jord, varelser och Guds egen avbild. Just i Helgeryd var inte ordet gott, för Smålands variant av djungeltelegrafen färdades i brevbärarens spår och spred Hallelujabrödernas senaste förehavanden. Skvallret hade nått ändå bort till Helgeryds Allehanda, HA, en lokal blaska som inte hade tillräckligt med lokala nyheter för att fylla upp en kolumn på en sida.

Det hade inte ens gått mer än tre dagar från det att Simon hade råkat ut för korsolyckan som pressen fick nys om dem. Mattias, journalist från HA, stod ute på Edens gård och bad att få göra en kort intervju. HA:s fotograf Nisse fotade under tiden den anskrämliga trädgården, där förra årets löv gav näring till de nya blad som trängde sig fram i de vildvuxna hallonbuskgrenarna och till maskrosorna som sprätte upp lite var som helst.

Det sista Harald ville ha var uppmärksamhet. Han hade fått huvudrollen i ett spektakel bortom hans kontroll. Polisen häckade säkert i en buske och väntade på klartecken att få bryta sig in. De hade begått ett fruktansvärt brott, bestulit en gammal tant på pengar. Vem visste om hon levde eller var död.

Det skulle inte vara första gången de fick besök av en polisbil. En sådan hade nästan konstant stått parkerad utanför deras lägenhet, barndomshemmet. Nyfikna grannar med kaffemuggar i händerna hade lutat sig ut från sina balkonger och vikit sig på tvären över balkonglådorna för att se vems farsa som blev handfängslad den här gången. Nio av tio gånger var det Sickan polisen tog. Hans korta vistelser i frihet slutade alltid med stort polispådrag och handbojor.

Bröderna brukade stå ute på gården och se på när polismännen tryckte in pappan i bilen, medan mamman överlät pappa till Guds vilja. "Kära Gud, låt honom sitta inne länge den här gången så att han blir ordentligt rehabiliterad eller finner

Dig. Kära Gud, se efter mina barn. Jag är döende, som du vet. Amen."

Pressen som stod ute på Edens gård hade inte hört talas om inbrottet hos den gamla tanten. De ville veta mer om Hallelujabröderna.

Aftonbladets svarta Volvo rullade in på gården och ställde sig bredvid HA:s röda epa-traktor. De var intresserade av att höra om det blödande krucifixet. Tidningar i brist på nyhetsstoff rapporterade visst om allt.

Gäspande höll Harald upp dörren för journalisterna. Han hade sovit dåligt. Sedan Maria, Valentino och Florin hade inkvarterats i Eden hade församlingen inte fått en lugn stund. Florin sprang nu runt i cirklar i församlingslokalen och för varje varv drog han ner något. En blomkruka med jord, en död planta kraschade mot golvet, därefter en psalmbok vars bokrygg bröts mitt itu.

Rosita vankade ut till köket på sina svullna ben och hittade ett kexpaket som hon lockade in Florin i köket med.

Maria och Valentino hade inte kunnat sluta stirra på krucifixet och på Simon med stigmat på handen, tecknet på hans förbund med Gud. Dagen efter Simons korsfästelse hade korset börjat blöda, kåda som från de många kvisthålen blandades med Simons koagulerade blod på Jesufötterna. Ralf var också övertygad om att ett mirakel hade skett.

Harald hade låtit dem hållas. Lite mirakeltänkande kunde inte göra någon skada. Då kunde han få vara i fred, planera nästa gudstjänst och drömma om Lisa, som han en dag skulle träffa igen. Under andra omständigheter.

Mattias från Helgeryds Allehanda tittade uppmärksamt på Harald.

"När upptäckte ni miraklet?"

Emrik vankade av och an bakom journalisterna och drog nervöst fingrarna genom håret. Rosita stod bredvid honom med armarna i kors och skakade på huvudet för varje ny vända som Emrik tog.

Simon trängde sig förbi Harald och journalisterna för att öppna dörren till församlingslokalen. Han sträckte ut sina händer i luften och till Haralds förvåning hade Simon röda sår på båda händerna, på handflatorna och handryggarna. Journalisten sträckte fram handen, för att röra dem, men Simon drog snabbt undan sina händer. Simon log, sträckte ut sina händer igen och lade huvudet på sned.

”Sorry! Jesus nailade mig. Allt började när vi satt i Trollhättan i godan ro, som helt tre vanliga syndare.”

Båda journalisterna tittade upp, satte pennorna till blocken och började skriva. Nästan samtidigt vände de blad.

”Och sedan drog vi ut på turné med Ola-Connys, ett dansband från Hälsingland. På en rastplats här i Helgeryd, såg vi ett spöklikt ljus komma ut ur skogen. Den väntade på oss.”

Reportern från Aftonbladet knackade på sitt block.

”Du tror inte det var en gatlampa som hade gått sönder?”

Simon blundade.

”Nej, mer som ljuset Jesus såg när han föddes.”

”Du menar som de tre vise männen såg.”

Simon öppnade ögonen igen.

”Jag är säker på att Jesus såg ljuset före de vise männen.”

Aftonbladsjournalisten höjde sin blick.

”Jag har en notering här att ni var mormoner innan ni startade er egen församling.”

Simon tittade bort på Harald, som skakade på sitt huvud. Hur kunde de veta det? Simon log osäkert.

”Det kanske vi var, tre mormonska dansbandsbröder som följde ljuset ända bort till kapellet. Harald fick uppenbarelsen och då bestämde vi oss för att slå oss ner här.”

Simon höll upp sina händer igen. Journalisterna tittade på dem, skrev litet till i blocken och vände blad. De ville granska korset. Emrik ställde sig framför Jesuskorset och blockerade vägen för dem. De backade undan och tog fram sina block igen. Reportern från HA höjde upp sin penna.

”Så Jesus började bara blöda?”

Aftonbladsjournalisten lutade sig mot korset, tryckte ett finger i korset och sniffade i luften.

Harald tittade ner på Simons händer. Simon måste ha tryckt ner en kniv i handen. Harald ställde sig framför journalisterna.

"Det blir bra så."

Aftonbladsjournalisten luktade på sitt finger.

"Det luktar sav."

Harald lade armarna i kors.

"Eller av rökelse som på Jesu tid. Mirakel är inte bara synförnimmelser. Lukt kan färdas tvåtusen år i tiden".

Journalisterna ville veta vad deras budskap till världen var. Harald ville svara att brott inte lönade sig för då fick man mirakel på halsen, men lät bli.

"Ni måste gå nu. Jag har en gudstjänst att planera."

"Vad kommer nästa mässa att handla om?"

Harald suckade djupt och tittade ut genom fönstret där de övervintrande fåglarna som landat på fältet pickade på marken.

"Det kommer att handla om saknaden av våra kära. Kommer de någonsin att komma tillbaka och hur man lär sig att hantera förlusten av dem."

HA-journalisten slutade skriva.

"Intressant. När sa du att gudstjänsten skulle vara?"

De nyfikna pressjournalisterna åkte iväg, inte riktigt nöjda med svaren. Harald kunde andas ut. Äntligen skulle han få jobba ostört i sakristian. Det var vad han hoppades på. Maria och Valentino talade inte svenska, så det gick inte att säga till dem att låta honom vara ifred. Emrik hade gått in i sin egen fantasivärld där han upprepade att de skulle åka dit där han låg på en av bänkarna i församlingslokalen med tårarna rinnande nerför kinderna. Rosita förstod inte vad de skulle åka dit för. Hon kände inte till deras kriminella bakgrund och det skulle hon heller inte få veta. De var alla en del av Haralds församling och därmed hans ansvar. Han var fåraherden och de en samling fårskallar.

Han gick upp till altaret, ställde sig där med händerna bakom ryggen med utsikt över sin växande församling. När journalisterna hade trängt sig in i deras hem hade han snabbt kastat på sig en vit särk och en grön fotsida väst utan att kolla vad han dragit över sig. Västen var broderad med vad som tycktes vara brodösens uppfattning av paradiset, tusentals färgglada kanariefåglar och papegojor. På ryggen kunde man ana Adams nakenhet dold i fjädrar, sprudlande och jonglerande på en nyklippt gräsmatta.

Vad skulle Gud ha gjort i hans ställe? Det var som om anden hade klivit in i Harald och beordrade honom nu att samla ihop alla till att göra gott. De stannade upp i vad de gjorde för tillfället, utom Florin som fortsatte springa runt i cirklar i församlingslokalen. Harald sträckte ut sin hand och pekade.

"Rosita, du fixar mat. Vi har flera munnar att mätta. Emrik, du diskar upp efter frukosten och dukar upp det stora matsalsbordet."

Emrik torkade tårarna med sin ärm och nickade mot honom. Harald gjorde en lång konstpaus, som blev till en djup suck när han tittade på Simon.

Simon sträckte upp sin hand.

"Jag kan träna på psalmer till nästa gudstjänst."

Harald gick ner, lade handen på hans huvud och, välsignade hans förslag.

"Jag tycker det låter som en bra idé."

Vad skulle de göra med Maria och Valentino? Han visste inte vad de gjorde hemma i Rumänien. De kunde inte sitta ute på trappan och tigga. Ingen skulle passera här och skänka dem pengar, för de tyska turisterna hade ännu inte anlänt. När tidningsrepresentanterna gick nerför trappan efter intervjun hade Maria och Valentino ljudlöst slunkit ut på trappan. De satt i Buddha-position och sträckte ut sina vädjande händer. Florin hade gått efter reportrarna, sugit in sina revben mot ryggraden och stapplat framför dem tills han tömt dem på småmynt.

Harald tecknade med händerna framför Maria och Valentino. Hans händer flöt upp i luften och det såg ut som om han plattade till en stor duk, slätade ut kanterna och drog bort de osynliga rynkorna. Vad han menade var att de fick göra vad de ville, bara de gjorde lite oväsen och tog Florin ut ur cirkulationen, någon annanstans långt bort från sakristian. Maria och Valentino nickade och såg väldigt glada ut.

Det verkade som om även Ralf förstod lite romrumänskt teckenspråk. Han hade dykt upp från ingenstans och hade sett Haralds teckenspråk.

"Jag har en idé, kommer snart tillbaka."

Harald hoppades att han inte skulle komma dragandes med hembränt, för han kunde fortfarande känna smaken av Lisas tungfylla i munnen.

Med alla upptagna med sitt skulle Harald fokusera på Lisa, nej han menade saknaden efter Lisa. Använda saknaden och göra den bästa gudstjänsten världen skådat i mannaminne.

Det var nog meningen att han skulle vara präst. Om den kriminella ådran inte hade kallat på honom högt och gällt och överröstat den andliga sidan av honom, skulle det ha blivit något av honom inom kristendomen.

Tystnaden i sakristian lugnade ner Harald. Ur det skulle det födas mästerverk. Han satte sig vid skrivbordet och tittade ut mot Helgeån. En röd mössa hade fastnat i ett grenverk och flaxade runt som en fågel i flykt, studsande på en och samma punkt tills den fick nog och lyfte från grenen.

Saknad, vad fanns det i Bibeln om saknad? Han lyfte upp sitt pekfinger, slog på måfå i Bibeln, placerade sitt finger på en sida och läste ur den heliga skriften.

Bibeln var ett sammelsurium, inget han kunde bli klok på under den korta tiden han skulle vikariera som församlingsledare. Den hade i alla tider använts som uppslagsverk, där citat plockades hit och dit. Allt kunde i princip tolkas hur som helst.

Bibelsidan han slagit upp gjorde honom besviken. Han läste högt.

"Sannerligen, jag säger er: en av er kommer att förråda mig."

Var det ett tecken från Gud? Skulle någon förråda honom? Simon pratade bara bredvid mun. Emrik skulle kanske kunna förråda honom om han fick strafflindring. Förmodligen skulle

det bli Lisa, om hon kom över det etiska dilemmat av att ha
haft sex med sitt granskningsobjekt på arbetstid.

Om han bara kunde få en kort stund med henne igen. De
skulle förmodligen aldrig ses mer. Hon var färdig med
församlingen, hade fått det hon kommit för, bevis på att de inte
var en riktig religion.

Tillbaka till Bibeln. Harald läste ett nytt stycke.

"Detta är Guds vilja: att ni skall avhålla er från all otukt."

Ytterligare en påminnelse om Lisa. Han förde fingret längre
ner:

*"Sätt en ära i att leva lugnt och stilla, sköta ert eget och arbeta med era
händer så som vi har föreskrivit er. Lever ni på det sättet vinner ni de
utomståendes aktning och blir inte beroende av någon."*

Harald höll inte med om allt i Bibeln. Det var dags för
Hallelujabröderna att bryta sig loss från Bibeln, ta Jesus med sig
och hålla honom som gisslan för deras egna ord. Vem
bestämde egentligen vem som bedrev otukt? Det han och Lisa
hade upplevt tillsammans var något vackert. Till nästa
gudstjänst, skulle de officiellt lägga Bibeln ifrån sig och ha sin
egen tolkning av Guds ord. Vem sa att det bara var Muhammed
eller Jesus som kunde höra gudomliga röster? Han hade trots
allt träffat Gud, Jesus och den Helige Anden. Harald tittade ner
på Bibeln och skrattade högt.

*"Ty när Herren själv stiger ner från himlen och hans befallning lyder
genom ärkeängelns röst och Guds basun, då skall de som är döda i
Kristus uppstå först och därefter skall vi som är kvar i livet föras bort
bland molnen tillsammans med dem för att möta Herren i rymden. Och
sedan skall vi alltid vara hos honom. Ge nu varandra tröst med dessa
ord."*

Lisa och Harald skulle motvilligt fösas ihop, för det stod så i
Bibeln. Det var en lång tid att vänta på återuppståndelsen. Tänk
om Lisa hittade någon annan under tiden? Det skulle bli en lång
pinsam tystnad i himlen, för när de väl delade ut lägenheter,
bungalows och villor till de nyanlända skulle det kanske bli
missförstånd och Harald skulle tryckas ihop med Lisa och

hennes nye. Aldrig i livet eller i himlen att han delade henne med någon.

Det knackade på dörren och Rosita stack in sitt huvud. Hon hade den trådlösa telefonen i handen och räckte över den till Harald.

"Det är Lisa."

Hans hjärta tog ett glädjeskutt. Hon hade trots allt saknat honom. Han tog emot luren och vinkade till Rosita att gå ut i köket, bortom hörhåll.

"Så du har saknat mig."

Harald kunde höra Lisa flämta till.

"Idiot."

Harald smekte telefonluren och viskade i den.

"Din idiot."

"Jag sa inte uttryckligen att ni skulle hålla låg profil, men vad fan. Ni är en fejksekt och snart kommer hela Sverige få veta det."

Hade de redan hamnat på löpsedlarna? Tidningarna kunde knappast hunnit trycka upp det. Det skulle ändå inte bli något stort, bara några få rader om dem. Knappt läsbart. I Aftonbladet skulle de skriva en kort notis som knappt gick att läsa, så liten var den. Det var inget att oroa sig för. I de katolska länderna skedde underverk dagligen. Någon bad till moder Teresa och blev genast botad från migrän. Ett blödande kors och handstigmata var lägre nivåer av mirakel, jämfört med att levitera eller bota någon från cancer.

"Det är bara ett blödande kors. Vi är en liten församling och önskar ingen uppmärksamhet."

"Säg det till Jesus."

Här skulle inget sägas till Jesus, inte från en simpel gudlös tjänstekvinna som bedrev otukt med religiösa som försökte leva ett lugnt och stilla liv.

"Vad vill du att jag ska meddela Jesus? Du kan prata med honom själv. Vi är inte katoliker. Det behövs ingen mellanhand."

Lisa väste i luren.

”Jesus gör reklam för Ica.”

Helt befängt. Harald förklarade för Lisa att Ica-affärer inte hade funnits på Jesus tid, bara marknader och basarer.

”'Jesus loves Ica', säger det dig något?”

”Du vet mycket väl att du inte hittar det i Bibeln, inte ens i den engelskspråkiga versionen.”

”Jag tittar på en direktsändning från Helgeryd. Det verkar ske mirakel lite var som helst där i byn. På lanthandelns dörr står det *Jesus loves Ica* skrivet i ketchup. Den uppstod från intet.”

Ingen ketchupflaska hade öppnats eller skadats, men på ett mystiskt sätt hade ketchuptexten uppenbarat sig. Ralf hade stängt butiken för dagen och skulle precis till att låsa dörren då han hade hört ett underligt skrapande läte utifrån. Det var då de upptäckte det, att Jesus älskar att handla på Ica.

”Det har inget med Hallelujabröderna att göra. Mirakel är inte exklusiva.”

”Jodå.”

Marken vid butiksdörren hade varit täckt med flygblad och på dem stod det:

16:e juni
Gudstjänst Hallelujabröderna
Tema: Saknad

12

Drömmen hade varit så tydlig. När Harald slog upp ögonlocken var den kvar på hans näthinna. Så var även doften av nyslaget gräs och fårlortarna han luktat på. Det hade inte alls varit obehagligt ville han minnas. Näsborrarna läste av dem som om de var tio DVD-skivor översållade med fakta om gräsplätten och dess invånare som gömde sig bland grässtråna.

Han hade befunnit sig på en smaragdgrön äng där regnskurar avlöste varandra. När han tittade ner på sina fötter såg han tassar istället för de svarta skinnskorna. Tassarna var luddiga och täckta av vit och grå strävhårig päls. Det enda han ville vara att nosa sig själv i baken, bända sig själv för att nå fram. I drömmen var han en vallhund, så mycket kunde han se. Den ivriga svansen snärtade honom rakt mellan ögonen och smått omtumlad vände han uppmärksamheten mot omgivningen.

Får vart han än vände blicken. Alla var bekanta för honom. Vita och grå ullmoln balanserade på två par tunna ben, som vandrande garnnystan med strumpstickor till ben.

Rosita var rundare än de flesta av dem och vaggade med kroppen åt sidan för att förflytta sig framåt. Bakom henne blundade Emrik och höll sig fast i henne genom att hålla fast hennes svansstump mellan tänderna. Längre bort besteg Simon ett välkardat får, medan hennes fårväninnor stod i ring runt dem och bräkte avundsjukt. Valentino och Maria, de enda med svart päls, höll sig avsides. Florin dansade bredvid dem, tog sidoskutt och rullade i runda fårlortar som fastnade på pälsen. Mamma Maria himlade med ögonen och nöp bort de svarta pluttarna från pälsen med sina gulgröna raka tänder. Valentino bräkte bort till de andra fåren, som skakade oförstående på huvudet. Det fanns får som Harald vagt kände igen från verkliga livet. Människor han någon gång stött på, kassörskan på Konsum, bibliotekarien, hans gamla lärarinna, alla var de samlade. Han var inte ett av fåren utan deras vallhund, den som ansvarade för dem.

Grinden var öppen. Fåren skulle fösas in genom den till en ny äng. Det var ingen som brydde sig hur mycket han än skällde. De fortsatte bita i gräset utan att lyfta upp sina huvud. Simon och hans fårflickvän låg i gräset och tittade varandra djupt in i ögonen.

Haralds husse stod en bit längre bort, iklädd ett vitt nattlinne och en herdestav i handen. Det såg inte ut som om han ville vänta för evigt på dem. Solen höll på att gå ner och om de inte gick över till den nya ängen snart skulle herden gå hem och låta dem vara kvar där de var. När han såg sig om upptäckte han att deras gräsplätt tynade bort i gult utom där regnet hade bildat djupa gyttjepölar som Florin plaskade i.

Bakom grinden var gräset mycket grönare. Harald ställde sig på bakbenen och förberedde sig på ett barskt skall, men allt som kom ut var ett hest gläfsande. På nästa försök fick han till ett gällt skall. Fåren lyfte förvånat på sina huvuden, men återgick snart till sina sysslor. Han sprang bort till Simon och bet honom i bakbenet, men han log bara och visade upp sina gröna fårtänder.

Han nickade mot sin flickvän.

"Låt mig få runda av här. Heaven can wait."

Vad menade Simon med det?

Fåraherden lyfte upp sin hand till en hälsning och kastade sitt långa bruna svallande hår mot ryggen för att vinden inte skulle blåsa den rakt i hans skäggiga ansikte.

"Herre Jesus", ylade Harald och studsade ivrigt bort till sin husse.

"Jag vet inte vad jag ska göra. Jag har försökt med allt."

Jesus log med sina bländvita tänder. De sken starkare än solen som kämpade sin evighetslånga kamp mot regnmolnen, att hinna torka upp marken innan nästa regnskur.

"Du ska inte krångla till det Harald. Ett och samma budskap hela tiden. Upprepa det. Kort och koncist ska det vara. Med tiden lär de sig att lyssna på dig. När du skäller blir de förvirrade."

Och Harald skämdes, för nu mindes han gången han vallat dem rakt in i ett el-stängsel. Jesus räddade dem genom att trampa på strömbrytaren. Eller gången då Harald förirrade dem ner i en damm. Ull är vattentät och fuktavstötande, men det fanns en gräns för allting.

Nu visste Harald vad han skulle göra och gav till ett kort och kraftfullt skall. Samtliga får stannade upp och väntade ängsligt på nästa signal. Han sprang från det ena staketet bort till det andra och på några minuter hade alla kommit över till de frodigare markerna. Jesus stängde grinden och krafsade Harald bakom öronen. Det hade varit den bästa stunden på dagen.

Rosita sprang omkring i köket när hon inte studsade på samma fläck. På pannan tycktes nya svettdroppar bildas i samma takt som hon torkade bort dem. Hon ställde sig på tårna och drog ner kaffekoppar från köksskåpet samtidigt som hon med den andra grabbade tag i kaffeburken.

I församlingslokalen satt Simon vid pianot och tränade på de psalmer han hade valt ut. De lät inte som de brukade göra. De släpade morgontrötta efter i noterna som om de varit ute om nätterna, slarvat runt och övat på skalor.

Emrik vek broschyrer till dagens mässa och plockade ner psalmböckerna från bokhyllan vid dörren och placerade några i varje bänkrad. Harald plockade upp en av broschyrerna och läste. Ordet *Saknad* lyste i gult mot den vita bakgrunden.

Tema Saknad - hur vi hanterar förlusten av nära och kära.

Harald hade varit säker på vad han skulle tala om, men drömmen hade gjort honom osäker. Vem var han mer än en vilsen fårhund som ledde sin församling på irrvägar? Och han hade också en och annan fjäder att plocka med Ralf. Skulle Jesus verkligen ha skrivit ett reklambudskap i ketchup på väggen. *Jesus loves Ica.* Handlaren passade på att få sin andel av uppmärksamheten. Hur vågade han använda det kristna budskapet till att marknadsföra sina egna varor?

Harald gick ut till köket igen. Rosita plockade ut en plåt med syltkakor från ugnen. Han tog plåten från henne och ställde på bordet.

"Vi kunde ha köpt kakor. Ingen begär att du ska göra allt.”

Hon stirrade trotsigt på honom, tog en näve deg och kastade ner den på köksbordet.

"Aldrig i livet!”

Maria och Valentino skulle kunna hjälpa till. Precis som alla andra i huset borde de hjälpa till. Han hade inte sett dem på ett tag, inte heller hört Florin. Han kunde skrika som en brandsiren och hans snabba steppande fotsteg rörde upp allt i sin väg. De kanske var ute på gården.

Harald kunde se att de hade röjt upp i den vildvuxna parken. De hade hittat till vedskjulet och åkgräsklipparen stod parkerad vid hallonbuskarna. En häcksax stack upp ur gräsmattan. De hade tagit paus och satt i lotusställning på trappan. Trots att de inte kunde svenska verkade de veta om den förestående gudstjänsten och hade intagit sina tiggarpositioner på varsitt trappsteg. Harald ställde sig framför Valentino som reste sig upp och borstade av smuts från sina byxor.

”Hej, hej, snälla kan du ge mig pengar?”

Harald fnyste.

”Lägg av! Din fru behövs i köket och du skulle kunna sopa församlingsgolvet.”

”Sopa fru, köket. Aha!”

Valentino smakade på orden och försökte komma på några själv, men det gick inget vidare och återvände till de ord han redan kunde.

”Pengar?”

Harald ställde sig med händerna på höfterna.

”Mat och husrum det är vad ni får och en vettig sysselsättning.”

Valentinos oförstående blick mötte hans och suckande pekade Harald in mot huset. Maria och Florin reste sig motvilligt upp, sträckte på benen och följde med honom in. Harald gav Valentino en kvast och pekade på golvet, drog sedan med sig

Maria in i köket där en svettig och tung Rosita gav henne en kakspade att lyfta ner kakorna från plåten.

I diskhon strilade vatten ner från kranen och skålar med smet som runnit utmed kanterna balanserade och skallrade mot varandra. Harald stängde dörren om dem och lutade huvudet mot väggen. Det var inte klokt. Så mycket väsen för ingenting. När han lyfte upp ansiktet och kikade ut genom fönstret mot Helgeån, såg han Ralf komma gående med en skottkärra över träbron. Skogsstigen måste vara den kortaste vägen till Ica närbutik, men han undrade vad Ralf behövde skottkärran till. Harald tittade upp på väggklockan. Om mindre än en timme började gudstjänsten. Han öppnade fönstret och ropade ner till Ralf som ställde ifrån sig skottkärran.

”Jag har varit och fixat Kristi blod. Rött den här gången. Riktig Sauvignon-Merlot.”

”Ska du skvätta fler budskap om Jesus på väggarna, mer om Jesus exklusiva kärlek för Hallelujabröderna? Du får oss att framstå som pajasar.”

”Nej då.”

Ralf tog tag om skottkärran och försvann med den bakom hörnet. Harald hörde honom ropa.

”Jag var och kollade i sakristian. Ditt nattvardsvin var slut. Jag tog mig friheten att fylla flaskorna på nytt.”

Ralf hade alltså varit inne i sakristian. Det måste bli ett slut på rännandet. Ingen tog honom någonsin på allvar. Jesus hade haft rätt om honom. Han dög inget vidare som församlingens vallhund.

Det var dags att byta om. Han tog fram ett nystruket nattlinne och plockade ner några västar från garderoben och lade dem på bordet. Han lyfte upp en av dem. Den här skulle passa honom. En gråvit pälsväst som påminde honom om vallhundspälsen i drömmen. Det var kanske inte passande för en vanlig kyrka, men de hade inte påstått att de var vanliga. De var Hallelujabröderna, en sekt som tycktes utvecklas dag för dag.

Främmande människor talade ute i församlingslokalen. Han öppnade försiktigt dörren. Unga kvinnor stod i ring runt Simon och tycktes bara ha fnitter i sin repertoar. Simon pekade på tjejerna.

"Har du träffat mina konfirmander?"

Flickorna fnissade till svar.

Konfirmandelever? Det var hans kyrka, hans påhitt och hans ansvar.

Rosita kom in i församlingslokalen från köket. Hon höll i Emriks hand. Emrik blundade där han gick bakom henne.

"Vart är vi på väg? Säg till om vi ska uppför trapporna."

Maria och Valentino hade satt sig i sista bänkraden och iakttog sonen som övade häckkapplöpning över bänkraderna. I Simons knä satt en blond flicka med hästsvans som hjälpte honom att bläddra i notblocket. Hennes väninnor hade slagit sig ner vid Simons fötter där de längtansfullt tittade upp på de två.

Församlingen bestod av en samling fårskallar, precis som i hans dröm. Harald ställde sig vid altaret och klappade på mikrofonen. Ingen reagerade.

Ralf höll upp dörren till församlingslokalen. Han vinkade till Harald.

"Var ska jag ställa flaskorna?"

Harald sjönk ner bakom altaret. Det var dags att acceptera nederlaget, avregistrera samfundet och ställa sig i Arbetsförmedlingens kö.

Ralfs andedräkt av snus och något unket nådde Haralds näsborrar.

"Du kan inte sitta här. Gudstjänsten börjar om en kvart. Ska du ha lite?"

Ralf öppnade korken på en mörkgrön buteljflaska och tryckte flaskhalsen mot Haralds mun.

Harald sköt den åt sidan.

"Jag ställer in gudstjänsten."

"Det kan du inte göra."

"Kan jag väl. Det är min församling. Jag orkar inte idag."

"Vad ska jag säga till de som står och väntar på gården? Det är minst hundra där ute. Ska jag säga att gudstjänsten är avblåst?"

Harald ställde sig upp och kände något hårt dunka till honom i nacken. Podiebordet.

Ralf klappade händerna.

"Uppryckning! Showen börjar strax. Emrik, gå och ryck i snöret till klockstapeln. Det är dags att ringa in lammen."

Harald vände ryggen mot bänkarna och tittade upp på Jesus, som inte verkade vara glad att se honom. Om drömmen hade betytt något hjälpte det inte. Drömtydning var inte hans grej.

Harald knäppte händerna till bön. Kära Jesus, förlåt om jag säger det, men nu är det klippt. Det kanske inte kan jämföras med ditt lidande. Jag sitter i ett avgrundshål jag inte kan komma loss från.

Jesus skakade på huvudet. Han om någon borde kunna hjälpa Harald. Trots att han hade blivit korsfäst hade han återuppstått från de döda. En offentlig avrättning av pressen var inte som att hängas upp på ett kors och få spikar inkörde i handflatorna. Skandal en dag och sedan skulle det vara över. Med pengarna i sportbagen kunde de börja ett nytt liv i Finland eller Norge. Finlands tystlåtna folk eller Norges lusekoftor där det räckte att man log hyggeligt. I Norge kunde de jobba hos någon oljemiljonär. De letade alltid efter svensk arbetskraft. I Finland kunde de pladdra svenska utan att någon förstod dem och försonande lyfta sina spritglas och skåda djävulen i botten på dem.

The show must go on. Harald tänkte ge församlingen så mycket de tålde. Han knäppte händerna framför sig och lade pannan i outgrundliga veck. Var det en gudstjänst de ville ha, då skulle de få en sådan. Och Harald församlingsledaren skulle ställa sig vid porten och hälsa dem alla välkomna med ett stort brett leende, med frälsning på hjärnan.

Maria, Valentino och Florin stod utanför och välkomnade alla med utsträckta handflator.

"Snälla ge mig pengar."

De som stod närmast dem grävde i sina jackfickor och väskor i jakten på småmynt. De som inte hittade småmynt lade sedlar i deras händer, från tjugolappar till hundralappar.

Harald viskade till Emrik som hade ringt färdigt i klockan. Han sprang in och kom strax tillbaka med en svart degskål.

Harald klappade i händerna och log saligt till församlingen som stod och väntade på att få komma in i den religiösa värmen.

"Gott folk! Vi tar inte kollekten nu. Spara den till slutet av den minnesvärda gudstjänsten."

Harald sopade ner pengarna från Maria och Valentino i skålen. Florin försökte rädda en femhundralapp och stoppa den i fickan, men Harald ryckte loss den från honom och kastade ner den i skålen. Valentino lade sin hand för munnen och skrek något som tycktes låta som 'Diavolo'.

Harald sträckte ut sina händer.

"Välkomna, välkomna, Halleluja på er! Och då ska ni svara, när jag tar er hand, Halleluja på dig också."

En äldre man med käpp i sin svajande hand svarade honom.

"Halleluja på dig?"

"Jajamän."

Harald lade handen på hans axel.

"Saliga äro de saktmodiga, ty de skola besitta jorden och om jag fick bestämma, skola de även besitta himlen. Nästa."

En äldre kvinna tog ett kliv fram. Harald kysste hennes hand.

"Halleluja på dig, frun."

"Halleluja på dig?"

Harald skrattade och lade handen på kvinnans axel. Hon lyfte upp sitt ansikte, drog några djupa andetag samtidigt som hennes ögon fylldes av tårar.

På gården ringlade en lång kö och alla väntade på att få trycka in sin hand i Haralds. Längst bort stod Lennart Ödeskog med sin prästkrage på, väntande på att få växla några ord med Harald.

13

"Välkommen gott folk! Alla har ännu inte fått sittplats. Ingen panik. Jag ordnar det. Ni där framme på främre raden, tryck ihop er. Ni på andra raden flyttar till första raden tills inga fler ryms i bänken. Fortsätt så rad för rad."

Harald såg ut över sin församling. Varifrån hade alla människor kommit? Genom fönstret kunde han se bilar stå kors och tvärs över gårdsplanen. Vägen kantades av bilar som lutade mot dikena. Han vände tillbaka mot folkmassan som gjort sitt yttersta att trycka ihop sig i bänkarna. Sorlet hade lagt sig och de satt nu tysta och väntade på att gudstjänsten skulle starta.

The show must go on. Harald nickade mot Simon som satt med fingrarna mot pianotangenterna och väntade på att få börja spela. Bredvid honom satt Elsa som bläddrade i nothäftet framför sig. Hon fick upp rätt sida och satte tillbaka häftet på notstället. Simon tryckte ner tangenter. Tonerna till *Du vet väl att du är värdefull*, psalm 791, steg upp mot taket. Rositas klara stämma kom ut från högtalarna i varje vägg. Allt lät fint. Det var så det skulle vara på deras sista mässa.

Du vet väl om att du är värdefull
Att du är viktig här och nu
Att du är älskad för din egen skull
För ingen annan är som du

En rullstol blockerade mittgången. Harald steg ner från scenen, satte händerna på handtagen och rullade mannen bort till dopfunten till den tomma platsen vid väggen.

Du passar in i själva skapelsen
Det finns en uppgift just för dej
Men du är fri att göra vad du vill med den
Säga ja eller nej

Det sista av psalmen klingade av. Dörren till församlingslokalen var nu stängd och Harald såg ut över publikhavet. Det var fullt upp till sista lediga lututrymme vid väggen. Enligt brandinspektionen fick endast 100 personer vistas samtidigt i lokalen. Bara på den främre raden satt ungefär tio på varsin sida om mittgången. Och sju lika proppfulla bänkrader till.

Harald lyfte upp sin hand, bad Rosita att sätta sig på stolen vid krucifixet. Där nere fanns inte någon ledig stol och hon kunde inte stå hela gudstjänsten. Inte i hennes tillstånd.

Harald ställde sig vid mikrofonen och lade sina händer på talarstolen.

"Jag vill välkomna alla som denna vackra sommardag har samlats här hos oss. Först lite nyheter. Ingen har dött i församlingen, inte har det heller fötts några. Än vill jag tillägga."

Harald nickade mot Rosita.

"Några har tillkommit sedan förra gudstjänsten, positivt tillskott i form av invandring."

Han pausade och tittade bort mot dörren där den rumänska familjen stod hoptryckta. Florin sög på tummen och hans mamma höll fast honom. Det ryckte i Florins ben av återhållen energi. Harald nickade mot dem.

"Det positiva tillskottet blir en negativ post senare till vintern när det är för kallt att tigga och de åker hem. Vi gör vårt bästa av tiden tillsammans."

Maria, Valentino och Florin gick utmed mittgången, spejade efter lediga platser i de proppfulla bänkarna. De satte sig på sina tidningsfyllda Ica-påsar på golvet bredvid podiet. Människor lutade sig nyfikna ut för att få en skymt av EU-migranterna. De vinkade glada tillbaka.

Harald tog upp mikrofonen.

"Det har skett flera mirakel i Helgeryd. Jag är inte helt uppdaterad med vilka Jesus valt att stötta i form av marknadsföring. Hallelujabröderna stödjer inte på något sätt Jesus tilltag. Ni kan fortsättningsvis handla på Willys eller Konsum även om Jesus föredrar Ica."

Ralf satt längst ut på den femte bänkraden. Nu reste han sig upp. Den röda västen han bar hade fått en ny dekoration bak i ryggen. Med vit glansig tråd hade meddelandet broderats in, *Jesus loves ICA and me*. Han vände sig om i de fyra väderstrecken, bugade sig och satte sig ner.

Harald tänkte inte ge Ralf mer uppmärksamhet. Det fick han redan tillräckligt av. Harald prasslade med pappret framför sig, tittade upp och log. Det var ett vemodigt leende, men ändå fullt av hopp. Han hade övat på minen framför spegeln. Om inte saker och ting hade varit annorlunda skulle han ha varit en alldeles utmärkt präst. Han väntade in publiken, tills de skruvade oroligt på sig i bänkarna innan hans röst dånade i högtalarna.

"Dagens tema är saknad. I första Thessalonikerbrevet, finns belägg att vi alla kommer att samlas i efterlivet, döda som levande. Ni kan själva läsa det stycket om ni inte tror mig. Vi kommer att träffas igen, i livet efter detta."

En äldre svartklädd kvinna tog ut en vit näsduk ur sin slitna handväska och snöt sig ljudligt i tyget, torkade nästippen, vek näsduken och lade tillbaka den. Harald gick bort till mikrofonstället, drog ut mikrofonen, hoppade ner från altaret och lyfte varnande upp sitt pekfinger.

"Ja, det är ju förstås dåliga nyheter för de som ålagts besöksförbud eller där skilsmässan inte hann gå igenom innan dödsfallet. Skilsmässor är förresten ogiltiga och otukt är inte tillåtet."

Alla, utom Ralf som textade något på sin mobiltelefon, hade sin uppmärksamhet riktad mot Harald. Några såg frågande ut, andra förbannade och resten skamsna. Harald tittade upp på Jesus på korset och gjorde korstecknet innan han vände sig om igen.

"Vad är det ni förväntar er? Att Gud förlåter er för era synder? De ni gör varenda dag? Det går inte en dag utan att ni bryter mot någon av budorden. Vem har inte varit avundsjuk på grannen? Det är svårt att älska sin nästa. När gav ni senast en hjälpande hand, lånade ut en kopp socker eller skjutsade någon till sjukhuset? Var var ni goda människor när vår mamma dog, va?"

Mamman hade varit en trogen kyrkobesökare. Tre dagar före sin död gick hon på sin sista gudstjänst. Harald hade hållit hennes hand. Den korta sträckan från parkeringen till kyrkan hade känts som en evighet. Den vickande droppställningen fick de andra kyrkobesökarna att bleka i ansiktet vända ryggen åt dem.

Ilskan Harald kände kom från någon gömd del av honom och växte sig större. Skenheliga människor kom när det vankades mirakel. De ville ha sin del av kakan. Vad fan trodde de egentligen? Att Gud blundade? Att han hade en reset-knapp som aktiverades av ordet *förlåt* som gjorde dem vita som nybadade lammungar.

"Spela inte oskyldiga. Ingen av er kommer in i himlen. Var ska Gud dra gränsen? Hur stor andel av dagen lyder ni honom? Blir det himlen, helvetet eller limbo?"

Harald blickade ut över bänkarna. Nu var de allt tysta och skamsna, men när de gick hem skulle hans predikan vara som bortblåst.

"Vi återgår till dagens tema, saknad. Hur ska vi hantera den?"

Harald tänkte på Lisa. Han hade skickat henne ett mail, men hon hade inte svarat. Om hon ville undersöka Hallelujabröderna närmare behövde hon inte hyra en stuga. Det fanns plats för henne i hans säng. Han drog fram sitt vemodiga leende.

"Acceptera saknaden. Gråt och skrik hur mycket du vill, bara du går vidare. Det går aldrig att komma över någon helt, men med substitut blir sorgen mindre."

Det lät fel i Haralds öron. Hade han inte sekunden innan fördömt skilsmässor? Han knackade på mikrofonen.

"Himmelska kontrakt går inte att bryta. Ni skall inte bedriva otukt med en ny partner. Bibeln har inga kryphål."

Harald slängde mikrofonen ifrån sig. Den slog i golvet med en hård duns. Förtvivlade ögon stirrade upp på honom. Harald log, men tömde sedan sig på alla känslor han kände för att få den rätta neutrala minen.

"Alla dessa regler. De går inte att följa, eller hur? Vi springer som får i en inhägnad, knuffar hit och dit. Vi vet inte vilka ord vi ska följa. Ska vi stå öga mot öga och tand för tand, eller ska vi vända andra kinden till för en ny käftsmäll?"

Harald sparkade till mikrofonen, grabbade tag i mikrofonsladden och vevade in mikrofonen. Församlingen satt stela och förväntansfulla på bänkarna. Jesus hade sagt att Harald måste förenkla budskapet. Vem kunde hålla reda på alla regler? Det räckte med en förbudsskylt från det ena hållet. Hur svårt var det att följa en enkelriktad tro? Han ställde sig på kanten av scenen och lutade sig dödsföraktande fram. En vindpust och han skulle ha fallit en halv meter ner.

"Jesus förmedlade ett enkelt men svårt budskap. Älska din nästa såsom du älskar dig själv. Även det du ser framför dig i spegeln. Älska andra oavsett vad de har gjort. Det handlar om att fösa in hela skocken genom pärleportens grind. Ni som fattar poängen får hänga med i evigheten. Jag har syndat, det erkänner jag gladeligen och jag tänker stå för mina handlingar. Låtsas inte vara heliga. Var ärliga mot er själva."

Simon reste sig upp, ställde sig på sin pall, höjde händerna i luften och vände sig mot kyrkobesökarna.

"Kan vi få ett Halleluja på det?"

Församlingen kom snubblande upp på sina fötter och hjälpte varandra att klättra upp på bänkarna. Hallelujarop skreks högt ut i lokalen. Händer vaggade från höger till vänster, likt en havsvåg som hotade slå mot väggarna. En och annan fällde en lättnadens tårar. Emrik grät öppet och torkade sina ögon med skjortärmen som han tryckte mot ansiktet.

Harald lyfte upp sina händer och tecknade åt dem att sätta sig ner.

"Inga fler ursäkter. Gå ut i världen och bete er som hyggligt folk. Sluta gömma er bakom bibelcitat ni ändå inte följer."

Någon i bakersta raden klappade händer. Det fortsatte som en jordbävning ända bort till Harald. Han visste inte om han skulle buga eller inte, utan stod stilla och väntade på att applåderna skulle avta. När det bara hördes några enstaka snyftningar i lokalen höjde han mikrofonen.

"Har vi någon i församlingen som vill tala ut? Det är dags för trosbekännelsen. Låt det gå i saknadens tecken."

En äldre herre, klädd i trenchcoat och rutig keps, tog stöd av sin käpp och gick fram till Harald. Det var något bekant med honom och Harald kände hur det sved till i magen. Pulsen steg innanför bröstkorgen.

Mannen lutade käppen mot talarstolen. Käppen föll mot golvet, rullade runt och föll ner. Han tog tag i mikrofonen med båda händerna och började tala.

"Jag hade en gång tre söner och en vacker fru, men jag sjabblade bort dem. När min kära fru dog i cancer spreds mina barn ut i världen. Nu önskar jag att en gammal mans önskan blir uppfylld, att för en sista gång återförenas med mina barn. Harald, min son, det här gjorde du bra."

Haralds panna var kall och fuktig. Det kunde inte vara Sickan. Hur hade han hittat dem? Hade han sett dem på nyheterna?

Emrik reste sig upp. Han höll i ryggstödet som skakade under hans händer.

"Pappa?"

Sickan sträckte ut sina händer.

"Där är du ju. Kom hit!"

Emrik hoppade upp på scenen där Sickan tog emot honom i en omfamning.

Simon stod i mittgången och tittade uttryckslöst på Sickan och Emrik. Harald kände hur klumpen i halsen växte. Det var inte svårt att föreställa honom fem år gammal, den sista gången han såg sin pappa. Sickan böjde sig ner och sträckte ut sin hand.

"Lille Simon. Vad stor du har blivit."

Simon stod stel med händerna i fickorna. Skrockande hoppade Sickan ner från podiet.

"Snygg är du också, till skillnad mot dina bröder. Det märks att du brås på din pappa."

Harald noterade att han inte stödde sig mot käppen. Rosita som satt på stolen vid podiet var högröd i ansiktet, berörd bortom tårar, liksom resten av församlingen. Harald var också röd i ansiktet, men utav helt andra känslor. Sickan hade inte kommit för att hälsa på dem. Han hade sniffat sig till affärsmöjligheter.

Församlingen hade svårt att sitta still. De klappade varandra på axlarna och kramades. Händer sträcktes ut över bänkgränserna och högtidligt lovade de att hjälpa varandra i nöd och lust. Det drogs streck över räfsor som hade lånats ut, där det fortfarande tvistades om vem som egentligen ägde vad. Och vad gjorde lite kattpiss i rosrabatterna?

Det gick inte att stoppa sorlet i församlingen trots att gudstjänsten ännu inte hade avslutats. Han hämtade kollekthåvarna och stoppade dem i händerna på Valentino och Emrik. Simon gick bort till pianot och spelade *Du vet väl om att du är värdefull.* Sickan satte sig på Valentinos Ica-påse. Maria svepte sin sjal ett varv till runt huvudet, medan Florin gömde ansiktet i hennes barm.

Församlingslokalen hade tömts på människor. Ett tjugotal stod kvar i köket där de tryckte ihop sig vid ena väggen. Ryktet om Ralfs hemrörda rödvin hade spridit sig. Och Rositas syltkakor som var lika goda som Viljas. En kö hade bildats hos Ralf som tappade upp muggar med rött vin som genast hittade en hand. Sickan stod vid dörröppningen tillsammans med Emrik och Simon som förhörde honom om vad han hade gjort de senaste tio åren. Rosita stod ensam vid diskhon med händerna knäppta runt den runda magen.

Den äldre mannen med vitt skägg var fortfarande kvar. Han var uppenbarligen en präst då en vit flärp stack ut från den svarta skjortan. Han stirrade på krucifixet och på prickarna av leverbrunt blod på Jesus fötter. Mannen vände sig om när han hörde Haralds steg.

"Den svenska kyrkan har avskaffat mirakeltron. Jesus gjorde mirakel, men vi kan inte förvänta oss att vanligt folk kan hålla på med sådant. "

Harald skakade på huvudet.

"Hallelujabröderna tror på mirakel."

"Jag har jobbat som präst i 40 år, de sista åren med en ambulerande tjänst där jag har ansvaret för fyra kyrkor. Jag har aldrig sett ett mirakel."

Harald knäppte händerna och lade huvudet på sned.

"Jag förstår att mirakel kan vara sällsynta, men inte här hos oss."

Mannen drog ett finger över krucifixet och luktade på det.

"Jag kallar det för bondfångeri. Och så har ni mage att förespråka ett enkelt budskap. Ni ogiltigförklarade Svenska kyrkan och Bibeln på tio minuter."

"Lennart Ödeskog?"

"Och så tar ni alla mina kyrkobesökare. Att ni inte skäms."

"Jag hörde att ni bara hade tio trogna besökare."

"Och potentiella kyrkobesökare. De skulle ha kommit till mig. Sent ska syndaren vakna."

Harald lade handen på Lennarts axel.

"Var inte orolig. Vi kommer snart att flytta vår verksamhet."

Lennart tog ett steg tillbaka.

"Det är bäst för er. Jag skulle ha gjort livet mycket svårt för er."

Harald skrattade.

"För oss? Knappast."

Om det fanns något som Harald ogillade var det att bli tillsagd.

"Är det på det viset stannar vi ett tag till."

Om det var någon som var född till talare och med kraften att förkunna, så var det han och inte Lennart.

14

Sickan hade försvunnit. Kollektpengarna var också borta. Det var inte svårt att gissa att båda dessa försvinnanden hade ett samband.

Sickan hade kvällen innan fått ett av de lediga rummen på övervåningen, vägg i vägg med den rumänska familjen. Rosita hade bäddat hans säng och när bröderna och deras pappa hade brutit upp på kvällen hade han varit trött och önskade dra sig tillbaka. I helvete heller. Sängen hade varit orörd. Han hade inte ens sovit i den.

På morgonen hade Rosita knackat på Haralds dörr. Med en röst tjock av tårar avslöjade hon att 8 072 kronor och en Ica-kupong med värdet 50 kronor, hade försvunnit. Hennes silverhalsband som legat på nattduksbordet var också borta.

Harald kunde inte tro att det var någon annan än Sickan som tagit det, särskilt med tanke på att han var försvunnen. I köket, medan kaffet droppade ner i kannan, berättade Rosita vad hon hade hört Sickan säga. Han hade under kvällen frikostigt fyllt på från Ralfs rödvin och med simmiga ögon hade han bett Emrik att lämna Rosita. Det var ju inte hans barn hon väntade. Tänk om barnet inte var friskt när det föddes. Det var en annan sak om det var ens eget. Då var man ju skyldig att ta hand om det.

Harald skakade på huvudet. Sickan visste inget om att ta hand om barn, varken sina egna eller andras.

Efter att den första blygheten hade släppt, hade Simon suttit som limmad bredvid Sickan. Han ville så gärna gå i farsans fotspår. Sickan hade slagit blå dunster i hans ögon och berättat om sina postrån, men undanhållit det faktum att han aldrig någonsin kommit undan med bytet. Horprojektet, det ville Harald helst glömma. Sickan och en kompis hade tagit fyra flickor från cirkulationen där de prostituerade sig på gatan, hyrt en lägenhet åt dem och agerat som hallick åt dem. Polisen var dem på spåren efter två veckor. Det hade sett konstigt ut med de långa köerna ute på trappan.

Simon hade sugit åt sig av Sickans idéer, trots att alla hade lett till långa fängelsestraff. Undra vad lillebror skulle säga om han fick veta att deras pappa hade stulit från dem? Ränderna gick inte att tvätta bort från fängelsepyjamasen. För alla som orkade höra ljög Sickan om att han hade besökt deras mamma på sjukhuset. Så fan heller.

8 072 kronor. Det var inte mycket jämfört med vad de hade i sportbagen. Harald stelnade till. Tänk om han hade hittat dem? Harald lämnade Rosita i köket och sprang bort till sakristian.

Kistnyckeln var gömd bakom två slitna läderbiblar. Han låste upp kistan och sträckte ner sin hand till sportbagen. Prasslet från sedlarna lugnade honom. Sickan skulle ha tagit dem om han visste om dem. Han skulle ha tagit allt. Sådan var han. Kom och gick som han ville, med nya rövarhistorier varje gång. Ändå hade han aldrig lyckats roffa åt sig tillräckligt för att höja sin livsstandard. Harald knöt handen och slog på kistlocket som åkte ned med en smäll.

Emrik stod i dörröppningen. Han hade krympt.

”Kan vi inte låta honom vara. Vi har redan så mycket pengar.”

Harald visste vad som skulle hända. Sickan skulle berätta om dådet, skrocka hur han lyckades stjäla från sina egna barn. Alla tjuvar i Rövarskogen skulle dyka upp i Helgeryd och lämna dem barskrapade.

Simon gnuggade nyvaket sina ögon. Han blev djupt imponerad av att höra om sin pappas hänsynslöshet.

”Åh fan!”

Han hade mage att stjäla från dem. Simon ville bli exakt som han och stjäla ihop till ett nödtorftigt liv genom hårt idogt rånande. Harald önskade honom lycka till. Få se om han kunde hitta en lika trofast kvinna som deras mamma, som satt hemma med potatiskastrullen på spisen och väntade på sin man med polissirenerna tjutande i öronen.

Harald skulle ta tillbaka pengarna. Sickan hade inte bara stulit från dem utan även från församlingen. 3 000 kronor hade skänkts av kyrkobesökarna och 5 000 kronor kom från sportbagen, som Emrik hade stoppat i kollekten.

De behövde en bil. Ralf lovade, i utbyte mot lunch, låna ut Ica-pickupen. Så länge Ralf fick tillbaka den innan nästa morgon när en ny leverans båtsprit väntade på honom i skogsdungen bakom kyrkan.

Ralf hade parkerat bilen utanför ladugården. Den röda pickupen pryddes nu av en stor plastdekal där det stod *Jesus loves Ica.* Ett förfärligt kacklande lät från bakutrymmet. Fjädrar landade som nyfallen snö på Ralfs gummistövlar när han öppnade bakdörren.

Harald undrade vad de skulle göra med hönorna.

"Frigående hönor. Gratis ägg. En kund lämnade in dem i butiken. Hon var så glad för Hallelujabröderna. Jag kan inte ha dem i affären."

Eden hade inget hönshus. Det såg inte Ralf som ett problem utan föreslog att de skulle ta en bit av stallet och bygga till några våningar med sittpinnar. Genom en lucka i väggen kunde de gå ut till en liten inhägnad. Den gamla hundgården passade som hönsrastgård.

Simon som hört tjattret tittade in i pickupen där ett grovmaskigt nät spärrade vägen för hönorna. De försökte kliva på varandra och nå friheten vid den gläntande takluckan. Försiktigt öppnade han sidan av nätet och lyfte upp en höna till famnen. Han smekte den långsamt över ryggen medan hönan blundade och vaggade sig till sömns. Ralf stoppade visslande händerna i fickorna.

"Nu har du fått dina första djur att träna på."

Rosita hade dukat för alla vid köksbordet. Florin klappade förtjust i händerna. Rosita hade lagt tio köttbullar över spagettin på hans tallrik som han genast tömde ketchup över.

De var en stor familj nu, med medlemmar som de inte ens visste fanns för några månader sedan. Det var första gången Harald kände att de var en familj. När mamma hade levt hade allt fokus varit på henne. De hade väntat på att hon skulle tillfriskna så att de kunde bli som alla andra familjer.

Sickans oväntade entré hade fått hans tankar att gå tillbaka i tiden. Andra familjer åt tillsammans på söndagarna, där papporna på sin höjd knäppte upp byxknappen och ölburken efter middagen. Andras pappor låg raklånga under bilen, benen utstickande under karossen och mekade. De låg inte i sängen med en fylla värd namnet för att fira en lyckosam rånturné där ingen ännu hade blivit gripen. Mammorna spred bulldoft ut i trappuppgången och hade inte nya blåtiror vid ögonen. Det hade inte ens hjälpt att mamma hade bett till Gud.

Harald reste sig från matbordet. Det var dags att åka. Han hade spårat Sickan till Jönköping. En bilresa dit skulle ta cirka två timmar. Fram och tillbaka skulle ta fyra timmar plus det som behövdes för att övertala Sickan att lämna tillbaka det han hade tagit.

Harald hade hittat Sickan på nätet. På Flashback Forum fanns en hel tråd dedikerad åt hans misslyckanden. Han var antihjälten som fick allas liv att framstå som mycket bättre. Vem var dummare än Sickan som hade tappat sitt id-kort vid postränet? Polisen hade suttit vid deras köksbord och druckit kaffe när Sickan hade klivit in med en plastpåse full med pengar. Hagge63 och Böldis hade i Flashback-tråden upplyst honom om att han hade en flamma i Jönköping. Berit Fjällmyr, det var dit han stack efter varje kupp. Sickans kumpan, Sprit-Kalle, hade stått parkerad på en skogsstig inte långt från Eden där han hade plockat upp Sickan.

Det var inte svårt att hitta Berit Fjällmyr, det fanns bara en i Sverige. Han lånade Rositas mobiltelefon och när hon svarade med en raspig röst, lade han på. Harald skulle åka hem till Berit och skaka ut information ur henne.

Rosita och Ralf hade städat pickupen på hönsbajs. Alla utom Simon hade stått vid ladan och vinkat åt honom. Emrik blev så nervös att han sprang bakom ladan för att spy.

Strax efter Värnamoskylten stannade Harald vid en rastplats. Det hördes konstiga knackningar från bilen. Instrumentbrädan borde ha lyst varnande, men pickupen var av gammal modell. Det kunde vara vad som helst.

Vid Baja-Majan stod en överfull soptunna med knycklade ölburkar som eftermiddagsfulla flugor surrade runt på ostadiga vingar. Ett picknickbord av plast stod bortglömt ett stycke längre bort vid en talldunge. Harald hade känt den kväljande lukten redan när han stängde av bilmotorn och riktade sina steg mot en björk som fick ta emot Haralds urinstrålar.

Knackningarna hade inte slutat, trots att Harald hade stängt av motorn. Han öppnade bakdörren där ljudet hade kommit från. Simon låg på golvet och höll sig om magen. Harald sträckte ut en hand.

"Jag visste inte att jag hade en fripassagerare."

Tanken att lämna Simon vid picknickbordet slog honom, men det fanns inga bussar som gick tillbaka till Helgeryd.

Simon kunde inte förstå varför Harald var arg på pappa. Han var ju tjuv. Det var sådant tjuvar gjorde. Harald stirrade rakt framför sig. Det här var inte något Simon skulle lägga sig i. Det bådade aldrig gott. När han träffade resten av Sickans gäng skulle han förstå.

Harald visste att Berit bodde i Råslätt. Han hade letat upp huset på Google Maps, en flervåningars betongbunker som piffats upp med rosa färg och mintgröna balkonger. Gatan de nu svängde in på hade hus som liknade de han hade sett på bilden.

Ett femtontal barn flockades vid deras bil, samtliga med ansiktsuttryck av spänd förväntan. En pojke med kolsvart hår som klippts i pottfrisyr sträckte fram en skrynklig tjugolapp.

"Jag vill ha en glass."

Harald tittade på barnen och kliade sig sedan i håret.

På parkeringen samsades skrotfärdiga bilar som pyntats med marijuanaplantaklistermärken med bilar med majblomsklistermärken. Det fanns tre nyare bilmodeller, en blå KIA, en vit Hyundai och den grå Mercedesen som precis backade ut ur en garageport. Dess lack blänkte i kontrast mot den avskavda miljön. Mörkhyade människor i färgglada saris, tunikor och långa kappor med flera lager slöjor promenerade på innergården. En man låg på en parkbänk med en badmintonracket i handen. Från armhålan stack en tom grön glasflaska ut. Han var solbränd men knappast av en utomlandsresa utan snarare av att ha fyllesovit sig igenom våren.

Harald vände sig om mot barnen.

”Vet ni var Berit bor?”

”Vår fröken bor inte här.”

”Kanske en annan Berit. Berit Fjällmyr.”

Barnen vände sig mot varandra, viskade och tittade avvaktande upp mot Harald.

”Du menar rassen.”

En ung flicka med vit slöja och mörk hy pekade mot ett fönster där en ensam svensk flagga långsamt vajade vid balkongen.

Simon och Harald gick bort mot byggnaden.

Simon som hade gått bredvid Harald saktade ner på stegen.

”Vem är Berit?”

”Sickans flickvän.”.

Den solbrände mannen på bänken vinkade åt Harald och Simon. Simon stelnade till och stirrade på honom.

”Sprit-Kalle.”

Simon tog tag om Haralds arm.

”Varför vet jag vem han är?”

Harald knuffade Simon framåt.

”Det är Sickans kompis. Vi ska inte störa honom.”

Sprit-Kalle försökte resa sig upp, men fastnade i halvsittande läge. Sömndrucket kliade han sig på den kala flinten mitt på hjässan. Rester av hans hår flockades som nikotingula fläckar i tinningarna. Han log och visade upp sina gula och bruna stumpar till tänder.

”Kom och sätt dig i farbrors knä, så ska farbror visa något. Det är magi.”

Harald drog i Simon som hade stelnat med handen på pannan samtidigt som han stirrade på Sprit-Kalle.

”Det är bara något han säger. Jag låste in dig i garderoben med en ficklampa och en macka tills vi kom hem från skolan.”

Trappuppgången luktade kattpiss, mögel och vitlök. Harald täckte näsan med handen och Simon följde hans exempel. Det var inte svårt att hitta hennes dörr. Hon hade en stor svensk flagga som klistermärke på dörren, som någon hade skrivit *hora* med svart tusch på. Luckan till brevinkastet i dörren hade lossnat från sina fästen och hängde halvt på sned. En rosa fluffig badrumsmatta blev synlig när de kikade in genom springan i dörren. Ett par svarta herrskor stod på mattan.

Ringklockan fungerade inte. De knackade på dörren och kikade ner i springan.

En kort kvinna lika bred som dörröppningen öppnade dörren. Simon ryggade tillbaka och höll sig fast i trappräcket. Han trampade luft när han backade bakåt, lutade sig över trappräcket och satte ner foten på ett trappsteg. Kattpissluktens ursprung var den här lägenheten och i koncentrerad form frätte den på Haralds och Simons näsborrar.

Kvinnan sträckte ut sin hals som en giraff och blängde på dem. Hennes ansikte bestod av ett köttigt berg med gropar och hårbevuxna mörka fläckar. På sina såriga läppar hade hon strukit rött läppstift. Hennes blomkålsöron pryddes av gula örhängen.

”Är ni från soc kan ni ta och plocka upp skitstöveln under vardagsrumsbordet. Är ni hyresvärden, betalade jag hyran igår. Är ni knarkare, så har jag slutat med sånt.”

Harald och Simon skakade på huvudet för varje förslag och hon tystnade när hon fick slut på gissningarna.

”Vi tror Sickan är här.”

Berit plockade fram sina läsglasögon som hon haft i ett fettveck i barmen, torkade dem på sin blommiga klänning och placerade dem på näsan där de sjönk in i ansiktet. Hon sträckte sig bakåt och lyfte en brännbollsklubba som hon lutade mot axeln.

”Vad vill ni honom?”

Harald presenterade sig och Simon. Hon hoppade till, tittade bakom dörren, för att se om någon stod där. När hon inte fann någon mer än dem, lade hon brännbollsklubban på hattstället.

”Ni minns mig inte, va? Jag var på er mammas begravning.”

Hon hade varit mycket smalare på den tiden. Det var hon som hade lutat sig mot deras pappa och gråtit mer än någon annan. När de bar kistan hade hon kastat sig mot den och vägrat släppa taget om locket. Prästen hade hämtat vaktmästaren och tillsammans hade de bänt loss henne. Hon hade luktat starkt av kväljande parfym, fränt av sprit och som ett fisktorg. Nu påminde hon om en fruktbarhetsgudinna formad av livlös lera. Brösten låg på magen som i sin tur vällde ut över höfterna. Hon smälte som en snögubbe i solsken.

Simon tog ett steg in i hallen. Han pekade mot vardagsrummet.

”Jag kan se pappas fötter, där under bordet.”

Berit föste in Harald och reglade dörren med två kedjor.

”Man kan inte vara säker här.”

Hon gick fram till Sickan som låg på magen iförd ett par brunfläckiga kalsonger och lila strumpor. Igår hade han sett ut som en åldrad gentleman, men idag hade han återvänt till sin forna oborstade glans. På de vita benen stack hälarna ut ur strumporna.

Berit viftade avfärdande med handen.

”Bry dig inte honom. Han sket på sig.”

Ur barmen halade hon upp ett silverhalsband med ett hjärta.

”Titta vad jag fick av honom.”

Det var Rositas halsband som tills igår hade hängt på hennes hals.

Berit tog fram en tidning som hon dängde i huvudet på Sickan. Han öppnade ett öga och reste sig ostadigt upp.

”Vi har fått besök.”

Han tog struptag om Berit. Hon slog honom med veckotidningen hon höll i handen tills han släppte taget. Sickan satte sig upp och gnuggade sitt huvud medan Berit masserade sin rödrandiga hals.

"Ska jag sätta på kaffe nu när du har vaknat?"

Sickan stirrade ostadigt på väggen framför sig. Harald gick fram till honom och lutade sig över honom.

"Vi har kommit för att hämta pengarna du tog från oss."

Simon stod bakom Harald och försökte se nonchalant ut med händerna i fickorna. Hans överarmar darrade som om han frös.

Sickan vände sig om mot Harald och torkade saliv från mungipan.

"Jag tog dem."

"Vi ska ha tillbaka dem. De är inte dina."

Sickan tittade upp på Harald. Det fanns inga spår av mannen som igår hade serverat en snyfthistoria om sitt liv. Han slog ut med armarna och lade dem på kalsongen där en gul pissfläck prydde kalsonggrenen.

"Jag skulle ha blivit något stort om det inte var för er."

Harald lutade sig över Sickan.

"Vi hindrade inte din karriär, för vi såg inte mycket av dig. De gånger du var hemma gjorde du mamma på smällen eller slog henne tills hon hamnade på sjukhuset. Hur många missfall blev det?"

Sickan ryckte på axlarna och sträckte sig efter en cigarettfimp i askkoppen bredvid sig.

"Hon ramlade i trappan."

Simon ställde sig nära Harald. Han andades tungt. Om han ville bli en tjuv var Harald även tvungen att visa avigsidorna.

"Det är vad som står i polisrapporten, men jag var där."

Berit satte sig bredvid Sickan med en öppnad ölflaska i handen.

"Din mamma var en skenhelig kossa. Jag tyckte lite synd om er när hon dog."

Simon och Harald delade på sig i lägenheten och drog i lådor och öppnade garderober. Simon hittade pengarna under Berits säng. På fönsterbänken i sovrummet hittade de den stora svarta Bibeln, den med de vackra bilderna på Jesus och änglar, under ett whiskyglas som frätt en ljus ring i lädret. De hade inte ens vetat om att den försvunnit från bokhyllan i sakristian.

Ytterdörren slogs upp och de hörde hur någon skrålade i hallen. Simon stelnade till och tog tag om Haralds arm.

Harald ställde sig bakom Berit och knäppte av henne silverhalsbandet. Hon skrek på honom.

"Bytt är bytt och kommer aldrig tillbaka."

Så fan heller att en fyllekärring skulle få ta det enda Rosita hade fått med sig hemifrån, en present från hennes mamma när hon ännu älskade Rosita. Simon såg hur Sprit-Kalle knäppte upp sina byxknappar. Hans hand gled ner bakom blixtlåset och han plockade fram sin penis som hängde slött mot byxlåret.

"Kommer du ihåg, Simon?"

Harald backade mot hattstället och tog fram brännbolls-klubban. Simons ansikte fylldes med tårar. Han höll sig mot vardagsrumsbordet och ulkade torrt mot golvet.

Harald slog Sickans hand som höll i ett vinglas. Glassplittret flög mot Sprit-Kalle och en stor glasskärva spetsade hans panna. Förvånat stirrade Sprit-Kalle upp och såg hur blodet forsade ner på hans ögon. Harald log sammanbitet när han sänkte brännbollsklubban.

"Jag skulle ha gjort det här för länge sedan."

Simon och Harald sprang över gårdsplanen, såg Berits balkongdörr öppnas och hörde hur Berit, Sickan och Sprit-Kalle skrek åt dem att stanna. Harald tog tag om Simons hand och tvingade honom att springa fortare mot bilen. Simon torkade ögonen med ärmen.

"Varför gjorde du det?"

Harald hoppade in i bilen och startade motorn.

"Det är något gammalt och glömt. Var lugn, han förtjänade det och lite till."

Under bilresan tillbaka till Helgeryd var bilrutorna nervevade. Simon och Harald hängde från var sin bildörr och drog in djupa andetag av trafikavgaserna som luktade violer jämfört med Berits ruttna lägenhet. När de kom till den lilla grusvägen, in- och utfarten till Helgeryd, bröt Simon tystnaden.

”Något hände mig, eller hur?”

Harald svängde in på Edens gård, där han stannade bilen och stängde av bilmotorn. Han tittade bort mot kapellet där ljusen från fönstren strålade och välkomnade dem. Harald vände sig mot Simon.

”Kan vi inte bara glömma vårt gamla liv? Vi har blivit pånyttfödda i Helgeryd.”

”Halleluja.”

Simon lät inte så övertygad. Harald hoppades att han inte hade börjat minnas Sprit-Kalle.

15

Lättare sagt än gjort att bli hederlig. Eller att följa de tio budorden. Harald hade för Hallelujabrödernas räkning krympt budorden till ett enda: Älska din nästa såsom du älskar dig själv.

Harald satt på träbron över Helgeån, vickade på tårna och kände kylan från vattenströmmen som rann förbi. Solen höll på att sänka sig nerför grantopparna, medan han smuttade på sitt glas med rött vin och tänkte över händelserna.

Det gick inte ens att följa ett enda budord. Hur skulle han kunna älska sin pappa efter hans halvt lyckade försök att stjäla deras kollektpengar? Sickan kände ingen lojalitet till någon. Hans familj var de som tillfälligt tog honom under sina vingars beskydd. Harald hade hört talas om kvinnor som drogs till brottslingar och erbjöd fängelsefåglar tillfälligt boende. Berit verkade alltid ha funnits i bakgrunden. Egentligen borde han vara lika arg på mamma som på Sickan. Varför hade hon tillåtit Sickan att klampa in i deras liv?

Mamma hade hon verkligen trott att Sickan skulle ta sitt ansvar när hon dog? Vad var det hon brukade säga? *I allt ont rymdes även något gott.*

Simon hade varit tystlåten efter att de hade kommit hem från Jönköping. Gatukökstjejerna hade dykt upp varje dag och åkt fram och tillbaka för att få en skymt av Simon. De körde varv efter varv runt lyktstolpen med sina stinkande mopeder och tryckte in däcken i den mjuka, leriga gräsmattan. Simon hade hälsat undfallande på dem, inte besvarat deras glada rop. Det var något annorlunda med honom.

Flickorna hade parkerat mopederna vid hallonbuskarna och följt efter Simon till det nya hönshuset. Han visade stolt upp de värpta äggen. För bondflickor var det inget de inte hade sett tidigare och en efter en drog de iväg. Simon stod kvar vid vägkanten och höll en silkeshöna i famnen.

Verksamheten på gården hade ofrivilligt växt. Två getter hade stått bundna vid ICA Helgeryd. Ännu en tacksam kyrkobesökare hade lämnat dem till Ralf som körde dem till deras nya hem, Eden. Simon hade tagit emot dem och lett dem till sina bås i stallet som den enklaste saken i världen.

En tjock katt hade fyllt vakansen bondgårdskatt och flyttat in för att hålla nere antalet råttor och möss. Några dagar senare fladdrade hennes mage som en tom ballong mellan tassarna. Hennes ungar låg inbäddade i höet.

Hur skulle de kunna lämna gården bakom sig? För var dag som gick märkte Harald hur mycket han trivdes där. Någon annan skulle få ta över rörelsen efter dem. Prästen skulle inte få för sig att han hade jagat bort dem.

Rosita stod vid trappan med kobjällran i handen och ringde in för middag. Harald reste sig upp och hällde i sig det sista av vinet.

Maria, Valentino och Florin fyllde sina tallrikar med potatis, köttbullar och brunsås och satte sig på trappan för att äta.

Rosita slog med potatissleven på Ralfs handled.

"Lägg ner mobilen!"

Ralf lutade mobiltelefonen mot sitt mjölkglas.

"Jag ska bara visa klippet."

Han tryckte på play-knappen. På skärmen kunde de se Lennart stå i kyrkans talarstol och hytta med sitt pekfinger mot de tomma kyrkbänkarna.

"Djävlar i fårakläder!"

Ralf satte på paus.

"Han menar er."

Inspelningen rullade vidare. Någon utom synhåll tryckte ner alla fingrarna på pianotangenterna och skickade ut ett tondövt budskap. Lennart lutade sig fram och sträckte ut sina händer.

"Lämna mig inte."

Filmaren svepte med kameran över de tomma bänkraderna innan han återvände till Lennart. När Lennart upptäckte att han blev filmad hoppade han ner från altaret.

"Din djävul! Sannerligen ska syndaren få sona."

Haltande tog han sig fram till filmaren och sträckte sig efter kameran. Det blev alldeles svart.

Harald lyfte upp vinkaraffen och hällde upp vin. Det hade varit onödigt att visa upp det. Helgeryd skulle snart behöva sin präst igen, kanske mer än någonsin.

Ralf tog potatisar från karotten mitt på bordet. Han hade stora nyheter att berätta.

"Simon och jag ska starta en minifarm. Turisterna kommer att betala en hacka för att se riktiga djur."

Suckande ställde Harald ner vinglaset.

"Jag vill inte ha en bondgård."

Ralf stoppade in en potatis i munnen.

"Har ni inte läst hyreskontraktet? Jag har disponeringsrätt över byggnaderna. Simon tar hand om djuren."

Det fanns den outtalade utpressningen, men vad spelade det för roll? De skulle dra därifrån. Djuren skulle bli Ralfs bekymmer.

Harald såg på Simon även om han talade till Ralf.

"Till hösten får du hitta en ersättare. Simon ska fortsätta på gymnasiet."

Harald nickade mot Simon som tittade ner i bordet. Emrik stirrade på Harald med sin gaffel med köttbulle höjd i luften. Rosita följde dem med blicken. Det fanns något osagt mellan dem.

Emrik tog Rositas hand, slöt sin hand hårt i hennes och blundade.

Allt var egentligen Haralds fel. Han skulle inte ha låtit sig övertalas av Simon att råna till att börja med. Förut hade de inte haft något att förlora. Det enda de hade var varandra. Här i Eden och Helgeryd var de någon att räkna med. I Trollhättan väntade Arbetsförmedlingen som skulle erbjuda dem jobb i pingstkyrkans secondhandbutik, den de hade stulit från.

Simon hade gått ut i stallet för att se till getterna. När de hade letts in i stallet hade de ängsligt stampat i halmen, ovana vid betonggolv.

Ralf satt kvar vid middagsbordet och fyllde på både sitt och Haralds glas. Det var dags för honom att gå hem avgjorde Harald som var för trött för småprat. Emrik och Rosita hade redan försvunnit in i köket med disken.

Harald gick ut till församlingslokalen, slog sig ner på första bänkraden och tittade upp på Jesus på korset.

Livet var bra underligt. Tänk om de hade följt Sickans fotspår. Skulle de ha legat i sina skitiga kalsonger i någon kvinnas lägenhet då? De hade åtminstone varandra. Det var inte så illa när han tänkte efter. Emrik och Simon skulle läsa vidare, bli något. Harald kunde nöja sig med att sitta i timmar i biblioteket, läsa böcker om aerodynamik och kvantfysik, för att kompensera sin brist på utbildning. De behövde bara få ett slut på den tillfälliga brottsbanan. Först hade han en gås oplockad med prästen och så måste han bevisa för Lisa att de inte var en fejksekt, trots att de var det. Deras nästa gudstjänst skulle gå i förlåtandets tecken. *Förlåt dem som äro oss skyldiga, ty de vet inte vad de gör.* Han skulle sopa rent med sitt brottsliga leverne.

Harald gick in i sakristian där han hängde av sig särken. Där fanns ett par snickarbyxor som han tog på sig. Ett klädesplagg från den outtömliga sakristian full av hemligheter. De som hade bott där måste ha haft väldigt bråttom därifrån.

I stallet sträckte getterna Andy och Hardy ut sina halsar och hälsade på Harald. De nafsade på hans fickor i hopp om att något skulle trilla ut. Simon gick fram till Harald och gav honom en sopborste. Han skulle skyffla in skit och halm i rännan.

Harald tittade runtomkring sig. Luften var tät av urin och det stack till i näsborrarna. Stallet såg inte ut att ha städats efter de förra ägarna. Simon gjorde sitt bästa med att borsta väggarna från dynga som satt fast som bruna prickar på dem.

Det hördes steg ute från gården och Rosita öppnade dörren. Hon sträckte in sitt huvud, rosenkindad och leende. Hon rynkade på näsan.

”Är det ok om jag tar golvet i sakristian? Det ser inte lika illa ut som här, men nästan.”

På väggen hängde en ihoprullad vattenslang. Harald drog fram den och satte på vattnet som skvätte och skummade upp mot väggarna innan det rann ner i avloppet. Andy och Hardy trampade runt bland hönorna medan deras stall gjordes i ordning. Runt deras ben irrade fjäderfän. När Andys och Hardys första blygsamhet hade släppt försökte de tugga rumpfjädrarna. Det gav upphov till en öronbedövande kakafoni i hönsgården.

Simon lutade sig mot sin skyffel.

”Jag har nog aldrig varit så glad och nöjd som nu.”

Harald hade också noterat det. Stallivet passade Simon. Han bar en röd stallkeps som det stod Scania på. De blonda lockarna trillade ut ur den som fastlimmade sågspån. Den blåa fleecejackan var full av instuckna halmstrån. Han log mot Harald

”Vi skulle kunna stanna här, om vi ville.”

Harald skakade på huvudet.

”Förr eller senare kommer de på oss.”

”Vi är inte samma människor som innan.”

Men skulle Lisa från Kammarkollegiet tro på dem? Och Vilja? Att de tog hand om pengarna åt henne? Hur skulle det bli med Emrik och Rosita? Skulle hon vilja vara med Emrik när det visade sig att de inte var religiösa? De skulle inte ens hinna tvätta pengarna i kollekten, såvida de inte fick en osedvanligt hög donation av en anonym givare.

Ett högt och gällt skrik hördes inifrån huset. Harald stängde av vattnet och Simon slängde ifrån sig sin borste. De sprang upp mot huset och mötte en uppskakad Emrik i trappan.

”Nu är det kört. Hon kom på oss.”

Rosita stod på trappan med en bunt femhundralappar i handen. Fan! Harald hade glömt att lägga tillbaka sportbagen i kistan.

”Vad är det här? Varför har ni inte pengarna på banken?”

Emrik tittade på Harald med vädjande ögon. Harald lade handen på hans axel.

"Nu tycker jag att vi tar det lugnt."

I församlingslokalen satt Rosita med en pappersnäsduk tryckt mot sina ögon som svämmade över av tårar. Harald satt mittemot henne med händerna knäppta runt magen.

"Det var sanningen om vårt gamla liv, men efter att vi mötte Gud har vi blivit nya människor.

Gud har förlåtit oss."

Rosita lyfte upp sitt ansikte där hennes röda ögon sorgset betraktade Harald.

"Pengarna måste tillbaka till Vilja."

Harald ville lämna tillbaka pengarna till henne, men det gick inte. Hon var borta. Med lite tur skulle hon bli glad för allt det goda de hade gjort för Helgeryd.

Emrik tog hennes hand, men hon drog bort sin hand från honom.

"Du är feg, det är vad du är."

Emriks underläpp dallrade och skrynklades ihop.

"Jag är för snäll."

Rosita ställde sig upp. Emrik sprang upp på fötterna.

"Vart ska du gå?"

Rosita tog på sig sina sandaler och drog ner en virkad kofta från hallkroken. Hon tittade på Emrik.

"Ska du ta och skita i!"

Emrik sprang efter henne och tog tag i hennes hand när hon korsade Helgeån. Hon stannade och vände sig om och gav honom en örfil. En lång stund efter att hon hade försvunnit in i skogen stod han kvar med handen på kinden.

Emrik låg raklång i hallen och blockerade entrén för Simon och Harald.

"Mitt liv är över. Jag är inte rädd för cancer längre. Cancern kan komma och ta mig nu."

Harald och Simon lyfte upp Emrik till hans säng. Han hade krupit ihop i fosterställning. Den enorma känslostormen hade skapat feber. Det var som om han svettades ur varenda cell, klämde ut vatten som simmade över huden.

Harald klappade på täcket.

"Vi kommer inte att lämna dig."

Emrik slöt sina ögon.

"Så trevligt då. Då kan jag dö av lättnad."

Emrik var inte sig själv. Simon stängde dörren och vände sig om till Harald.

"Ingen av oss är oss själva. Utom du. Du har inte förändrats ett dugg."

"Det har jag väl. Jag är församlingsledare."

"Du är samma inuti."

Harald visste att det var sant, samma människa paketerat i ett annat format. Han låtsades vara någon annan, precis som han alltid hade gjort.

16

Harald vaknade av att någon viskade i hans öra. *Den som är utan skuld kastar den första stenen.* Var det ett omen?

Alla hade beordrats ut på gården för att städa omgivningen från föremål som kunde kastas på kapellet och församlingsledaren. Stora stenar som utgjorde hälsofara avlägsnades. Simon och Valentino transporterade bort den stora stenen vid flaggstolpen på skottkärran och sänkte ner den i Helgeån. Harald var inte paranoid, men vem visste vilka stollar som kunde dyka upp till lördagens gudstjänst.

Regnet öste ner över Helgeryd och förstärkte den dystra stämningen på gården. Emrik hade legat till sängs sedan Rosita försvann. På den tredje dagen gick han ut i köket för en skål med müsli. När han såg disken i köket brast han ut i gråt. Köket hade hållits i perfekt skick av Rosita, men nu surrade flugor över travar av odiskade tallrikar.

Stämningen passade för den kommande gudstjänsten. Turen var kommen för rentvagning. All synd skulle tvättas bort.

Det skulle inte finnas musik på gudstjänsten. Pianolocket var låst och nyckeln befann sig i Haralds västficka. Knappnålar skulle falla hårt mot tystnaden. Suckar skulle dras från ångerfulla bröstkorgar, allt inför allseende Gud.

Valentino och Maria verkade veta vad som var på gång och skyndade sig ut på trappan för att ta emot kapellbesökarna. De gestikulerade bestört när Harald tog deras kaffemugg med pengar och gick in med den. Tiggarna fick snällt leta efter en annan plats att be om pengar. Pengarna tillhörde Gud och Hallelujabröderna.

Valentino och Maria satt nu längst bak med armar och ben i kors för att markera sitt missnöje. Florin var bunden med ett rep runt midjan, sparkade med sina ben och försökte komma loss.

Harald pekade på repet och sedan på Florin. Hans föräldrar hade oförstående tittat på repet, på Florin och på Harald och skakat på huvudet. Emrik hasade med själstomma ögon bort till köket. Ur ett skåp rotade han fram ett paket franska våfflor och gav till Florin och hasade tillbaka till köket.

Gudstjänsten började med regn. Det föll på det gröna koppartaket som grus i en plasthink. Tysta klev besökarna in, fyllde bänkarna till sista plats och när de var slut gjorde de en extra rad genom att sitta i varandras knän. De som stått och väntat på att dörrarna skulle öppnas hade hunnit bli blöta. De nakna låren och armarna limmade sig mot varandra. Fönstren immade igen som i en finsk bastu när ångande ånger steg till väders.

En blixt passerade fönstret vid krucifixet och slog ner bakom kapellet. Gud var inte glad på dem och varenda syndare och synderska skulle be på sina bara knän om förlåtelse, allt enligt dagens budskap. Vindar slet i träden där ute, vilket övertygade de som satt i kapellet att Gud var ordentligt förbannad.

Harald vred sina händer. Det fanns inga passande ord. Han lutade sig fram mot mikrofonen och viskade i den.

"Jag har syndat."

Församlingen klappade i händerna.

"Halleluja!"

Hans strupe kändes torr. Nu skulle det komma.

"Verkligen syndat."

Församlingen reste sig upp från bänkarna. Där de suttit på varandra blev det trångt och de stod i sidled för att få plats.

"Halleluja!"

"Kan ni hålla klaffen en stund."

De stod beredda med ett nytt Hallelujatillrop och svalde snopet glädjeyttringen.

Simon ställde sig upp.

"Halleluja?"

Harald lyfte upp handen.

"Ni blir förvånade att veta att jag har syndat."

Några nickade, men de flesta skakade på huvudet. Det kom inte alls som en chock.

Det var dags för bekännelsen. Han hade fallit för mammon, pengadyrkan, men undvek att nämna att de startat församlingen med rånpengar. Det enda man egentligen behövde var en stadig inkomst, lön eller bidrag, så länge man hade varandra. Förförelsen av Lisa slank med, även om det var hon som hade börjat, en städad variant där romantiken tog större plats än sexet. En äldre kvinna som lyssnat på honom räckte upp handen och frågade om hon var verklig eller en biblisk liknelse. Harald bekräftade att hon verkligen var verklig och jobbade på Kammarkollegiet.

Simon fick sina femton minuter av skam. Hans fötter skrapade på mattan. Mikrofonen skakade i hans händer.

"Jag vet inte om jag har syndat särskilt mycket. Den enda synd jag kan känna är att jag har blivit utnyttjad av kvinnor. Jag trodde de älskade mig, men de har lämnat mig. Andy och Hardy älskar mig precis som jag är."

Harald hoppade upp och tog mikrofonen från Simon. Ursäktande förklarade han att Andy och Hardy, inte var några män, utan två getter, som han hade ett platoniskt förhållande till.

Simon gick tillbaka till pianot medan Harald tog plats framför församlingen. Nyckeln till pianot han plockat fram ur västfickan kändes kall i hans hand. Skammen kunde inte ens gömma sig bakom musiken. Hans senapsgula väst släpade i marken och gömde hans skinnskor. Västen hade varit broderad med djur, men Harald hade tagit en sax och klippt bort all brodyrtråd.

"Nästa!"

Det var dags för Emrik att äntra scenen, vilket han gjorde motvilligt. Varför skulle han vittna, han som alltid hade följt alla budord? Emrik torkade sina tårfyllda ögon med skjortärmen.

"Den enda synd jag någonsin har begått var att inte leva. Jag var rädd för kärleken och livet. Nu vet jag att livet är en traktor som har kört över mig, släpat på mig under sina däck i flera mil och sedan kastat mig i diket. Mitt råd till er är att leva livet. Ni kommer ändå att bli överkörda."

Den djupa insikten fick dem att ta en paus och lyssna på det smattrande regnet som föll som lösa skott mot taket.

Flera besökare ställde sig vid podiet. Harald tittade på klockan. De skulle ha tid med tio bekännelser till om var och en tog det på fyra minuter. Gudstjänsten skulle sedan avrundas med kollekten och svart kaffe i köket. Ingen kaka, för nu fanns ingen bakande Rosita. Harald hade försökt få Maria att baka, men hon hade bara lett och nickat.

I rask takt avverkade de flera försyndelser. Det nämndes skattebrott, otrohet, spelberoende, spritmissbruk och barnmisshandel. Det var en stunds halleluja för samtliga brott utom det sistnämnda. Gud förlät sådant, men det gjorde inte människorna. Harald gick fram och kramade den närmare nittio år gamla kvinnan som slagit sitt barn under femtiotalet, då det ännu var tillåtet, och bad henne sedan sätta sig.

Harald tittade ner på sin församling.

"Vi har alla gjort dumma saker och vi kan skriva under att ingen är utan synd."

"Jag har något att bekänna."

En mörk manlig röst som verkade komma från någonstans i mitten av församlingen rörde sig framåt, ett guppande huvud i folkmassan.

Harald lyfte upp handen.

"Vi har fått tillräckligt med vittnesuppgifter om synden."

Prästen Lennart stod längst fram i mittgången.

"Jag är den största syndaren av er alla."

Människor lutade sig mot mittgången och de som inte satt nära lutade sig mot sin grannes axel. Hela kapellet lutade sig ut från bänkarna.

"Jag är präst och vad har jag gjort? Tömt kyrka efter kyrka på folk, som somnade på mina gudstjänster. Ni har lyckats fylla hela kapellet. Jag förstår nu. Det är inte vägen utan målet som räknas. "

Ingen i församlingen räknade det som synd, utan som en mindre förseelse. Om han kunde ta upp vilka som ledde herrbollsligan någon gång. Om han slutade dricka upp allt vinet själv kunde de till och med tänka sig att ta nattvarden med honom.

Lennart protesterade.

"Jesus drack han också."

En äldre kvinna, hon som slagit sitt barn på femtiotalet, reste sig upp.

"Jag tror inte Jesus Kristus drack upp hela nattvardsvinet själv, doppade kex i den och fyllde silverbägaren med hallonsaft."

Det var bekännelsens tid och även om den inte kom från prästen själv, sjönk den ner som en sten i församlingen och spred ringar i bänkarna.

En äldre man räckte upp handen.

"Jag har något att erkänna. Skulle vi kunna ta det på tu man hand?

Harald skakade på huvudet. Hade man något att erkänna fick man snällt ställa sig där uppe på podiet. Mellanhänder upp till Gud var avskaffade men det gick bra att ställa sig vid mikrofonen.

Harald visste redan hur det skulle bli efter döden. Allt de någonsin hade gjort skulle rullas upp på stora monitorer, inspelade dokumentärer av deras liv till allas beskådan. Som om någon brydde sig. De var redan döda och det gick inte att ändra det man redan gjort.

"Här finns en som är motvilligt redo att bekänna."

Ralf hade räckt upp handen. Blickarna riktades mot tredje raden på vänster sida av mittgången och på en höggravid kvinna iklädd solglasögon och röd fleecejacka märkt med Ica Helgeryd. Emrik flög upp ur stolen och sicksackade mellan människorna. När han var framme hos Rosita knäböjde han sig framför henne och lade sina händer på hennes knän.

"Jag trodde aldrig jag skulle se dig mer."

Rosita tittade ner på golvet, det såg i alla fall ut så, då solglasögonen tippade ner från hennes nästipp.

Emrik smekte hennes handrygg.

"Rosita, vill du gifta dig med mig?"

Tårar föll nerför hennes kinder, rundade de stora solglasögonen och bildade en strömfåra på hennes överläpp.

”Du vill inte ha mig.”

Ralf tryckte ner Emrik i bänken. Med sin lediga hand drog han upp Rosita, förde henne upp till podiet där han gav henne mikrofonen. Hon tog emot den men lät den vila mot magen samtidigt som hon skakade på huvudet. Emrik tittade upp på henne. Hans ansikte skakade som vid en jordbävning. Emrik viskade.

”Men varför?”

Rosita förde mikrofonen till munnen.

”Det är inte du, det är jag. Jag vet att ni aldrig skulle ta någons pengar. Jag behövde bara en ursäkt. Ralf sa att jag bara försökte rymma från mitt ansvar i Hallelujabröderna. Ni behöver mig.”

Emrik begravde ansiktet i händerna. Rosita snörvlade in i ärmen och tittade ner på sin mage.

”Jag har syndat.”

Publiken höjde upp sina händer.

”Halleluja!”

Rosita pekade på Emrik som nu tagit bort händerna från ansiktet.

”Han är inte pappan.”

Publiken vände sig mot Harald.

”Halleluja?”

Harald nickade. Visst var det ett halleluja.

”Emrik tog emot mig och öppnade sin famn, trots att jag väntar barn med en annan.”

Ett sus hördes i församlingen.

”Jag blev lämnade av den jag var förlovad med, den som gjorde mig gravid. Emrik lärde mig vad riktig kärlek är.”

Hon tittade på Emrik.

”Det är en flicka, förresten. Min mamma spådde mig innan jag lämnade dem.”

Emrik gick fram till Rosita och tog mikrofonen från henne.

”Jag ska gifta mig med Rosita. Rosa blir min riktiga dotter.”

Rosita kramade hans hand.

”Rosa?”

”Tycker du inte om namnet? Det är lika vackert som ditt.”

Harald ställde sig framför dem.

”Om det inte är någon annan som vill erkänna något, sätter vi en punkt här. Efter kollekten tar vi nattvardsvinet i köket. Kaffe till självkostnadspris. ”

Simon och Valentino reste sig upp. De hämtade kollekthåvarna som stått lutade mot sakristians dörr och vandrade nedåt rad för rad. Tystnad rådde och var och en gav så mycket hjärtat och plånboken tillät.

Harald log vänd mot Jesus på korset. Gudstjänsten var den naknaste och sannaste gudstjänsten Harald hittills hade förrättat.

De sista av gästerna hade avlägsnat sig. Hallelujabröderna hade bjudit på ett paket torra kex och nattvardsvin av dunkel härkomst som luktade t-sprit.

Harald satt på en pinnstol i köket och tittade frånvarande ut genom fönstret. Tankarna hamnade där de brukade, på Lisas nakna lår och brösten som var som små bullar när hon stod upp, men mjuk sandkaka när hon låg ner, på hur de formade sig efter hans händer. På de mjuka fjunen vid naveln som han älskade att smeka. Någon harklade sig och han såg upp. Valentino stod framför honom.

”Vi ska bege oss av. Vi är inte nöjda.”

”Talar du svenska?”

”Jag är född i Vallentuna. Maria är från Kemi. Hon är finsk-rom.”

Harald reste sig upp.

”Ni har lurat oss.”

Valentino drog ut en stol bredvid Harald och satte sig ner.

”Ni ser vad ni ser. Ni ser ett par trashankar och behandlar oss därefter. Vi har inte lurat er utan gjort oss till det ni vill att vi ska vara.”

”Är ni inte rum-romer? Ni satt vid bänken utanför vårdcentralen och tiggde.”

”Vi väntade på bussen när Ralf plockade upp oss. Jag är egentligen lärare. Kort efter att jag berättat om mitt romska ursprung blev jag anklagad för att ha stulit 8A:s klasskassa. Jag blev avskedad och avstängd från A-kassan i flera dagar. Vi hade redan ont om pengar. Maria har inte jobbat sedan hon flyttade till Sverige. När vi inte kunde betala hyran blev vi utkastade av hyresvärden. Jag har aldrig stulit, men vem tror på en rom? Tiggeri, varför inte? Är det inte det ni vill att vi ska göra?”

Ingen behövde få veta något om Valentinos avslöjande avgjorde Harald. Var och en blev det andra trodde att man var, såsom församlingspräst. Ralf som hade druckit minst av dem skjutsade Maria, Valentino och Florin till busshållplatsen. Helgeryds enda trafikpolis låg och sov ruset av sig på potatislådorna i Ica-butiken.

Harald låg i sin säng och tittade upp på taket. De filosofiska tankarna gick rundgång i hjärnan. ”Om man inte är sitt ursprung vad är man då? Definierar härkomsten dig?” Svaret kom snabbt, som om någon utanför honom svarade i hans hjärna.

Fel fråga. Vad har ditt ursprung med dig att göra? Det är bara början på din startsträcka. Du börjar någonstans och vägen till ditt mål innehåller genvägar som bara du själv kan upptäcka.

Harald reste sig hastigt upp. Herregud! Han hade levt sitt liv efter vad hans mor och far hade åstadkommit. Varför skulle han vara tjuv som sin far eller gudstjänare som sin mor? Han var fri att göra precis vad han ville med sitt liv.

17

Harald vaknade av att det tjöt i hans öron. Han trevade efter mobilen för att stänga av det förbannade larmet. Oljudet ville inte sluta. Det kom inte från mobilen utan från Ralfs pickup som stod parkerad på gården. Med badrocken hårt knuten runt kroppen gick han nerför trapporna och ut på gården.

Ralf öppnade bakluckan på pickupen. En liten nätbur stod mitt på golvet och något studsade i buren, något som inte var tillfreds med tillvaron. Att döma av ljudet från dess strupe och fjädrarna som yrde runt dess fötter kunde det inte vara annat än ett hönsdjur.

Harald knackade på buren och tuppen som satt i den tittade misstänksamt på honom. Han synade nykomlingen.

"Vad ska vi med en tupp till?"

Tuppen såg inte mycket ut för världen, en benig sak där två orange tändsticksfötter stack fram ur ett skabbigt fjäderbo. Redo att tjänstgöra gjorde tuppen korta hostpauser och fortsatte sitt galande instucken under Ralfs arm.

"Om ni ska ha små kycklingar måste ni ha en tupp."

Harald stängde bakluckan.

"Vi vill inte ha kycklingar."

Ju fler munnar att mätta, desto fler att städa efter.

Ralf viftande avfärdande med handen och tittade bort mot hönorna som ställt sig på rad vid nätet.

"Det är klart ni ska ha kycklingar. De blir små fjuniga attraktioner."

Ralf stängde dörren till pickupen, gick bort till hönsstängslet och släppte ner tuppen som genast jagade en tjock höna bort till ett hörn där han flög över henne i ett virrvarr av fjädrar. Nöjt ställde sig Ralf med händerna bak i ryggen.

"Petter-Niklas har visst saknat kvinnligt sällskap."

Simon kom gående från stallet och borstade av sig halmstrån. Orolig för kattungarna, hade han tillbringat natten i stallet.

Deras mamma verkade vara en riktig slarva och lät inte en av dem få komma till att dia.

Ralf promenerade över gården, gick förbi hallonbuskarna samtidigt som han stegade och räknade högt för sig själv. Vid en röd byggnad med spröjsade fönster stannade han. Han sopade bort damm och fågelskit från fönstret, tryckte näsan mot fönsterrutan, kikade in och tog ett steg tillbaka.

"Om två veckor, 1 juli, ska vi öppna Hallelujacaféet och Noaks ark med ett urval svenska bondgårdsdjur."

Det tänkte inte Harald gå med på. Deras verksamhet skulle läggas ner, inte utvecklas. Vad visste de om att driva café?

Ralf gick fram till Harald som iakttog hur Petter-Niklas tycktes avverka höna efter höna i sin iver att göra alla nöjda.

"Behöver jag påminna dig om vem som äger stället?"

Ville Ralf ha kycklingar kunde han väl få ha dem. Efter sommaren skulle bröderna sticka, om de inte fick bråttom därifrån tidigare. De hade fått Herrens uppmaning att starta en sekt, men även att stänga ner den så fort de var klara med sitt uppdrag. Café, det var en helt annan sak.

Harald ställde sig med armarna i kors.

"Vem ska ta hand om caféet? Jag är upptagen med att predika."

"En gång i veckan, ja. Du har tid att servera kaffe då och då. Rosita kan baka."

Ralf sneglade ner på sin armbandsklocka och ursäktade sig. Det var dags att öppna lanthandeln.

Bilens baklyktor sken upp när Ralf bromsade in vid kurvan. Harald gick in mot huset.

Simon bredde smör på en halv baguette i köket när Harald öppnade dörren.

"Nu ska Ralf starta ett café här. Han fattar inte att vi drar efter sommaren."

Simon slängde smörkniven i diskhon.

"Jag följer inte med. Om jag ber om förlåtelse kommer de att låta mig stanna här."

Harald gick fram och tillbaka i köket.

”Vår plan var att vi skulle flytta hem till Trollhättan igen.”

Simon tog en tugga av sin macka och lutade sig mot väggen.

”Det är din plan. Har du någonsin frågat vad vi vill göra?”

”Vad vill du då?”

”Bli bonde.”

Harald drog ut en köksstol och satte sig ner.

”Då drar jag och Emrik.”

Simon skrattade.

”Det tror jag inte. Han är ihop med Rosita nu.”

Det var löjligt att tro att de skulle klara sig en enda dag utan honom. De skulle sitta bakom galler när Vilja kom tillbaka.

Harald hörde mopederna på gården, reste sig upp och gick fram till fönstret. Han pekade åt hållet där ljudet kom ifrån.

”Där kommer dina groupies.”

Simon och Harald stod vid trappan, såg dammolnet som yrdes upp av mopeddäcken. De fyra tjejerna drog av sig sina hjälmar. Simon lyfte upp sin hand till hälsning och gick bort till stallet där han öppnade de bruna dörrarna på vid gavel.

Tjejerna stod bredvid mopederna. Moppe knuffade på Gabbi.

”Är det ditt fel att han surar? Vad är det med honom?”

Simon hade gått bort till tappkranen och fyllde nu upp vatten i en zinkhink och gick bort med den till getterna. Moppe smög sig upp bakom Simon och lade armarna runt hans midja. Han stelnade till.

”Vi tänkte ta en tur med mopparna.”

Simon lösgjorde sig och satte hinken på marken.

”Jag har mycket att stå i här.”

Moppe backade från honom och lade händerna i fickorna.

”Och hur blir det med konfirmationskursen? Du lovade visa oss vilka synder vi skulle akta oss för.”

Simon ställde zinkhinken framför Andy och krafsade honom under hakan. Andy nafsade på hans ärm och gned bakkroppen mot staketet.

”Harald håller i alla kurser. Ni kan anmäla er på vår hemsida.”

Gabbi gick tillbaka till mopederna och vinkade åt sina vänner att följa efter henne.

”Kom tjejer. Jag tror Hallelujabrorsan har blivit förvirrad. Ali Mohammed Ali har en söt lillebrorsa som är på besök från Eskilstuna.”

Elsa drog upp en hårsnodd från sin shortsficka och satte upp sitt långa hår till en hästsvans.

”Jag stannar här.”

Moppe och de två andra tjejerna rivstartade mopederna, körde flera varv i leran vid flaggstången och tryckte ner däcken till en djup cirkel, innan de drog iväg med ett vinande läte när de stegrade mopederna. Elsa tittade ner i marken och skrapade med foten.

”Jag kan hjälpa dig.”

Simon tittade ner på sina fötter.

”Om du vill.”

Simon och Elsa studerade sina fötter mer än varandra. Det var så det skulle vara tänkte Harald. Spirande ungkärlek i luften.

I hönshuset satt en nöjd Petter-Niklas högt uppflugen på en sittpinne varifrån han betraktade sitt harem som pickade på varandra. Tuppen hade med sin ankomst ändrat statusen på hönorna. Här fanns det åtrå i luften.

I köket satt Emrik och Rosita. Hennes tröja hade rullats upp och Emrik hade sitt öra mot magen och pratade med bebisen. Harald stängde försiktigt dörren.

Det var kärlek i köket, i stallet och i hönshuset. Alla fick kärlek utom han. Han tittade ner på sin tysta mobiltelefon. Inga vänner hade han, hade aldrig haft om man inte räknade hans syskon. Flera flickvänner, men det hade inte fungerat med någon av dem. En efter en hade de tyckt att han var en besserwisser och lämnat honom. Harald hade ett Facebook-konto, men han hade slutat gå in på den. För att lägga till vänner måste man första ha vänner i verkligheten. Det hade funnits Patrik som hade gått i samma klass som han, tills han flyttade till Rågsved. Mamma hade serverat dem varma nybakade kanelbullar med ett glas kylskåpskall mjölk. Pappa hade då kommit hem med sina trashankar till vänner. De hade stunkit av rök och sprit. De galenröda ögonen hade stuckit ut som springor ur deras solbrända ansikten. De hade halat upp spritflaskor ur jackorna och lagt dem på köksbordet framför sig. Patrik hade tagit på sig skorna och gått hem utan att dricka upp sin mjölk. Hans mamma hade ringt och skällt ut mamma. Hur kunde de dricka sprit på en vardag? Det gjorde bara alkoholister.

Förutom Emriks och Simons telefonnummer fanns det bara ett till nummer sparat i hans kontakter. Lisa Nyréns tjänstenummer. Hon satt säkert på kontoret och lutade sig över en blankett hon våldförde sin penna över. Han tog upp mobiltelefonen och letade upp hennes mobilnummer.

"Kammarkollegiet, Lisa Nyrén."

Harald lade sig på sängen och tryckte mobiltelefonen mot örat.

"Hej!"

"Så kan du väl inte börja ett samtal. Presentera dig med namn och ärende, tack."

"Det är Harald från Hallelujabröderna."

Han kunde höra henne andas. Hennes röst var torr och sträv, inte som han mindes den, hur hennes villiga läppar hade smakat hembränt och hur hon hade tryckt sig vällustigt mot honom.

Haralds fuktiga hand fick mobiltelefonen att glida ur hans grepp. Han lutade sig över mobiltelefonen som låg på täcket.

"Vad gör du?"

Hon lät irriterad.

"Vad jag gör? Antyder du att jag inte gör mitt jobb?"

"Självklart inte. Har du saknat mig?"

"Det kan jag inte svara på under arbetstid."

"Om jag får ditt privata mobilnummer kan jag ringa dig senare."

"Så väl känner jag dig inte."

Harald skrattade ofrivilligt och mindes hennes kropp, hur hon hade svarat på hans smekningar. Ärret på rumpan från en fiskekrok.

Lisa svor till i luren.

”Jag jobbar. Om det inte är något tjänsterelaterat får du lägga på.”

”Vill du komma hit till helgen? Jag kan inte komma upp till Stockholm, med allt här.”

Lisa flämtade i telefonen.

”För sista gången. Jag hör chefen trampa i korridoren. Om det inte var någonting annat så lägger jag på.”

Den svarta skålen med kollektpengarna var inlåst i Rositas och Emriks rum. Allt var tillåtet i kärlek och tro.

Han höll andan och blundade.

”Kollektpengarna har inte redovisats sedan den första kollekten.”

Hennes snabba andhämtningar svepte som en fjäder mot mobiltelefonen.

”Vad är det du säger? Jag kommer genast.”

Mobiltelefonen låg tyst i hans hand. Hon skulle komma med första bussen imorgon bitti och han skulle möta upp henne på busstationen.

Harald behövde promenera bort till lanthandeln, köpa mjölk till kvällskaffet och kondomer. Det skulle behövas två paket.

Det stod flera bilar parkerade utanför Ica Helgeryd. En norsk och tre tyska bilar. Ralf stod vid kassan och log när han såg Harald. Harald tog en varukorg och tog ett varv runt butiken för att komma på om det var något annat som saknades därhemma. Harald lyfte upp en burk guacamole och ställde tillbaka den. Den hade gått ut för två år sedan.

Mannen mittemot Ralf fyllde i ett papper och gav tillbaka den till honom. Ralf vände sig om och gav honom en av husnycklarna på väggen.

”Wellkommen bei uns und köpen milch och etwas annat.”

Mannen nickade och tog emot nycklarna. Dörren plingade till när han gick ut.

Ralf log mot Harald.

”Strålande affärer. Tyskarna har kommit och fler ska de bli.”

Emrik hade lovat hjälpa Ralf med en hemsida, för att locka fler tyska turister till den sällsamt vackra småländska naturen. Harald lade mjölkpaketet på det trasiga rullbandet. Ralf vispade ner det från bandet och ner i en plastpåse. När Harald räckte fram sedlar sträckte han protesterande ut sin hand.

"Vad får du ut av det här arrangemanget?"

Ralf låtsades inte höra honom, vinkade bara bort honom och vände sig mot nästa tysk som hittat bort till ölen. Harald svor tyst för sig själv. Nu var det för sent att be om två paket kondomer.

Inget kom gratis, det hade livet lärt Harald. Ralf hade hyrt ut gården till en otroligt låg hyra och startat verksamhet på verksamhet i Eden. De var gratis arbetskraft och en del av attraktionen.

Mannen bredvid Ralf pekade på Haralds kläder. Han hade glömt bort sin bisarra klädsel och vant sig vid de färgglada västarna som höll magen varm.

"Was ist das?"

"Ah, den där? Das ist ein specielles sekt. Er heisst das Hallelujabruder. Du kannst das kirche besuchen und kaffe beställen. Viele djuren gibt es also."

Haralds misstankar hade besannats.

18

Harald körde Ica-pickupen fram till Lisa som stod vid busshållplatsen och väntade på honom. Hon stod på grusvägen och stampade med sina tennisskor. Besviket noterade Harald att hon inte var klädd i sina sexiga tjänstemannakläder utan ångade av ilska i tajta jeans som följde hennes kropps konturer. En röd blus under den svarta koftan. De översta oknäppta knapparna avslöjade en bit av hennes spets-bh.

Harald tog upp Icas reklamblad från baksätet och lade den över sitt skrev. Det verkade inte vara någon idé att visa hur glad han var att se henne. Hon hoppade in i bilen och smällde igen dörren.

Harald lutade sig mot henne.

"Får jag ingen puss?"

Lisa knäppte på bilbältet och stirrade rakt framför sig.

Vad hade han egentligen tänkt? Ett kärt återseende? Hon hade kommit å arbetets vägnar och verkade redan jobba. Han som hade trott att han kommit på ett bra svepskäl för att få henne till Helgeryd. Hon verkade läsa hans tankar.

"Vad tänkte du på?"

Skulle hon säga. Hon hade kastat sig på första bästa buss. Lisa ville ha honom och det skulle hon få hela helgen.

Lisa tittade nyfiket bort mot stallet där de sällskapssjuka getterna Andy och Hardy bräkte. De var utmärkta vakthundar som varnade så fort en bil stängde av sin motor.

Harald visade henne bort till hönshuset där tuppen Petter-Niklas hade dött. Det hade inte varit så mycket med honom ens från början. Allt sexet och upprätthållandet av hackordningen hade till fått honom att sätta fötterna i vädret. Nu ruvade alla hönor på ägg utom den forna matronan, den spinkiga men energiska hönan Betty som hade ratats av Petter-Niklas. I hönsvärlden var tjockt vackert. Androgyna fjädrar utan brett arsle att landa på kom man inte långt med. Hon sprätte omkring på gården, pickade på frön och tittade avundsjukt bort mot de andra hönorna som värpte på sina ägg.

Det hade hänt en hel del sedan Lisa varit där. Det sjöd av aktivitet inom- och utomhus. Ralf hade för två dagar sedan dragit igång en integreringsgrupp för nyanlända invandrare vilket han varvade med att guida tyska turister i de småländska skogarna. De nyintegrerade höll till i köket där de lärde sig allt vad köksvaror hette på svenska. De tryckte etiketter på porslinet och skrev *såsskål, gaffel* och *Rör inte för helvete*. Den sistnämnda hade varit Haralds förslag.

Rosita och Emrik kom gående hand i hand, hälsade förstrött på Lisa och försvann ut på gården för att få en stund för sig själva.

Lisas weekendväska landade på Haralds säng. Harald stoppade in den under sängen.

Sängen räckte för dem, inte fullt lika bred som en dubbelsäng. Inte för att han planerade att sova den kommande helgen.

Lisa lade sig på sängen och lade händerna under huvudet. Harald satte sig på sängkanten där han betraktade henne. Det kändes konstigt att se henne igen. Han fick bara inte bli kär i henne förrän han visste att känslorna var ömsesidiga.

"Tror du vi har en framtid tillsammans?"

Lisa vred sitt huvud mot honom.

"Vi har precis träffats."

Hon gjorde honom galen och hel samtidigt.

"Jag har aldrig träffat någon som du."

Lisa nickade till svar. Nog var de unika både två. En församlingsledare och en sektkontrollant som det slog gnistor om.

"Har du bestämt dig för inriktningen på din sekt eller plockar ni bara russinen ur Bibeln?"

Harald knäppte händerna framför sig.

"Vi har gått över till ren Jesustro och har förenklat budorden till ett."

”Så fint då. Då kan ni hitta på vad som helst och komma undan med det.”

Så rätt hon hade. De hade inget manifest och ingen ny bok att ty sig till.

”Vi har en bok som den första Hallelujabrodern skrev ner. Bok och bok är att ta i. Mer som en skrift eller broschyr.”.

”Vad heter boken om jag får fråga?”

”*Det bästa av Gud.*”

Lisa reste sig snabbt upp och föll skrattande ner på golvet. Nattduksbordet vickade till och tömde ett glas med vatten på henne. Skulle hon vara på det här viset, fick hon ta sig upp själv.

Harald lade sig på sängen.

”Det är Guds skrifter i kondenserad form. I fickformat.”

Harald var inte bara en simpel församlingsledare utan kanaliserade även Gud genom sig själv. Bibeln var lång och krånglig. Orden hade förlorat sin betydelse och blivit näringsfattiga i visdom sedan den först nedtecknades. Vem visste egentligen vad Gud menade när författarna slängde sig med hebreiska, arameiska, latin och grekiska?

”Var det den bästa titeln du kunde hitta på? Det låter som ett samlingsalbum. Kan den inte heta *Det bästa av Bibeln*?”

”Vi väljer att fokusera på Guds budskap.”

”Vilka vi?”

”Gud och jag.”

Lisa tog in händerna under t-shirten och knäppte upp bh:n som hon slängde i Haralds ansikte.

”Vad säger er tro om sex före äktenskap?”

Harald plockade upp den och höll den mot ansiktet. Blommig parfym och hennes svaga doft av svett eggade honom.

”Det är inte förbjudet. Det är ok så länge jag inte ligger med någon annans fru, om det inte är en trepartsöverenskommelse.”

Hennes toppiga byst blev synlig när hon långsamt drog t-shirten över huvudet. Hans mun var torr och det var svårt att slita blicken från hennes kropp.

”Jag föredrar en kvinna åt gången.”

161

"Så jag är din kvinna?"

Lisa flyttade sig närmare, lade händerna på hans midja och nafsade på tyget. Hennes tänder rev hans bröstvårtor. Det gjorde ont, men hans stånd reste sig lydigt upp under resåren.

"Var har du kollekten då?"

Harald drog henne mot sig och daskade hennes stjärt. När han tog tag i hennes hår gnydde hon till svar och lade sig på sängen med låren omslingrade runt hans midja.

Harald tittade ner på mobiltelefonen som hade rullat ner från sängen. Lisa och Harald andades häftigt. Det hade gått en halvtimme sedan han hämtade Lisa från busshållplatsen. Han böjde sig ner och plockade upp kalsongerna från golvet. Harald pekade mot bokhyllan.

"Kollekten ligger i skålen."

Lisa virade täcket runt midjan, gick fram till bokhyllan och vände upp och ner på skålen. Ica-kvitton singlade ner på golvet.

Det skulle ha funnits flera tusenlappar i skålen. Han hade bett Rosita hälla alla pengarna i skålen.

Lisa ställde skålen på skrivbordet.

"Har du redovisat pengarna och skrivit upp summan?"

"Jag har skrivit summorna på kuvert. De är församlingsgåvor. Ska jag lämna ut kvitto till alla som ger oss pengar?"

"Du måste redovisa dem."

De satt i köket när Rosita och Emrik öppnade köksdörren och klev in med varsin Ica-plastpåse i handen. Harald och Lisa som suttit med varsin kopp te tittade på klockan. Var inte lanthandeln stängd? Harald kunde genom fönstret se Ralf stå på gården och lassa ut skyltar från pickupen. Det stod *get*, *höna*, *katt*, *häst* och *hund* på dem.

Emrik ställde en plastpåse på diskbänken och plockade upp ett mjölkpaket han ställde i kylskåpet. Han vände tillbaka till bordet och tog upp ett tepaket. Roiboos. Drömte.

”Ralf gav oss butiksnyckeln och bad oss själva växla i kassan. Det kom en turist också, som köpte filmjölk. Tur för honom att vi hade öppet. Och så sålde vi ett frimärke till Paavo.”

Harald visade honom kollektskålen.

”Var är pengarna?”

Emrik grävde i sin jeansficka och lade en tjuga, en femtiolapp och en krona på bordet.

”Vi hade inga andra pengar än kollekten att handla för, om vi inte tar ur, du vet.”

Det hade han inte tänkt på. De kunde inte allenast leva på vatten och bröd.

Harald och Lisa gick ut på gården där de satte sig på en nysnickrad bänk som både satts ihop och målats bensinblå av Ralfs flyktingar. Harald lade handen om hennes midja och hon protesterade inte. Blicken i hennes ögon sa att hon inte riktigt hade gått på semester.

"Ni måste redovisa era utgifter."

Han kysste hennes panna.

"Kan vi inte prata om något annat? Ditt arbetsområde är inte precis skatter.”

Lisa lutade sig mot hans axel.

"Jag säger det som en vän."

Vän, det var närmare älskarinna än en tjänstekvinna.

"Vad vet du om kyrkoskatter?"

"En hel del. Min pappa var väckelsepredikant. Vi åkte runt i Sverige och frälste människor från ondskan. Vi hade vår egen väckelseturné, en orange husvagn som det stod med illgrön text *Vakna* på. Han fick senare måla över det, för ordet var redan upptaget av Jehovas vittnen. Det är tydligen bara de som får väcka Honom. Texten ändrades till *Hör upp*, men det var aldrig någon som läste budskapet. Stod vi parkerade vid vägkanten trodde bilisterna att vi menade *Se upp*, Att han var en av Trafikverkets bilar som varnade för älgar på rymmen.”

Lisa suckade. En ilsken rynka hade bildats mellan hennes ögonbryn.

”Mamma är katolik och pappa är en vanlig kristen. Det var tills han drabbades av en andlig kris efter en operation. Han åkte runt i Sverige med sin folkabuss och försökte omvända människor. Mamma hade det jobbigt. De delade upp huset. Mamma bodde i sin ända med kors och madonna-statyer och pappa på andra sidan med sina biblar. Pappa flyttade sedan till Norrland.”

Lisa var inte religiös som resten av sin familj. Hennes familj var så det räckte. Margareta, Lisas storasyster, hade gått med i Jehovas vittnen och umgicks inte så ofta med dem längre. Vad var vitsen när de inte var en av 144 000 som skulle ingå i Kristi regering? Lisas lillebror Lasse hade tröttnat på Guds ambivalenta förhållningssätt till religion. Var och en av familjemedlemmarna lockade med paradisets frukter och ett liv efter döden. Så han gick och blev buddhistisk munk för att slippa återfödas med dem.

Harald smekte hennes hår.

”Ni firar väl ändå jul tillsammans?”

Lisa fnös.

”Skojar du? Margareta firar inte jul. Hon har mig på deras dörrknackarlista. Pappa tror inte att någon dag är mer helig än någon annan. Mamma har inte förlåtit mig sedan jag bad att få tillbaka hemnyckeln efter att hon hade varit lägenhetsvakt åt mig.”

Harald flyttade sig närmare Lisa på bänken. Hennes fingrar trevade längs skärpet och förde in handen under byxorna. Generat tittade sig Harald omkring på gården, men ingen hade sett. Han tog hennes hand, förde den till sin mun och kysste den, innan han lade den på knäet och låste den med sina händer.

Hon ålade och försökte komma loss.

”Varför bildade du egentligen er församling?”

Det var lätt att berätta om tillblivelsen, för lögnen kändes sannare ju oftare han återberättade den. Han kunde för sitt inre se Ola-Connys grälla turnébuss stanna till vid en mötesplats på vägen, där bröderna gick ut för en bensträckare. Där hade de sett uppenbarelsen, ljuset som kom från kapellets näckrosfönster där de mötte Gud för första gången. Tro vid första ögonkastet.

"Jag tror dig inte. Berätta något som du vet är sant."

Harald berättade något som var sant, något som han aldrig berättat för någon.

Mamma hade dött och Harald och Emrik hade tillsammans åkt till avskedsrummet. Simon hade varit hemma och tittat på Bröderna Lejonhjärta. Sickan hade precis kommit hem efter sin Sverigeturné som det stod att läsa om på Aftonbladets löpsedlar.

Det hade sett ut som om hon sov. Ett vitt lakan gick upp till magen på henne. Där ett bröst skulle ha funnits låg blusen i veck. De hade tagit bort hennes högra bröst, när de ännu trodde att de kunde rädda henne. Emrik hade gått fram till henne och kramat henne, men backade när han kände hur kall och stel hon var.

Harald betraktade mamman och försökt förstå hur det någonsin hade funnits liv inuti henne. Varför hade hon inte kämpat ännu mer för att överleva? Att be till Gud att skydda hennes barn och Sickan var bortkastat. Hon skulle ha bett om några extra år istället.

Mammas lockar hade varit uppsatta med hårnålar och hon hade sett så vacker ut, inte sliten som hon hade varit när hon levde. Äntligen hade hon kommit till ro. Det hade gjort honom förbannad. Hur vågade hon ha ett så förnöjsamt leende i det döda ansiktet? Hennes barn var för helvete föräldralösa.

När de gick ut från sjukhuset ville Emrik hålla hans hand. Han släppte inte trots att några av Haralds klasskamrater såg dem vid busshållplatsen och ropade "bög" efter dem när de klev på bussen.

"Lova att du aldrig lämnar mig" hade Emrik sagt och Harald hade lovat.

Simon ville inte sitta i garderoben den där dagen, när de åkte till sjukhuset för att ta avsked av mamma. Han hade suttit i sin trånga pyjamas framför TV:n. Simon hade lärt sig trycka på fjärrkontrollen och trycka på play på videospelaren. Om och om igen, Bröderna Lejonhjärta. Filmen rullade automatiskt tillbaka när den nådde slutet och han tryckte på play igen. Harald hade hämtat Mariekex-paketet som han gömt under sin säng och gav den till honom. Han fick lov att doppa alla kexen i mjölk och äta så många han orkade.

Pappa låg i sängen och sov. Han hade kommit hem mitt i natten och skulle säkert sova tills de var hemma igen.

"Simon, inte öppna dörren. Kommer du ihåg monstren?"

Simon hade nickat gravallvarligt. Han höll fjärrkontrollen i sin hand som om det var ett svärd. Monstren kröp fram när hjältarna inte var där och skyddade.

De hade hört att något var fel redan i trapphuset. Ytterdörren stod på glänt och posten låg på hallgolvet samtidigt som det ur radion spelades dansbandsmusik. Harald avskydde sådan musik, för Sickan och hans vänner lyssnade alltid på det medan de låg däckade vid bordet och drömde om kvinnor de kunde slå sönder och samman.

"Simon", hade Harald ropat och Emrik gjorde samma sak, fast tystare. De hade redan sett det. Pappan hade vaknat från spritkomat och hade fyllt på fyllan trots att klockan bara var ett.

Harald ville hålla fast vid det här ögonblicket, beskriva köket, sedan gå vidare till pojkarnas sovrum med de obäddade sängarna. Beskriva hallen långsamt, detalj för detalj, tills Lisa tappade intresset och reste på sig. Han skulle slippa gå in i vardagsrummet där han vänt många gånger vid tröskeln och ryggat för minnet.

Det första han hade noterat var bruset på TV-skärmen. Mjölkglaset var omkullvällt. Mjölken hade runnit över kexen som lösts upp till en geggig massa. Någon hade trampat på det och tagit med sig smuldegen som hade letat sig upp på wiltonmattan, den blå som mamma hade tyckt var lättstädad.

166

Beige smet var inkilat mellan soffdynorna. På soffan låg Simon. Hans pyjamas med trycket *Bananer i pyjamas* var neddragen till fotknölarna, där den bildade små fotbojor av tyg. Tiden gick i slow-motion när Harald sprang mot Simon, som om tiden hade slutat existera i vardagsrummet. Från badrummet hördes spolande läten i realtid. Någon öppnade toaletthandtaget medan Harald sprang mot lillebror. Simons pupiller var utvidgade och han sa något som lät som ett främmande språk.

Tunga oregelbundna steg i hallen från någon som höll sig mot väggen.

"Lugn Simon. Jag kommer nu. Du har varit en duktig pojke."

Harald blundade och kände värmen från Lisa som krupit närmare honom.

Han kände igen rösten. Sprit-Kalle, Sickans spritlangare, stod naken i hallen med en toarulle i handen. Han tittade med ostadig blick på dem.

"Hej pojkar, kommer ni redan? Hur var er mamma?"

Ilskan hade överraskat Harald. Den kom som en flodvåg, dämde upp lungorna och hans händer rusade upp till ansiktet, där de stannade. Nävarna bultade och kliade, en klåda som skulle gå över så fort han slog.

Emrik skrek när Harald sänkte Sprit-Kalle med ett slag mot näsan. Sprit-Kalle tittade upp mot taket med sprucken läpp och blod som rann från ögonbrynet. Simon hade vridit sitt huvud mot dem och gjorde kväljande ljud.

Harald hämtade sophinken. En gulbrun sörja, Mariekex med svag lukt av sur galla, gammal mjölk och något annat som han spydde ner i hinken. Simons ögon fylldes med tårar.

"Jag vill ha mamma."

Harald blundade och knep ihop munnen. Han tvingade Simon att resa sig upp. Simon föll avsvimmad mot hans armar. Harald lyfte upp Simon till sin famn och tryckte honom mot sin bultande bröstkorg.

"Mamma kommer snart."

Emrik hade dragit av honom pyjamasbyxorna, slängt dem i sophinken, knutit ihop soppåsen och slängt den nerför sopnedkastet i trappuppgången.

Medan Emrik ringde 112 bar Harald Simon till badkaret. Han riktade en kall duschstråle mot Simon för att få honom att vakna. Han spottade och fräste och Harald grät samtidigt som han tryckte ner Simon i badkaret. Simon stirrade oförstående på Harald som stängde av vattenkranen.

"Simon, du har fått magsjuka."

Harald lindade in honom i en handduk och bar honom till sitt sovrum där han lade ner honom på sängen.

Sprit-Kalles kläder var utspridda över fåtöljerna och soffan. Han rörde sig inte. Emrik och Harald drog på honom kalsongerna och jeansen. Emrik kollade ut genom fönstret. Kusten var klar. Harald tog tag i Sprit-Kalles fötter och drog honom ut till balkongaltanen och vidare ut till taggbuskarna. En extra knuff mot Sprit-Kalles huvud säkerställde att han inte skulle vakna på ett bra tag.

Emrik låg bredvid Simon, försökte hålla honom vaken, daskade hans kinder så fort hans andhämtning blev långsammare. Harald böjde sig ner under sängen, drog fram en spritflaska och gick med den ut till köket.

Sickan hade slött tittat upp på honom.

"Titta vad jag har hittat. Du får den om du går ut ur lägenheten."

Harald hade pratat med ambulanssjuksköterskan. Hans lillebror hade råkat få i sig mammas cancerpiller. De hade hittat honom medvetslös.

I ambulansen satt en snäll soc-tant som kom ut och pratade med Harald och Emrik. Hon skulle hjälpa Simon. När han sedan kom hem från sjukhuset var Gurkan redan där och väntade på att få ta honom hem till sig. De hade fått lov att hälsa på Simon, men det hade inte gått så bra. Simon hade blivit ledsen av att återse sina bröder. Det var som om han vaknade ur sin dröm och varje gång letade efter mamman, som inte längre fanns.

Lisa smekte honom på kinden. Harald vände sig om och blinkade. Hon log mot honom.

"Jag kan hjälpa dig att redovisa kollekten, visa hur det går till. Det är det minsta jag kan göra."

Harald kysste Lisa och reste sig upp. Han måste gå bort till stallet för att se att allt var bra med Simon.

19

Gud hade sannerligen inte hindrat Ralf från att ta över kapellet idag. Hallelujabröderna och deras anhang fick hitta på vad de ville där ute, för idag behövde Ralf lokalerna. Det var han i sin fulla rätt till. Vem om inte han hade varit snäll och låtit dem hyra Eden billigt? Det finstilta i kontraktet var så litet att det knappt gick att se med förstoringsglas, det om att uthyraren när som helst kunde ta hyresobjektet till sitt förfogande.

Helgeryd hade en vecka veckor tidigare fått sin första busslast med flyktingar som Ralf hade hällt ut i Eden, för att aktivera dem. De flesta av dem var från Syrien. Några enstaka kom från Afghanistan. I gruppen fanns även en amerikansk turist som råkat förirra sig. Eftersom han var mörk i huden och hade svart tätlockigt hår hade inte Ralf frågat var han kom ifrån. Keith hade gått på fel buss i Tomelilla och trodde att Ralf var turistguiden, men blev glad när det visade sig att Ralf skulle undervisa dem i svenska.

Korset i gudstjänstlokalen hade monterats ned. Alla utom Keith var muslimer och Jesus låg nu under Haralds täcke och försökte låta bli att irritera religiösa minoriteter och majoriteter. Simon behövde hjälp på gården och eftersom Lisa och Harald inte kunde ligga kvar i sängen, gick de motvilligt med på att kliva i gummistövlar och följa med ut i stallet.

Utbudet av svenska lantraser hade växt. Bland de nya inneboende fanns den svartfläckiga grisen Peggy och en pensionerad cirkusponny. Ponnyn var så tränad att om man med fingrarna ritade cirklar i luften började den genast varva flaggstången och sedan avsluta med att stegra sig. Han hade kommit namnlös till gården, så tillsvidare fick han heta Ola-Conny, döpt efter deras påstådda dansband de hade lämnat. Ingen visste hur Ola-Conny hade dykt upp, men en morgon hade han stått på gården i sin röda sidenväst och gula fluga.

Emrik hade drabbats av hösnuva och nös så fort han kom in i stallet. Han och Rosita fick istället röja den lilla stugan på gården. De sopade och putsade fönster, medan Lisa och Harald stod i stallet och mockade.

Ola-Conny och getterna Andy och Hardy, de kunde skita de. Harald täckte över skiten med lite hö, men Simon hade lutat sig mot skyffeln, stått med benen i kors och stirrat på dem med en anklagande blick. Elsa, hans flickvän stod bredvid och skakade på huvudet.

Lisas kinder var röda av ansträngning. Hon lutade sig och kvasten mot stallväggen.

"Tror du på Gud?"

Skjortan hon hade lånat av Harald var täckt av halm och ponny- och getskit som sprätt upp på henne när Harald spolade i rännan på betonggolvet. Harald iakttog henne med värme i blicken. Hon verkade höra mer hemma hos dem än i ett kallt kontor i Stockholm. Imorgon skulle hon åka tillbaka och han längtade redan efter henne.

Harald stängde av vattnet och gick fram till henne.

"Vilken dum fråga. Jag leder Hallelujabröderna, om du minns."

Lisa borstade frenetiskt i rännan för att få bort halmen som hindrade vattnet från att rinna ner i silen.

"Det är den inte alls. De flesta i Sverige tror inte på Gud. Bland dem finns det präster som ser yrket som ett jobb och inte ett kall."

"Jag tror på Gud, men jag är inte säker på om Gud tror på oss."

"Jag har inte svårt för Gud, men jag förstår inte religionerna."

"Men du registrerar dem."

"För den skull behöver jag ju inte tro på någon religion."

Hon ställde sig mot väggen och kliade sig i håret. Hennes hästsvans guppade upp och ner.

"Det ploppar upp sekter med massor av pengar. Pengar kommer in via kollekten, anonyma donationer. Ingen vet sedan vad de gör med pengarna förutom att ledarna kör runt i dyra bilar. Det är något som inte stämmer."

Harald gick fram till henne, lade händerna på hennes midja. Hon log upp mot honom.

"Nu menar jag inte er. Ni är bara tre förvirrade bröder. Det jag undrar är hur många sekter som tvättar pengar åt de kriminella. Det är vanligt utomlands, men tänk om någon i Sverige vill göra samma sak och startar en församling?"

Harald drog loss hårbandet från hennes hår och sniffade mot hennes hals som luktade av hennes svett.

"Vem skulle tvätta pengar via kollekten?"

Lisa lekte med hans skjortknappar.

"Jag vet inte. Kanske småskumma rörelser som inte vill skatta sina pengar."

Vem visste vilka slutsatser hennes skarpa hjärna kom fram till. Han kysste henne rakt på munnen. Det kom så överraskande att hon tappade sin sopkvast när Harald tryckte upp henne mot väggen och trevade med fingrarna under hennes bh.

Lisa smekte hans bröstkorg.

"Vi har inte gjort det i ett stall än."

Getterna Andy och Hardy bräkte uppmärksamt och skrapade klövarna mot marken. En avlägsen kobjällra ringde och annonserade middag samtidigt som Simon och Elsa klev in i stallet.

Simon hängde sin röda keps på en krok.

"Hörde ni? Det är mat. Jag undrar vem som har fixat käket?"

I vanliga fall var det Rosita som fixade frukost, lunch och middag. Ralf hade tagit över ansvaret och bildat en matlagningsgrupp med nyinvandrade kvinnor. Av de nyanlända manliga asylsökandena hade Ralf bildat en kyrkokör, vilket lät konstigt då bara Keith var kristen och resten muslimer. Fast som Ralf förklarade för dem var Hallelujabröderna knappt kristet, mer som en muslimsk variant av kristendomen.

De som talade någorlunda engelska och kunde säga *hello, goodbye* och *thank you very much*, hade bildat gospelkören *Allah kan sjunga*. Det föll sig naturligt att Keith som inte var

172

asylsökande utan bara en amerikansk turist blev körens ledare. I USA var han med i Jesus Christ Gospel Church där han sjöng så vackert att det tårades hos tuffa, väderbitna cowboys, med instängda känslor. Keith var kyrkans svar på terapi och fick folk att mjukna som spaghetti i kokande vatten. Kyrkor med dalande besökssiffror anlitade honom för hans version av *Amazing Grace*.

Keith hade kommit på kant med Gud. De sista åren hade han bott på hotell kors och tvärs över Amerika, levt på sprit och jordnötter tills han kom på att han lika gärna kunde åka till Sverige.

De som inte var med i gospelkören hade bildat en introduktionskurs i svensk husmanskost. I köket slamrades det av grytor och kastruller varifrån matos indränkt i olivolja pepprad med orientaliska kryddor spred sig.

De satt till bords och Emrik tittade ner på sin gaffel där en avlång köttfärsrulle dinglade.

"Vad är det här?"

En äldre kvinna som öste ner potatis på hans tallrik svarade honom.

"Tjötebolar."

Tio potatisar landade på hans tallrik och Emrik lyfte protesterande upp sin hand. Kvinnan fnyste till. Hon påminde om en tjock ilsken skolmatsalstant i blommig städrock. Hennes grå hår stack ut som tussar under det rosagröna tygstycket hon fäst med en knut i nacken.

Harald pekade på Emriks gaffel.

"Det är nog en köttbulle."

Kvinnan nickade och fler tussar av hennes grå svintohår gled ut från hårsjalen.

"Tjötebole."

De smakade inte alls som köttbullar. När Harald bet i mitten av den föll kött med vitt gryn ut. Det smakade sötare än vanliga köttbullar, hade ett hårt skal med löst inre, fylld med gryn och lök.

Emrik ulkade när han försökte svälja den med ett glas mjölk. Rosita spetsade försiktigt en köttbulle, smakade, tuggade sedan allt ivrigare tills hon svalde den.

"Godare än köttbullar. Jag måste ha receptet."

Emrik lade ner gaffeln och stirrade ner på sin tallrik. Rosita knuffade honom på sidan samtidigt som hon tog en ny tugga av sin köttbulle.

"Tänk att det är något annat än köttbullar."

Emrik svalde och lyfte upp sin gaffel. Försiktigt tog han en ny tugga och svalde.

"Det kanske inte är så illa."

Harald iakttog sin nya storfamilj, alla som satt samlade runt bordet. Det kändes som om allt skulle ordna sig. Han visste ännu inte hur det skulle ske. Emrik hade Rosita och skulle inte behöva Harald. Han hade sin Lisa även om det enligt hans relationsstatus på Facebook var "lite komplicerat". Lisa var rätt och fel på samma gång och fick hans känslor att åka berg-och dalbana när hon kom med sina granskande frågor.

Simon hade kärat ner sig i Elsa, vågade knappt titta på henne utan att rodna i alla nyanser av rött. De rörde omedvetet vid varandra som förälskade gjorde. Och mitt i allt satt Ralf som den självutnämnde patronen som satte saker i rotation och fick allt att hända på samma gång. Vem kunde tro ha detta för några månader sedan, när de hade suttit i vardagsrummet i Trollhättan och planerat sin kombinerade rån- och väckelseturné?

Lisa ställde sig upp och drog tillbaka stolen mot bordet.

"När du har ätit klart vill jag att du visar boken till mig."

Vilken bok? Harald fann sig snabbt.

"Du menar *Det bästa av Gud.*"

Det skulle inte komma på fråga. Den existerade inte ens i hans huvud, om inte lösryckta ord här och där räknades. Och om den hade funnits skulle de ha varit exklusiv och endast för betalande medlemmar.

De gick bort till sakristian. Harald kunde känna åtrån slå på som en strömknapp som ledde elektronerna ner till skrevet. Lisa tittade fundersamt på honom.

"Visa mig medlemslistan."

"Först ska jag visa dig runt i sakristian."

Eftersom deras religion inte var emot föräktenskapligt sex, skulle han visa vad han kunde göra med henne på sakristians långbord.

Lisa kastade sig in i hans famn så fort han låst dörren om dem.

"Vill du inte kolla runt först?"

Hon tittade runtomkring sig, på de stängda garderoberna.

"Vad finns här att se? Jag är praktiskt taget uppvuxen i kyrkor. Mina föräldrar älskade att vallfärda till dem. I varje ny stad vi besökte fick vi en rundtur i det allra heligaste."

Harald drog ner vita nattlinnen och kulörta västar som låg i högar på långbordet, på golvet.

Han lyfte upp henne på bordet och drog upp hennes kjol.

Några minuter senare låg de på bordet och vilade i varandras famnar. Lisas uppmärksamhet var nu vänd mot rummet och dess annorlunda inredning, som en hippieversion av en sakristia, en psykedelisk uppenbarelse med sina färgklickar.

Lisa gick naken omkring i rummet, drog i kläder i garderoben och synade färgglada strumpor som gick upp till låren som hon fnissande tog på sig. Hon gick fram till Harald, rev honom på bröstkorgen med sina naglar och sprang undan. När han tog upp jakten på henne, slank hon in i en garderob.

Harald öppnade dörrarna och sträckte in sina händer för att dra ut henne ur garderoben.

"Där är du! Jag ska visa dig hur jag handskas med bångstyriga flickor."

Hennes askgrå blick fick honom att stelna.

Lisa tog upp en näve sedlar, omsorgsfullt hopbuntade med gummiband runtom.

"Vad fan är det här?"

Harald hade inte tänkt på att låsa in pengarna i kistan, inte efter att Rosita hade hittat dem. Församlingsmedlemmarna hade inte längre några hemligheter för varandra.

”De där har vi fått av en gammal tant.”

”Du menar donerat.”

Harald sträckte sig efter sportbagen.

”Hon önskar vara anonym.”

Lisa tryckte bort hans händer och pekade på en skylt på sportbagen.

”Så anonym är hon inte. Här på sportbagen står det Vilja Gustafsson. Jag har alltid tyckt att det är ett konstigt namn.”

”Snälla! Låt dem vara!”

Lisa drog på sig t-shirten.

”Du kan inte ha dem i en väska i garderoben. Det går så mycket folk här att ni snart har dem stulna.”

Hon låste upp dörren och gick ut ur rummet. Harald gick efter henne.

”Men var ska jag lägga pengarna, tycker du?”

”På banken, vad trodde du.”

Ralf stod framför dem och höll en något yngre man med feminina ansiktsdrag i handen. De vände sig nyfiket mot Harald.

”Vilka pengar?”

Lisa höll upp en sedelbunt.

”Har du inte berättat att ni har fått en donation på flera hundra tusen?”

20

Harald lyfte ur Lisas resväska från bagageluckan.

"Du missar bussen."

Hon verkade inte ha bråttom utan ställde sig på tå för en sista kyss. Bussen stod och stampade bensin. Den hade tvärnitat framför dem, ovan som chauffören var vid att plocka upp passagerare från Helgeryd.

Lisa släppte taget om Harald och tog upp resväskan.

"Ni borde fixa en mässingsskylt till Vilja, bredvid krucifixet, där ni tackar henne för den generösa donationen."

Harald pekade på bussen. Om hon inte klev på nu kanske hon ångrade sig.

"Hon vill vara anonym."

"Kan du inte sätta tillbaka Jesus på korset? Det är läskigt med en halvnaken stel karl i sängen."

Jesus hade inte haft någon annanstans att ta vägen än Haralds rum. Han fick inte ens visa nyllet på första våningen, för kören övade i församlingslokalen. I köket vevade kvinnorna med slevar i sina grytor. Det verkade vara brådskande att integreras i det svenska samhället.

Harald pekade på bussen igen. Busschauffören tittade på honom, log ansträngt samtidigt som han skruvade på radion för att byta radiokanal.

"Du måste med bussen nu, annars blir den försenad till nästa busshållplats."

Lisa skakade på huvudet. Hon hade satt upp håret i en byråkratiskt hård knut och trots det rann lockarna ner på tinningarna.

"Jag är kunden och kunden har alltid rätt."

Då hade hon inte åkt buss särskilt ofta. En buss kunde svischa rakt förbi Harald, trots att han stod vid busshållplatsen, höll upp sitt busskort och med alla medel markerade att han skulle med. Bara för att bevisa Haralds tanke, stängdes bussdörrarna framför dem.

Lisa skyndade bort till bussen och knackade på dörren.

"Hallå! Vad är det för fasoner? Stänga dörren när jag står här ute. Jag ska med. Vem är din chef?"

Busschauffören tittade rakt fram. Hans vitnade fingrar höll om ratten. Lisa klev på medan hon anklagade chauffören för händelser i busshistorien som hände innan han ens var född.

När bussen svängde utom synhåll, satte sig Harald i bilen och körde tillbaka hem. Han hade hållit sitt huvud kallt. Lisa hade inte misstänkt något. Hon hade pratat vitt och brett om sekter som tvättade pengar. När hon snubblade över deras suspekta pengar hade hon köpt hans lögn. Vad trodde hon att det skulle stå på innehållet? Svarta pengar?

Nu när både Ralf och Lisa kände till pengarna kunde de inte avsluta sekten och dra. Frågorna skulle hopa sig om de stack med pengarna. De satt fast i skiten, så var det. Vad hade han tänkt egentligen? Tvätta pengarna, sticka, lämna djuren och verksamheterna? Han trivdes här, som en vanlig människa, om än sektledare. De rådde om sig själva och fick god mat och frisk luft. Fanns det något bättre? I Trollhättan hade han och Emrik mest suttit inomhus. Den enda friska luften de fick var när de promenerade bort till Arbetsförmedlingen för att visa alla jobb de hade sökt, även sådana som de inte hade utbildning för.

Hur det än smärtade, var han tvungen att erkänna att han hade varit naiv. Allt hade gått så snabbt även om han hade mognat flera år sedan rånet. Vem kunde tänka rationellt när man sprang från brottsplatsen med en väska full med pengar? Det var en tidsfråga innan Lisas pollett skulle trilla ner.

Det var tyst i huset när han återvände till Eden. Alla låg och sov. Det var söndag morgon och Ralf hade lovat att de skulle få kapellet för sig själva den här dagen. På måndag skulle det vara full rulle igen.

Strax innan gårdagens gudstjänst skulle ha startat, stod en grupp okända människor på gården. De hade frågat varför kyrkklockan inte hade ringt in. Simon hade stått ute på gården och rastat Ola-Conny. Gudstjänsten hade blivit inställd. Harald hade ringt in sig sjuk, till sin egen telefonsvarare på mobiltelefonen och hade sedan visat upp det för Simon och Emrik. Hans egen röst hade svarat att om han lämnade ett meddelande så skulle han ringa upp. De himmelska plikterna hade blivit bortglömda när Lisa var där. Inte heller hon hade påmint honom om gudstjänsten, hon som höll reda på alla sanningar och osanningar.

Nästa lördag skulle bli en minnesvärd sådan, om de kunde hålla sig till tåls.

Harald satt på andra våningen, det som han kallade konferensrummet, men egentligen bara var ett tomt utrymme vid trappan. Han hade hittat den svarta skrivmaskinen av märket Olivetti på vinden. En sådan hade han sett i sin barndom. Om han skrev fel måste man måla över orden med Tipp-Ex. Det gick inte lika snabbt som på dator, där man kunde stryka en hel sida med ett tangenttryck. Det skulle ta tid att trycka ner nya bokstäver i den våta vita gummimassan. Det var som att vänta på att målarfärgen torkade på ett hus. Han förde tillbaka valsen och skrev. Knattret som åstadkoms av hans fingrar när han slog på knapparna och drog i spaken för att mata fram en ny rad var hemtrevligt. Han såg hur rader skapades från vänster till höger. Pappret han hade skrivit på kastade han i papperskorgen och tryckte in ett nytt papper i valsen.

Han blev sittande och stirrade på den. Början var alltid svårast och all början han börjat på var fel. Han matade fram tomma rader och mitt på pappret skrev han *Det bästa av Gud*, matade in nya rader och skrev *Författare: Harald.* Han rynkade pannan, drog ut pappret och tipp-exade över sitt namn.

Författare: Gud. Det var mer korrekt.

Vad ville Gud i kondenserad form? Orden formades på pappret som om de hade kommit från ingenstans. Han läste.

Det finns ett bud: Älska din nästa såsom dig själv.

Harald lyfte blicken, såg hur dammkornen lystes upp av fönstret i andra änden av korridoren. Som dansande älvor som flöt i luften.

Vad menades med att älska någon som sig själv? Var det såsom man borde? Han läste vidare.

Ingen behöver vara perfekt, men man ska alltid göra sitt bästa. Förlåt dem som är oss skyldiga, för de har ingen aning om vad de har gjort. Saliga är de okunniga, de fattiga och de saktmodiga.

Det sista lät bra.

Saliga är alla och till pärleporten kan alla knacka på och komma in. Där står man till svars för sina handlingar. Och om man inte ångrar sig får den skyldiga gå till helvetet.

Harald tittade bort mot fönstret. Var stod Hallelujabröderna vad gällde Lucifer? Fanns han och var han i så fall ond? Det var bäst att inte krångla till det. Fanns en Gud fanns det en Lucifer, the good and the bad.

Gud och Belsebub står på varsin sida av den avlidna eller uppstigna om Harmagedon redan inträffat.

De avgör om du kommer till andra chansen, guldbiljett in eller enkel resa till skärselden.

Vänta nu, vems tankar var det här? De trodde inte på Harmagedon. Harald tog fram sin mobil och sökte upp deras hemsida.

Där, det stod i klartext.

Vi tror definitivt inte på den yttersta dagen, Harmagedon, att våra kroppar stiger upp ur våra gravar för att därefter följa med Gud Fader till Himmelen. Vår tro styrks av det faktum att alla inte har kroppar att återvända till. De förmultnas naturligt, om de inte balsameras eller begravs i mossa. På grund av olyckliga omständigheter kan kroppsdelar ha avskilts från varandra genom styckning, malning, mosning eller utdragning. Det kan bli en lång och utdragen process att samla ihop alla så att vi tillsammans kan träda in i Evigheten. Vi tror Gud har tänkt på det och i vår nya version räcker det med att våra själar flyter upp till Himmelen. En själ kan mycket lättare vikas ihop och dras isär och passera det berömda nålsögat vilket styrker teorin om att kroppen inte behövs i livet efter detta.

Alla skulle få följa med Gud Fader till Himmelen. Motsägelsefulla budskap. De var redan förlåtna och behövde inte bli förlåtna. De måste lära sig att förlåta sig själva.

Om du kan förlåta dig själv och älska dig vad du än har gjort följer du med in till Himmelen. Det är endast dig själv du står till svars för.

Det lät mycket bra, skulle ha kunnat vara Gud själv som skrev det. Haralds fingrar var redo att trycka ner en ny bokstav, men händerna kändes tunga som stenblock. De sjönk ner i hans knän där han knäppte ihop dem medan han stirrade tomt framför sig.

Han skulle aldrig förlåta sig själv för det som hände Simon som barn. Han skulle ha tagit med sig honom för att hälsa på mamma den sista gången. Det enda han hade tänkt på var att Simon skulle krångla när de bytte buss. Emrik hade varit bortom sorg och Harald kunde faktiskt inte hålla två barn i handen. Om han kunde åka tillbaka i tiden skulle han ha gjort saker annorlunda. Han visste ju inte då att något sådant skulle hända. Det var inte hans fel det som hände.

Pappa hade sovit och Simon tittat på TV, men så kom Sprit-Kalle förbi. Harald borde ha slagit ihjäl honom.

Ytterdörren gnisslade och det lät som om nötboskap trampade i församlingslokalen. Harald reste sig hastigt upp och sprang ut. Ralf hade lovat att de skulle få ha huset för sig själva idag och det löftet tänkte han se till att han skulle hålla. Allt han ville ha just nu var ett tyst hus. Tusen skor över golvet var inte en definition av tystnad.

Han hörde Keith prata.

Okay, you stand there, no, no, not you. You. Come here. Say aaaaaah…"

"Eeeeeeyyyy?"

"No, no, aaaaaaah… Look at my mouth, look how I am closing my lips. Aaaaaah…"

"Eeeeeeeyyyy…"

En djup suck avbröt konversationen.

"Dear lord, how are we possibly going to sing at the next sermon with the press reporters standing there. I shouldn't have let that sweet old man Ralph persuade me."

Nästa gudstjänst, de sjunga, pressen? Vad i helvete?

Harald hittade Ralf på gården där han stod lutad mot sin pickup och höll en hundvalp i famnen. Med bakgrunden kunde man lätt ta det för en Ica-reklam kombinerad med bondgårdssemester, där djuren bakom honom bildade en bräkande, galande, gnäggande och kacklande idyll. Simon krafsade valpen bakom öronen och den svarade med att lyckligt gny och nafsa i hans ärmar.

Harald kom farande nerför trappan, iklädd sin prästskrud som han tagit på sig för att komma i rätt stämning när han skrev på Guds bok. Han hade valt den minst skrikiga av västarna, en gul väst där två kor betade på en äng på västens rygg, på framsidan spegelvända koltrastar som satt på varsin gren.

Harald tog sikte på Ralf och pekade upp mot huset.

"Du har en hel del att förklara."

Valpen i Ralfs famn hoppade ner på marken, skällde och studsade vid Haralds fötter.

"Du menar det där. De övar."

Harald satte armarna i kors.

"För nästa gudstjänst hörde jag. Det är jag som bestämmer vad mina gudstjänster ska innehålla."

Ralf suckade och plockade upp den skällande valpen som tystnade i hans famn. Den blängde på Harald.

"Du har ingen annan kör, så jag tänkte att det kan liva upp stämningen, men visst om du vill att jag ska förklara det till de tjugofem männen som är så glada för att få sjunga."

Utpressning.

"De kan få sjunga, men inte på min gudstjänst."

"Vad ska jag säga till pressen och TV4?"

Marken svajade under Harald, men blev fast igen när hans händer bromsade hans fall mot gräset. Allt blev svart. När han flöt upp till medvetandet igen klappade Ralf hans kinder hårt. Harald kunde höra och känna honom, men inte röra sig.

Ralf gick bakom stallet och kom tillbaka med en fullastad spade med get- och ponnyskit som han tryckte mot Haralds näsborrar. När Harald slog upp ögonen och fäktade med armarna såg han Ralf och Simon oroligt luta sig över honom. Solen lyste honom i ögonen och han blundade medan han lyssnade på Ralfs planer för Hallelujabröderna.

Gudstjänsten skulle hållas om sex dagar. Den lokala tidningen var bjuden, så även Aftonbladet, Dagens Nyheter och TV4. Den sistnämnda skulle komma tidigt på morgonen och rigga upp sin utrustning. De skulle sminka Harald, så att han inte såg gul ut på TV:n.

Svarta fläckar simmade runt i Haralds näthinna, som om han stirrat på solen alldeles för länge. Ralf förklarade att gospelkören skulle sjunga två låtar mellan Haralds tal, *Amazing Grace* och *Halleluja*. Allra sist kom trosbekännelsen som gick i gudstjänstens tema.

Ralf lutade sig över honom.

”Vilket tema blir det den här gången?”

Harald gnuggade näsan. Get- och ponnyskit hade en skarp lukt som inte gick att radera i första taget.

”Jag tänkte läsa ur *Det bästa av Gud*.”

”Utmärkt. Jag tycker att trosbekännelsen ska handla om hur man tolkar Gud. Sedan kan du förlåta dem allihopa i en stor massförlåtelse. Det skulle vara något för pressen och för Hallelujabröderna.”

Det gick utför med Hallelujabröderna. Harald reste sig upp och borstade av sig dyngan som trillat av från gödselspaden.

”Varför inte.”

Simon stod kvar på gården och iakttog Harald när han gick uppför trappan.

”Vart ska du gå?”

Harald vände sig om.

”Tala med Gud.”

Det var dagens bästa förslag, att han skulle prata med den högsta chefen. Han hade kämpat ensam och försökt skriva en bok om Gud utan att ens intervjua honom. Han skulle ställa djupa frågor till honom. Vad tyckte de om Kristdemokraterna? Hur nära vänner var han och moder Teresa? Hade hon egen flygel i Guds palats?

Harald satte sig vid skrivmaskinen, tittade ner på pappret och knäppte händerna.

”Kära Gud, jag skriver ett fickformat av dina bästa citat. Jag kan inte få till det. De andra som du har pratat med tidigare, Muhammed, Jesus och Buddha har fått änglalika uppenbarelser. Du har skickat ärkeängeln Gabriel, ibland till och med självaste Metatron. Det är inte mycket begärt om du är med mig när jag skriver boken.”

Harald visade den osynliga guden bort till stolen han suttit och skrivit *Det bästa av Gud* på.

Om du kan förlåta dig själv och älska dig vad du än har gjort följer du med in till Himmelen, läste Harald igen.

Att kunna förlåta det som hade hänt. Han tittade bort mot bokhyllan. Biblarna trängdes med varandra. ”Gud, har du något svar på det?”

Från församlingslokalen hörde han Keith harkla sig och sedan sjunga med sin mörka basröst, en fyllig röst som spred sig som centralvärme i huset.

> *”Amazing Grace, how sweet the sound,*
> *that saved a wretch like me,*
> *I once was lost, but now I'm found.”*

Sången avbröts.

Harald tittade ner på skrivmaskinen och läste.

”Tack Gud. Låt mig omformulera.

Tro på Gud, be och du ska bli räddad. Jag är alltid nära dig, Harald. Hälsningar Gud.

Han läste om den sista meningen. Hur visste den som skrev vad han hette? Han skulle ha skrivit något i stil med att Gud hittade alla förlorade själar, men hans fingrar hade skrivit något annat.

Stolen flög bakåt när han reste sig upp. Han tittade bort mot dörren.

”Can you come in and sing that part to me again. Keith?”

Det fanns ingen i församlingslokalen. På gården fanns ingen heller. Ralfs bil var borta och Emrik och Rosita låg i gräset och solade sig på fyra kökshanddukar de lagt bredvid varandra som en pusselmatta.

”Var är Keith och kören?”

Emrik reste sig upp halvsittande.

”De gick härifrån för tjugo minuter sedan.”

Han lyfte upp pappret han hade tagit med sig och läste igen.

Jag är alltid nära dig, Harald.

Han läste om meningen flera gånger. Harald var inte den som trodde på övernaturliga saker, men han var helt säker på att det inte var det han hade skrivit. Ingen annan hade funnits i rummet.

Han gick in igen. På taket surrade en fluga som verkade full. Den flög upp mot taket som den dunkade mot upprepade gånger, som om den försökte slå hål på taket.

”Var var du när mamma dog? Och när Simon”, han letade efter orden som kunde beskriva det ofattbara, ”när han skadades?”

Gud hade varit där och ändå hade han låtit det ske. Vad var det för jävla Gud som inte brydde sig? Gud hade suttit och spelat poker i hans dröm. Jesus var fåraherden. Ingen överraskning där inte. Jesus gjorde det mesta av jobbet, medan Gud själv tog det med ro. Pappret i hans hand stirrade på honom som en själlös tingest. Han rev den i små bitar. Om Gud var på det här sättet, ville han inte vara med. Harald var inte hans lakej. Han hade fri vilja och med den kunde han göra vad som helst. Vad skulle Gud göra åt det?

Han hörde Keith skratta. Det lät som han, det rossliga lätet som om han precis skulle till att hosta upp slem när han rensade strupen. Det var inte roligt att Gud skrattade åt allvarliga saker. Det var inte konstigt att världen var upp och ner när Gud slarvade med sin skapelse. En himmelsk hippiefader som tyckte att ungarna kunde slå ihjäl varandra, medan någon annan drunknade och han själv tittade ner i sin hand med kort och försökte vinna en redan avgjord match.

21

Folk från TV4 hade monterat kamerastativ framför altaret och därpå lyckats reta upp flera av besökarna som de blockerade utsikten för. Det gick inte att se ut över mittgången utan att möta ett arsle i chinosbyxor. Mikrofoner som trätts med stickade grå mössor hängde från koret och dinglade som lianer ovanför Harald som nervöst trampade av och an. TV-predikant, det hade han aldrig trott skulle stå i hans CV. Vem hade anat när han började den kriminella banan som småtjuv, att den sluttade rakt ner i en väckelserörelse. Harald hade under en vecka försökt stoppa mediabevakningen, men när en boll hade satts i rullning gick den inte att stoppa.

Emrik smög sig uppför trappan. Han hade ropat på Harald flera gånger, utan att få svar.

"Vad ska jag göra med Ralf?"

Harald hoppade till. Han hade gått in i en mental kokong och avskärmat sig från världen. Från hans hörlurar skvalade gregoriansk munkmusik på hög volym.

P3:s direktsändning från kapellet hade kopplats rakt in i högtalarna och det dundrade och dånade så att spikarna som höll ihop Eden gnisslade från tyngden av de vibrerande träplankorna som utgjorde kapellet.

Ralf hade betett sig konstigt under morgonen, sluddrat och talat osammanhängande när han inte snubblade på kablar. Simon trodde att han blivit besatt. Han och Elsa hade googlat hela natten och till slut hamnat hos amerikanska djävulssekter. Om man inte passade sig jävligt noga kunde man bli besatt av djävulen. Sanningen var enklare än så. Under diskhon fann de spritdjävulen, två tomma flaskor med hemtryckta etiketter, Smålands-Amarone med det passande namnet Helgerone. Vinet luktade fönsterputs och vinäger.

"Lägg honom på min säng", föreslog Harald. "Och lås dörren efter er."

Ralf hade tydligen inte nerver av stål utan hade förfriskat sig i förväg av nattvardsvinet.

Emrik såg bekymrad ut. Jesus låg i Haralds säng och det skulle se konstigt ut om både han och Ralf låg där. I väntan på ett bättre förslag ställde Emrik Guds son ute i korridoren. Där var han definitivt i vägen. Jesus langades mellan olika händer bort till ett hörn vid altaret och fick stå med ryggen vänd mot församlingen. Ingen vågade vända honom åt rätt håll, för *Allah kan sjunga*-kören, hade tittat nervöst bort mot Jesus. Fick han vara med skulle de dra. Och eftersom de redan annonserat om kören på radio och TV blev Jesus tillfälligt utesluten ur församlingen.

Ansiktena på den spänt väntande församlingen var vända upp mot taket. De satt tysta i bänkarna. Några satt i knät på någon annan och knäppte sina händer framför sig eller framför den som satt på dem. De väntade på budskapet som snart skulle komma från himlen eller åtminstone från radion.

Radion brusade och skrapade innan det kom en röst från den. Rösten var varm och hes.

"Vi ser nu församlingsledaren Harald Karlsson stå vid altaret och vänta in klockslaget. För våra nya lyssnare vill vi berätta att vi står i kapellet Eden i Helgeryd, en småländska håla, jag menar by. Den förde ett slumrande liv tills mirakler började avlösa varandra. Jesus har här i Helgeryd valt att annonsera ICA som sin livsmedelsleverantör. Ett krucifix blöder oförklarligt och på landsvägen hittade vi idag en man som fått en gudsuppenbarelse. Mannen yrade och talade i tungor, men gick sedan upp i rök. Även han gav sitt fulla stöd till den lokala lanthandeln. Hallelujabröderna är den senaste sekten på stark frammarsch. Tre dansbandsbröder på turné fann Gud ovanför en talltopp. Han ledde dem sedan bort till den svenska kyrkan varpå de fick uppdraget att starta sin egen sekt. Vi väntar spänt på att gudstjänsten ska börja. Det är fullt till bristningsgränsen. Temperaturen och förväntningarna stiger för varje minut."

Harald väntade spänt på att få börja. Det hade inte varit fel med en snaps av Ralfs vinägerfönsterputs-vin. Han såg på publikhavet, på bänkrader fullproppade med människor innan han tittade ner och knackade på mikrofonen.

"Välkomna till Eden, kära församling, press och media. Vi har samlats här för att bevittna den enkla sanningen om Gud."

Harald blev själv imponerad av det han sa. En TV4-utsänd hade mixtrat med mikrofonen och Haralds röst var nu mörkare och lät så självsäker som han alltid hade önskat att den var.

Den enkla sanningen om Gud var att den var simpel. Gud var en vårdslös förälder som ville ha barn, sin egen avbild, och när Han väl fått dem sket Han fullständigt i dem. Slå ihjäl varandra om ni vill, men gör det i en annan dimension, tack.

Kören med Keith i spetsen ställde sig framför Harald, som i sin tur slank in bakom en gardin vid altarets ena kortvägg. Han sjönk ner på en pall.

Enligt överenskommelse började nu Simon spela. Elsa stod bredvid honom och höll takten genom att skaka på en tamburin.

Well, I heard there was a secret chord
That David played and it pleased the Lord.

Keith hade i sista stund förvandlat hela kören till sin backup. Där det behövdes klämde de i ordentligt två vokaler. "Eeeeeeeeeeyyyyyyy", som de ömsom förkortade, ömsom förlängde. De verkade sjunga i morsekod. Harald begravde ansiktet i sina händer och masserade tinningarna.

Det lät hemskt om kören, men Keith sjöng mycket bra. Håret på Haralds underarmar höll med och reste sig vördnadsfullt upp.

Det var tyst i församlingen. Kameramännen stirrade stint på gardinen där Harald sist hade setts. Boken, som han hade tänkt framföra, *Det bästa av Gud*, hade försvunnit. Den hade aldrig blivit skriven och det lilla han ändå hade fått till, låg i papperskorgen. Det var dags för den stora bekännelsen.

Harald knackade på mikrofonen och allas ögon vändes mot honom.

"Hör upp!"

Kyrkbänkarna osade av kroppssvett och funderingar.

Harald lutade sig över mikrofonen.

"Det finns ingen bok."

Han lyfte upp händerna och sträckte ut dem mot församlingen.

"Behöver vi en bok eller manual?"

Några nickade medan några skakade på huvudet.

"Ni har boken inombords och vet vad som är rätt eller fel. Ändå gör ni fel. Ni är rädda för konsekvenserna av att följa ert hjärta. Ni blir bittra och skyller på andra för att ni inte fick ett bra liv. Och hur är det med den fria viljan? Varför tillåter ni någon annan att ta den ifrån er? Er fria vilja har stympat er vilja."

Harald slog näven i talarstolen.

"Skärp er gott folk! Om vi bortser från pånyttfödelser, så har ni bara ett liv. Varför står ni här och lyssnar på mig? Har ni inget annat att göra än att lyssna på predikanter? Jag är lika vilsen som ni. Jag har ingen aning om vad som kommer att hända mig. Gud säger att jag ska lita på honom. Allt sker med det bästa i åtanke. Det finns inga regler, men skada inte andra eller er själva. Och om ni gör det kommer ändå inte djävulen och hälsar på. Ni är redan räddade."

Harald drog in luft genom näsborrarna och kände hur den landade tungt i lungorna. En TV- kamera svepte från den ena sidan till den andra, längs med församlingen och fångade den avvaktande publiken som tysta stirrade på Harald. Ett leende spred sig på den första bänkraden där Emrik, Rosita, Simon och Elsa satt, och som sedan spred sig mellan bänkraderna.

Simon ställde sig upp på bänken, sträckte ut händerna och skrek "Halleluja" rätt ut i luften. Rosita lade sin hand på Emriks axel och klev också upp på bänken. En löpeld spred sig över församlingen när alla ställde sig upp på bänkarna, alla utom de två rullstolsburna som nöjde sig med att sträcka ut sina händer i luften.

Kvinnor och män omfamnade varandra. De tog om varandras axlar, sträckte ut händerna till nästa bänkrad och kysste varandras händer. En djup suck hördes i högtalarna från radions programledare.

”Hallelujamomentet kom tidigt den här gången. Å andra sidan är inte Hallelujabröderna kända för att predika tills alla somnar. Stanna kvar kära radiolyssnare. Även om det stundtals blir tyst, så är vi här för er. Halleluja!”

Keith kom fram och hans skugga skymde Harald. Han kupade sin kropp beskyddande om Haralds och ledde honom tillbaka till hans stol bakom gardinen. Simon gick över till pianot, bläddrade i nothäftet och spelade de första ackorden till *Amazing Grace*.

Amazing Grace, how sweet the sound,
that saved a wretch like me.
I once was lost, but now I'm found.

Hade Gud verkligen hittat Harald? Gud var en dålig förälder. Hade Harald någonsin fått en klapp på huvudet, för allt han lyckats åstadkomma utan Guds hjälp? Tvättat Simons och Emriks kläder när mamma låg på lasarettet, när han egentligen borde ha pluggat till proven och läxförhören. Hemma hos dem var döden närvarande, medan livet pågick där ute och rullade vidare utan dem som medpassagerare. Panten från pappas ölburkar köpte de mjölk för, deras enda frukost.

Harald hade bett församlingen lita på Gud, att allt skedde till det bästa. Sedan när var bröstcancer det bästa som kunde hända en? Sedan när var det som hände Simon den bästa lösningen?

”Sluta straffa Gud. Det är inte hans fel”, viskade en röst som kom från hans vänstra sida.

Harald tittade upp. Där fanns ingen, bara en vägg. Det var mammans röst. Samma ton som när hon lutade sig över Harald som ännu en gång gråtit i sin ensamhet när Emrik och Simon låg och sov och mamma låg på sjukhuset. Mammas lilla fixare, kunde inte laga cancer.

Rösten fortsatte tala.

"Harald, vi vet inte på vilket sätt välsignelsen löper genom våra liv. Det finns inga stängda vägar. Gud har inte blockerat dem. Ett av livets villkor, är att vi dör någon dag. Om du ber till Gud ska du se att det löser sig."

Bröderna hade blivit ensamma och det hade inte ordnat sig. Harald hade då vänt ryggen åt Gud. Hade någon någonsin blivit räddad av honom? Den första gången bröderna nämnt Gud på mycket länge, var när de bestämde sig för att råna smålänningar utklädda till mormoner.

Det hade tystnat där ute, hur länge visste han inte. Högtalarna surrade, som om en fluga hade irrat sig in i en av dem. Församlingen ville att han skulle komma fram. Han lyfte på gardinvecket och gick ut. Kören hade tystnat och de rörde sig som om de stod mitt i en bris som inte kunde bestämma sig för åt vilket håll det blåste ifrån.

En TV-reporter räckte upp handen. Harald suckade uppgivet. De var mitt uppe i en gudstjänst.

"Jag hörde från en anonym källa att ni har fått en anonym gåva på tvåhundrafemtiotusen kronor. Stämmer det?"

Nu var det ute. Det gick inte att förneka. Ralf hade skvallrat om pengarna, det var därför han hade druckit sig full. Hela Sverige lyssnade och såg. Han svalde.

"Nej, det stämmer inte. Det är 450 580 kronor för att vara mer exakt."

"Får jag fråga vad ni ska göra med pengarna?"

"Ja, det får du."

"Vad ska ni göra med pengarna?"

"Vi ska göra gott med pengarna."

Harald vinkade bort TV-reportern. Han ställde sig framför församlingen och höll mikrofonen i handen. Hans hand darrade lätt.

"Nu har vi kommit till trosbekännelsen. Dagens tema är ändrat. Jag vill höra er berätta om när Gud kom till er undsättning. En och en, kan ni komma upp hit så att jag kan ställa några frågor.”

En kvinna med en sovande baby i famnen reste sig upp och gick fram till podiet. Emrik hämtade skyndsamt två stolar från köket och gav dem till Harald som sträckte fram sina händer. Harald satte sig på den andra med benen i kors och kvinnan satte sig mittemot honom. Babyn i hennes famn gnydde i sömnen. Kvinnan lyfte upp sin tröja, lossade på bh-bandet och förde babyn mot sitt ena bröst.

”Jag och min man försökte få barn i tio år. Jag tappade räkningen på hur många missfall vi fick. Läkarna sa att min kropp var slut, att livmodern aldrig kunde hålla för ett barn. Vi bad till Gud och vårt mirakel heter Esmeralda och är tre månader och en dag gammal.”

Harald tog till orda.

”Hur vet du att det var Gud? Det kanske var er tur att få barn? Kastar man en tärning tillräckligt ofta får man till slut en sexa.”

Hon tittade ner på babyn i famnen och log.

”Helt säker kan man ju aldrig vara. Vi väljer att tro istället för att inte tro. Så enkelt är det.”

Harald tackade kvinnan som gick ner och satt sig på sin plats.

Härnäst kom en äldre kvinna som stödde sig mot sin man.

”Vår son knarkade, stal våra pengar och misshandlade oss för att få råd till mera knark. Vi bad till Gud. Han sa att vi måste släppa honom fri, för att finna sin egen väg, knarkets eller skolans väg. Efter att vi bad för honom, gick han med i Anonyma Narkomaner och lyckades gå ut gymnasiet och går nu andra året på Handelshögskolan. ”

Så lätt skulle det inte bli för Harald att tro på Gud som någon slags livräddare.

”Det var Anonyma Narkomaner som räddade honom.”

”Nej, nej, de hjälpte till förstås, men vi bad till Gud i vår stund av nöd. Vår son sitter där nere. Hälsa på pastorn, Adam.”

En kort kille med stor mage som skymtade fram under hans korta rutiga skjorta reste sig upp och vinkade. Han hade tårar i ögonen.

"Det var verkligen Gud som räddade mig."

Harald avverkade en lång rad av människor som turades om att vittna om Guds givmildhet. De berättade om sina möten med Gud och i alla sådde Harald tvivel. Hur kunde de verkligen vara säkra på att det var Gud som hjälpte dem? Församlingen satt som tindrande stjärnor i Haralds becksvarta inre mörker.

Harald tackade alla för att de lyssnade och medan kollekthåven cirkulerade i bänkarna skulle han berätta brödernas livshistoria. Han hade svårt att andas, som om något ströp åt hans lungor så att det varken gick att andas in eller ut.

"Vår mamma blev sjuk när vi var barn och vi växte upp med en pappa som är Sveriges mest misslyckade brottsling. Hur kunde detta ske?"

Publiken viskade.

"Den fria viljan."

Harald torkade tårarna som rann nerför kinderna, med sin väst.

"Den sista dagen då vi begravde vår mor begicks ett fruktansvärt brott och vår Simon skickades iväg. Hur kunde detta ske?"

"Den fria viljan."

"Och var var Gud när vår familj splittrades? Varför kom han inte och räddade oss?"

Församlingen ropade högt.

"Den fria viljan."

"Gud var frånvarande i våra liv, tills vi mötte honom på landsvägen, i en röd träkyrka i Helgeryd dit vi vänt oss för att få beskydd och tak över huvudet. Varför kom han först när vi startade Hallelujabröderna?"

Församlingen applåderade.

"Den fria viljan."

Det busvisslades och det stampades fötter som om det var en rock-konsert. Under tiden hade Keith ställt sig bakom Harald.

Han svängde och krängde med kroppen och stötte suckande ut
"Halleluja" som han upprepade med jämna mellanrum.

Gud hade inte lämnat dem, men de hade lämnat honom. Men
om det inte var Guds vilja att mamma dog, vems vilja var det
då? Och i helvete, vad menade mamma med det hon hade sagt?

Stressen som styrt Haralds vuxna liv och hållit honom i ett
järngrepp, försvann ut ur honom, som när man drog ut en
propp ur badkaret. Harald var inte medveten om det, bara att
någon släckte ljuset i hans ögon och han föll ihop som en
fågelskrämma som hållits ihop av en pinne i ryggen som nu
bröts mitt itu. Den andliga krisen som han hade drabbats av
startade när han vaknade till liv igen. En hippie i långt slitet
nattlinne gav honom en tablett. Hans stickade väst hade öglor
stora som hålen på ett fisknät och han log sitt Jesuslika
outgrundliga leende när han sträckte ut sin hand med tabletten i
sin handflata.

22

"Gapa!" sa en röst.

Någon tryckte in en tablett i Haralds mun. Samma röst beordrade honom att svälja vätskan som smakade beskt och kändes sträv mot tungan. Harald öppnade ögonlocken som fastnade i halvläge. En barfota hippie satt på hans sängkant. Hans tjocka midjelånga hår glänste som om han var omsluten av ett ljus. Jesus skulle ha sett ut så där, i en fotsid dräkt med dammiga sömmar.

Medan Harald slumrade till ännu en gång flög en tanke in i honom. Hade Jesus drogat ner honom? Hans kropp stängdes ner, samtidigt som hans själ öppnades på vid gavel. Eller så var det bara en dörr som han klev in genom.

Det var för ljust. Hans ögon hade svårt att anpassa sig. Det var som att kliva ut på gården en solig dag och finna sig stirra rakt in i solen. Allt var vitt. När pupillerna hade krympt till mikrostorlek kunde han urskilja gestalterna som promenerade i korridoren. Det var en lång korridor och Harald stod någonstans i mitten. Det verkade inte finnas ett slut på vare sig den ena eller den andra änden. Den gled bara längre och längre ut i oändligheten. Han mindes att han hade varit där i en tidigare dröm, som en fluga på väggen som hade iakttagit när Gud, Jesus och den Heliga Anden spelade poker.

Två kontorsänglar med varsin stentavla gick med fjäderlätta steg förbi honom. De diskuterade om evigheten kunde beskrivas i form av matematiska termer, som oändlig tid där evighetssymbolen kunde stoppades in i kalkylerna. Den vänstra av dem verkade lätt irriterad för hen sa att evigheten inte var en tidsangivelse utan ett filosofiskt begrepp, ett koncept utanför rum- och tidsperspektivet. Harald förstod inte vad de pratade om, men flyttade sig vördnadsfullt åt sidan så att de inte klev på hans fötter eller tappade stentavlorna på honom.

Han stannade vid en anslagstavla. Ovanför den fanns en graverad metallskylt i mässing. Det stod *Änglarnas förbund* på anslagstavlan. Det fanns meddelanden om att fackavgiften skulle betalas senast 31 mars 2135. Ett utrivet annonsblad från Helgonnytt om ett nytt mirakelmedel som skulle få änglarna att rugga mindre och garanterade blanka fjädrar ända ner till vingspetsarna. Stora skärmar satt på väggarna, med nyhetsprogram från världens alla hörn. De rapporterade om allehanda stora nyheter världen runt; svält, krig och naturkatastrofer.

Två rektangulära skärmar fångade hans intresse. På den vänstra stod det *Avgående* och på den högra *Ankommande*. Han läste på skärmen för avgående. Det stod inte så mycket mer än familjenamn på raden med tiden angiven till vänster om namnet. *08:22:25 flickebarn Henley, 08:22:26 gossebarn Singh* stod. På den högra skärmen för ankommande stod det mer. *Henry Sörensson 82 år* och sedan en kort redogörelse för i vilket tillstånd han skulle anlända. Henry hade dött på operationsbordet under en rutinhöftledsoperation. Han visste förmodligen inte ens själv att han var död.

Stället påminde om ett sjukhus, fast toppmodernt och änglar som spatserade i vita nattlinnen i korridorerna istället för vårdpersonal med vita sjukhusrockar.

En ängel rullade en bår framför sig. På sängen flaxade en kvinna vars stora mage bredde ut sig över båren och tyngde ner kvinnan som sparkade med benen. Hon hade varit på en vanlig shoppingtur inne i stan iklädd ett par tajta byxor och t-shirt med texten YOLO och hade ännu Wal-Marts handscanner i handen. Hon fläktade med armarna och skrek att hon inte hade tid att dö. Det stod inte på hennes inköpslista eller kalender. Parkeringstiden skulle gå ut om tjugo minuter. Och vad skulle hennes gubbe säga om hon inte var hemma och hade middagen klar till klockan sex. Han skulle slå ihjäl henne.

Harald skakade på huvudet. Det verkade inte som om hon skulle ha bråttom någonstans längre.

Harald stannade vid en dörr. Alla dörrarna var numrerade. En stor skylt på dörren upplyste om att det var besöksrum för anhöriga.

”Ursäkta, men vad gör du?” sa en röst.

Ängeln framför honom hade vingar som vibrerade i lila och rosa. Harald kunde inte bestämma sig för om det var en man eller en kvinna, eller bara något tidlöst vackert med långt blont hår.

Harald lade händerna bakom ryggen.

”Jag gör ingenting.”

Hen bläddrade snabbt i sina papper och lät pennan fara över raderna.

”Harald Karlsson, det är inte din dag idag.”

”Hur vet du vem jag är?”

”Det är inte så svårt.”

Hen pekade på Haralds hud och då såg han hur hans hud skimrade som fiskfjäll. Harald Karlsson stod det på flera ställen, skrivet med osynligt bläck som syntes i himmelsljuset.

Harald höjde urskuldande på axlarna.

”Något måste ha blivit fel. Jag fick en tablett av Jesus och hamnade här.”

Ängeln kliade sitt hår med pennan. Där hen tryckte på håret skimrade det i blått och grönt.

”Herrechefen, jag ska genast ringa till honom.”

Harald tittade nyfiket på ängeln. Hen hade inte tagit fram någon mobiltelefon. Inte heller pratade hen rakt ut i luften som man gjorde på jorden när man hade en verklig konversation. Det var som om hen gick in i sig själv, nickade några gånger med armarna i kors. Hen avslutade samtalet och vände sig mot Harald.

”Nej, det var inte Jesus. Vi kan ta reda på vem det var genom att gå igenom ditt liv, men just nu har vi lite bråttom. Vi har alltid bråttom, för tio procent av änglarna vill ha förbättrade villkor för människohanteringen och lönetillägg när vi hanterar besvärliga människor. De som tror sig veta var skåpet ska stå i himlen och tror att vi är någon slags servicepersonal. Vi är tjänsteänglar. Nivå 2-änglarna har gått ut i strejk. Gud måste tillmötesgå deras krav innan de går över till den andra firman, Lucifers. Där har de fallna änglarna ledigt tre dagar i veckan, men å andra sidan står de upp till halsen i klagomål. Där har de döda också åsikter, att det borde finnas en helveteseld, bastu till finnarna och saké och karaokebar till japanerna. Så jag pratar. Det var säkert en Jesuskopia. Vet du hur många sådana det går på Elviskopiorna?"

Det visste inte Harald. Han tittade på ängeln vars vingar nu hade antagit en gråaktig ton.

"Det måste ha blivit fel någonstans. Det kan hända den bästa."

Ängeln skakade på huvudet.

"Inget sker någonsin fel. Allt sker alltid enligt planerna."

"Hur är det med den fria viljan då?"

Ängeln log mot honom. Det var änglalikt, men ändå på något sätt irriterat. Kanske hade inte änglar något annat val än att le.

"Vad är det för något? Det är möjligtvis något ni människor har. Tror du vi änglar skulle kunna kräva det i nästa förhandling med Herrechefen?"

Någon ropade upp Haralds namn i korridoren. Det var så lågt att han först inte visste åt vilket håll han skulle gå. När han gick åt höger växte sig rösten starkare. Hans mamma stod framför honom, en yngre version av henne, i Haralds ålder.

Karin kramade om honom och tog sedan ett steg tillbaka.

"Vad du har vuxit."

Harald kramade försiktigt tillbaka, rädd för att hon skulle försvinna framför honom.

"Du ser yngre ut än vad jag kommer ihåg dig."

Hon tittade ner på sig själv och skrattade. "Den här gamla trasan. Jag tog på mig den för att du skulle känna igen mig."

Harald log osäkert. Hon hade inte menat kläderna, utan kroppen.

Hon vinkade åt honom att följa efter henne.

"Kom! Jag har bokat besöksrum 5679 åt oss. Vi har en halvtimme på oss. En grupp gamla själar ska ha den efter oss.

De ska delta i en seans som anordnats av ett medium på jorden.”

Harald gick vid sidan av henne, rörde vid hennes hand, förväntade sig nästan att känna sorg av att vara så nära henne. Men allt han kände var glädje och lycka.

”Hur vet ni vilka som vill bli kontaktade?”

”Vi vet allt här.”

”Jag förstår inte. Går det inte stick i stäv mot fria viljan? Tänk om man ändrar sig i sista sekund.”

Karin tog hans hand i sin samtidigt som hon iakttog honom när de gick i korridoren.

”Det är också kalkylerat, i en avancerad osannolikhets-ekvation. Man behöver inte förstå det för att kunna använda sig av det.”

Hon stannade vid en dörr som låg karm mot karm med en annan dörr. Rummen kunde inte vara större än en garderob. Hon öppnade dörren till besöksrum 5679.

De klev in i en stor vacker salong som var som att komma in på en Vilda Västern-inspelning. De slog sig ner på varsin vinröd sammetsfåtölj med ett mahognybrunt kaffebord mellan dem.

Karin lutade sig fram mot honom, sträckte ut sin hand över kaffebordet och klappade hans knä.

"Jag hörde att ni pojkar är återförenade igen. Jag kan tyvärr inte svära åt er pappa. Här i himlen censureras sådant direkt. Jag borde ha anat vad som skulle ske. Nåväl, gjort är gjort."

Harald var inte intresserad av att ta igen åren som gått sedan de senast sågs. Tonen i mammans röst sa att hon inte ville veta hur det hade gått för hennes söner. Gud visste hur länge den hallucinatoriska drogen skulle verka. Harald måste få sina frågor besvarade innan han återvände till kroppen.

Han tittade runtomkring sig i rummet, ett rum han skulle ha valt om han hade haft pengar.

Barockmöbler utom kaffebordet och fåtöljerna, överdåd som överträffade varandra i sin konstnärliga uttrycksfullhet. Fåtöljen han satt på formade sig under hans händer, bytte färg från vinrött till grönt, sänktes ner och sitsen breddades ut under

honom. Det var inte klokt tänkte Harald, att rummet tycktes
veta vad han tänkte och förändrades av hans tankar. Hans mor
Karin tyckte inte det var underligt för hon reagerade inte trots
att hon lyftes och sänktes som om hon satt på en tandläkarstol.
Harald lade armarna i kors.

”Du bad till Gud hela tiden, men det hjälpte inte. Du dog
ändå.”

Hon skrattade, strök med handen över sitt långa lockiga hår.

”Det fungerade i allra högsta grad. Jag bad inte för mig själv
utan för era själar.”

Harald höll inte med. Han reste sig upp från sin fåtölj och gick
fram och tillbaka i rummet som pulserande förlängdes och
förkortades om vartannat.

”Vet du att vi stal pengar från en gammal tant?”

Karin log.

”Ja, från Vilja. Allt är inte alltid som det ser ut.”

Harald stod framför henne, lutande sig över mamman. Så här
vacker hade hon inte varit när hon levde. Då hade hon alltid
varit så sliten. Han skakade på huvudet.

”Jag förstår inte.”

Hon reste sig också upp och strök honom över kinderna.

”Ni har startat en församling och gör mycket gott, det bästa ni
kan.”

Harald lutade sig fram och lade huvudet mot hennes
bröstkorg. Det kändes så skönt att få vara med henne efter så
lång tid. Det var som om hon aldrig hade varit sjuk.

”Varför bad du inte för ditt liv? Vi saknade dig så mycket.”

Karin satte sig i fåtöljen igen, som först tycktes sluka henne
och sedan spotta ut henne. Hennes blick var nu allvarlig.

”Hur ska jag förklara så att du förstår?”

Harald satte sig ner och tittade på sin mamma. Det var något
som var annorlunda med henne. Det var som om de inte hade
varit borta från varandra, trots att det gått mer än tio år sedan
hon dog. Hon var Haralds mamma, men också en överjordisk
varelse som funnits i all evighet.

"Innan vi föds finns det en grovskiss över våra liv, det vill säga i det stora hela."

Det var det Harald hade anat.

"Men då har vi ingen fri vilja."

"Vem tror du har planerat ditt liv? Det är du själv. Vi har flera vägskäl i livet. Varje väg leder till olika konsekvenser i våra liv. Om jag hade överlevt cancern skulle era liv bara ha fortsatt i samma spår. Med min död fick ni in sorgen i era liv och det var det som höll ihop er bröder. Harald, du är smart, men du skulle ha börjat med knark istället för att ta hand om Simon och Emrik. När jag kom hit upp kunde jag inte heller förstå meningen med min död. Jag mutade en ängel och fick då se era livsböcker. Det var ingen vacker syn, alla de andra valen, som inte slutade med att jag dog. Vilka samvetskval jag led när jag låg på sjukhuset och visste att jag snart skulle lämna er. Allt skedde enligt de bästa av planer. Emrik skulle ha blivit sprutnarkoman och Simon, ja du kommer ihåg Sprit- Kalle? Simon fick istället komma till ett bra hem."

Fåtöljen som Harald satt på masserade honom i ryggen. Det var som om den tog bort all ilska han hade känt för det som hade hänt.

"Så allt var planerat från första stund?"

Karin tittade bort mot vedugnen där en eld sprakade och återkastade mjuka flammor in i rummet. Hon knäppte händerna på knät som hon brukade göra när hon levde. När det var något hon inte sa, som när Harald hade frågat om knölen i hennes bröst var farlig. Harald stirrade på henne.

"Det är något du inte har sagt. Ut med det, vi har inte så lång tid på oss."

Karin suckade och tittade på honom. Han kände sig obehaglig till mods.

"Den fria viljan har en motsats."

"Tvång?"

"Vilja är dess motsats. Jag bröt mot vissa himmelska lagar, men som du vet, blir man inte straffad här. Jag ordnade lite fler bra vägskäl till er och planterade in dem i era liv, drog om och täppte till några vägar. Mona och Gurkan tog hand om Simon och gav honom ett bra liv. Det var det första jag gjorde när jag kom hit, fick till och med lov att vrida tillbaka tiden och göra om något som redan hade hänt i er tidslinje. De andra alternativen var mycket värre, men Gurkans mamma Svetlana, som nu blivit återfödd till en familj i Pakistan, övertalade honom i en dröm att bli fosterförälder. De hade accepterat sitt barnlösa liv tills de träffade Simon. De älskar Simon som om han var deras egen, även om Mona inte alltid kan visa det.”

Haralds grepp om armstöden hårdnade.

”Jag och Emrik då?”

”Jag har alltid litat på ditt goda omdöme. Du har varit en bra mamma åt Emrik. Jag är stolt över dig.”

En tanke slog honom. Det hade hänt så mycket på sistone. Harald hade gått från arbetslös till församlingsledare och deras verksamhet tycktes expandera automatiskt som en självpumpande luftmadrass.

”Mamma, hade du något med Hallelujabröderna att göra? Var det du som gav oss idén att klä ut oss till mormoner?”

Karin fnissade och lade handen på munnen.

”Ibland måste man ge en knuff i rätt riktning.”

Typiskt mamma. Innan hon blev sjuk och började konstantbe till Gud, hade inga problem någonsin varit omöjliga för henne.

Det knackade på dörren. En ängel som såg ut som en amerikansk basketbollspelare stod vid dörröppningen.

”Ursäkta, men jag har tjugo personer här ute som vill ha rummet. Seansen börjar snart och de måste vara på plats för att hinna koppla upp sig.”

Karin höll upp handen. Ängeln backade ett steg men knackade på blocket i famnen. Karin vände sig mot Harald.

”En sak till. Glöm inte att det först måste bli mörkare innan det blir ljust igen. Du måste göra gott och göra allt bra igen, för att de rätta valen vid vägskälen ska uppenbara sig. Du bär konsekvenserna av dina val, inte här i himlen utan bara på jorden. Du måste berätta för Simon vad som hände för att han ska kunna göra rätt val.”

Karin gick fram till honom, tog hans hand och tittade honom i ögonen. Harald krympte och blev till ett barn igen. Hon strök hans hår och värmen från hennes hand spred sig från huvudet, rann ner under huden, gled som vatten och sköljde över honom. En oförklarlig kärlek hade bosatt sig i hans hjärta. Hans röst blev till en viskning, som om han inte orkade bära rösten.

”Allt var mitt fel.”

”Var inte så hård mot dig själv. Du gjorde rätt även när du trodde du gjorde fel.”

Hon smekte hans kind och gick mot dörren som hade uppenbarat sig längst bort i salongen.

Harald sprang mot henne, men rummet blev bara längre och avståndet mellan dem växte.

”Mamma, jag glömde säga en sak.”

Harald mindes hur han stått och betraktat sin mamma på dödsbädden, oförmögen att uttala orden som fanns i hans hjärta, för att inte släppa loss sorgen.

Hon vände sig om.

”Jag hörde dig. Orden kommer inte bara från munnen utan även från hjärtat. Jag var en bit ovanför er och jag hörde det osagda. Ta hand om dig, så ses vi när du levt färdigt. I vårt nästa liv ska vi få det bra. Jag har börjat skissa på det.”

Den muskulösa ängeln stod nu bakom Harald och knackade på hans arm. Harald betraktade mamman som försvann ut i ett vitt ljus och upplöstes i det. Ängeln stirrade stint på honom och log.

”Vi har inte tid med misstag. De gör konstgjord andning på dig. Du måste tillbaka.”

En grupp människor trängde sig framför honom. De verkade inte komma överens med varandra, för de bråkade om vem av dem som skulle få tala till sina anhöriga först.

Harald tog två steg, där den långa ängeln tog ett. De passerade flera dörrar och vid ett blev Harald stående, förundrad, tills ängeln tog tag i hans arm och knuffade honom framåt. Rummet var ett stort grönt fält där det regnade. Änglar och en äldre man med vitt skägg ner till skorna sparkade fotboll. Det lossade stora grästuvor som flög upp i luften och lera skvätte upp till de brunfläckiga vingarna.

”Vad var det där?”

Ängeln tittade upp och stängde snabbt dörren till rummet.

”Äh Gud. Han testar olika spel. Han är barnsligt förtjust i era uppfinningar. När ni inte håller på och är osams, hittar ni på roliga aktiviteter.”

De stannade vid en hiss och ängeln tryckte på knappen med en nedåt-pil.

”Vem gör konstgjord andning på mig?”

”Jag har det i papperna här någonstans.”

Han bläddrade i sitt block.

”Ralf står det här.”

”Han låg och sov ruset av sig.”

”Då måste han ha vaknat.”

Ängeln spände ögonen i Harald.

”Vill du leva eller dö? Jag har hört att du har gjort en hel del fina saker där nere, som du kanske vill avsluta.”

Harald fattade vinken och ställde sig i hissen som hade glidit upp framför honom. En kvinna hoppade in innan den började sin resa till jorden, till nivå 0. Hon tryckte på knappen som det stod 3114 på.

”Hej, jag heter Elin”, sa hon och sträckte ut sin hand. ”Är du ny här?”

”Nej, jag är besökare över dagen. Jag ska tillbaka ner.”

”Till helvetet?”

Harald tittade på displayen på hissen. Det fanns lika många våningar under jorden som över. KONE stod det på en skylt. Den hade kontrollerats och skulle inspekteras på nytt januari 2042.

”Jag ska till jorden.”

Hon granskade hans armar som lyste upp i neonblått.

”Harald Karlsson. Du känner min bror Erik från Göteborg.”

Harald skakade på huvudet.

”Jag känner inte honom.”

"Han är inte så bra på att presentera sig. Du känner igen honom på det långa håret. Mamma skulle ha fått spader av hans hippielook. Hälsa honom att jag har det bra här. Jag har samma jobb som tidigare. Jag leder terapisessioner för vilsna själar."

"Elin, sa du?"

"Just det! Det är lustigt hur döden blir. Tänka sig att jag har rattfyllot som dödade mig i min grupp. Han har svårt att gå vidare. Det är inte hur man har det utan hur man tar det. Jag ska gå av här. Vi ses!"

Elin klev ut på våning 3114.

När dörrarna till jordplanen gled upp var Harald redan i sin kropp och kämpade för sitt liv. Ralf kvävde honom med sin mun och han kunde känna spriten från hans andedräkt som gled in och ut ur honom.

Harald fäktade med armarna. Ralf föll baklänges från sängen och ner på golvet där han satte sig och gnuggade sitt huvud.

"Bra. Du har vaknat."

23

"Halleluja! Harald är tillbaka från de döda."

Harald öppnade ögonen. Han låg på sin säng och någon hade lagt täcket över honom.

Ett tjugotal okända människor stirrade på honom. Hur kunde de ens få plats i hans rum där de stod och trängdes med mikrofoner och anteckningsböcker i händerna.

Radio- och TV-folk stod samlade runt Harald och Ralf som hade satt sig på hans sängkant. En stor mikrofon trycktes mot Haralds mun. En rödhårig man med t-shirt som det stod P1 på höll i mikrofonen.

"Har du några kommentarer?"

"Nej."

Mannen talade in i mikrofonen och hans röst tycktes eka ända bort till gudstjänstlokalens högtalare en våning längre ner.

"Som ni hör gott folk, behöver Harald Karlsson, Hallelujabrödernas församlingsledare vila sig. Vi lämnar honom nu och går ut och ser vad som händer ute på gården."

Pressfolket trängde sig ut ur rummet samtidigt som Rosita pressade sig fram mellan dem. Hon gav ett glas gul juice till Harald.

Han tog emot glaset och stirrade förvånat ut över rummet.

"Jag fick ett konstigt piller av en hippie."

Rosita skakade på huvudet.

"Du fick en huvudvärkstablett av han som slagit upp ett tältläger hos Paavo. Du såg ut att ha ont, för du höll dig om huvudet."

Harald lyfte blicken och lyssnade efter ljud från gården. Någon spelade på en gitarr, samtidigt som ett sorl av röster försökte överrösta det.

"Vad är det som händer?"

"Sedan du svimmade har det kommit ännu fler människor. Det är som en stor konsert där ute fast utan artister."

Rosita plockade fram hans mobiltelefon ur sin förklädsficka. Det är någon som vill prata med dig. Hon har väntat på att du ska vakna.”

På mobiltelefonens skärm såg han Lisas oroliga ansikte. Hon log mot honom nu när Harald var bortom fara.

”Sömntutan har vaknat till liv.”

Harald log svagt, satte sig försiktigt upp och lutade sig mot väggen.

”Jag har varit i himlen och träffat mamma och en hel del tjänsteänglar. De är så stressade, för det pågår någon slags änglastrejk där uppe. ”

Lisa fnissade och lade handen för munnen.

”Typiskt dig att jobba även när du har svimmat. Jag vill bara säga att det går bra för Hallelujabröderna. Trettio nya medlemmar bara idag.”

En pulserande smärta i huvudet gjorde sig gällande. Han gnuggade huvudet samtidigt som han riktade uppmärksamheten mot Lisa.

”Vad menar du?”

”Jag pratade med Emrik, er kassör. Det går att bli medlem på er hemsida där man kan stödja er verksamhet. Tusen kronor per medlem och år och 50% rabatt på veckoslutsretreater i Eden.”

Harald räknade i huvudet.

”Så vi har tjänat 30 000 kronor idag?”

”Och jag har startat ett bankkonto också. Kassören har numret. Nu kan ni betala räkningar över nätet.”

Det blixtrade av smärta i Haralds huvud

”Så kan du inte göra. Du är inte medlem.”

”Det är jag visst det. Det räcker att två medlemmar godkänner mig som medlem.”

”Enligt vem?”

Lisa förklarade att det var helt enligt de nya stadgarna. Eftersom de inte hade några stadgar hade hon snabbt skrivit ner några som hon mailat över till Emrik som hade godkänt dem. Lisa hade blivit orolig när hon hade fått veta att Harald hade pengar i sportväskor och hade övertalat Rosita och Emrik att godkänna henne som medlem. De ville inte störa den avsvimmade Harald. Dessutom kunde Lisa lägga ner församlingen när hon ville. Inte för att hon ville det. Harald orkade inte bråka med henne. Hans mun kändes torr som om han hade svalt sand.

Lisa slängde en luftpuss över etern till honom och Harald fångade och åt upp den. Hon skrattade och räckte ut tungan åt honom.

”När kommer du?”

”Jag har ingen aning. Det är mycket på jobbet just nu. Något har hänt på familjefronten. Det är det värsta som har hänt oss sedan mamma och pappa flyttade isär.”

Hon pussade skärmen, men innan hon stängde av såg Harald någon gå bakom henne. Ett par muskulösa håriga ben hade gått över vardagsrummet, kliat sig i kalsongskrevet och sedan gått därifrån. Det var kanske det hon menade med familjefronten. Hennes pojkvän hade upptäckt att hon vänstrade med Harald. Det var inte så att Harald hade frågat chans på henne. Han hade trott på Lisa, att det som var mellan dem var mer än sex och byråkratiskt pappersarbete.

Emrik kom in i rummet, höll sig andfått om bröstkorgen och bad Harald stiga upp ur sängen och titta ut genom fönstret. Hundratals människor hade samlats på gården. En scen hade byggts upp och draperats med rött tyg som det stod Ica på. Uppenbarligen sponsrat av Ralf och Jesus.

”De kräver att få höra dig tala. ”

Det vita nattlinnet som Harald bar var fuktigt och luktade instängd jympapåse. Han behövde ett nytt. Vad var passande väst när man talade till en stor församling? Han hade tittat på den lila västen länge. Det var ett silkigt tyg som var vadderat, den enda som inte var broderad med paradisiska djur utan med stygn som tecknade kosmos. Nebulosor och galaxer, till och med ett ufo. Ett ljus spred ringar som blev allt större och rödare ju längre bort det kom från källan. Nu om något var den användbar. Han hade åkt från universum till himlen och tillbaka till jorden i en vanlig KONE-hiss.

Ett sus hördes i publiken. Närmade trehundra personer såg Harald stiga upp på scenen. Det fanns ingen mikrofon, men Emrik gav honom en megafon. Flera lägereldar flammade på gården. Stockar hade dragits fram ur skogen och bildade lysande fyrkanter på gräsmattan. Och vid varje lägereld fanns minst en hippie med gitarr som sjöng *Kumbaya*.

Harald lyfte upp både händerna. Det blev knäpptyst.

"Jag har nyheter till er alla. Ni är räddade!"

En man bakom en stor kamera höll upp handen.

"Stopp! Ta om det. Vår kamera var inte på. Tystnad, tagning!"

"Jag har nyheter till er alla. Ni är räddade."

En man med hörlurar ryckte på axlarna.

"Jag är ledsen, men mickarna var inte på."

"Ska jag börja nu?"

"När du vill."

"Jag har nyheter till er alla. Ni är räddade."

"Vi vet!" svarade församlingen.

"Ni kanske undrar var jag har varit. Jag har varit i himlen och kommit tillbaka."

"Har du bevis? Fick du med dig något?"

Harald tittade åt hållet rösten hade kommit ifrån. Det var en av radiofolket som höll upp en mikrofon i luften.

"Nej, men jag kan berätta att himlen inte ser ut som vi har föreställt oss den."

Harald berättade om de evighetslånga korridorerna, där evigheten antingen var en matematisk omöjlighet eller ett filosofiskt begrepp. Hur himlen var utrustad med toppmodern jordisk teknologi och skärmar där in- och utkommande själstrafik rapporterades.

Någon ur publiken buade. Harald vände sig mot där rösten hade kommit ifrån.

"Var tror ni teknologin kommer ifrån? Änglarna hade mobiltelefoner som var uppkopplade i huvudet, inte headset, mer som brainset och de tycktes prata med varandra telepatiskt.”

”Hur ska vi tro på dig?” frågade samma röst igen.

”Ni trodde på mig förut och nu tror ni mig inte?”

”Det är bara för otroligt för att vara sant.”

Församlingen var inte samarbetsvillig. De tittade tvivlande upp på honom och fiskade efter uns av sanning. Allt var sant och vad var skillnaden mot då, när han ljög om allting. De borde höra skillnad på när han talade ur hjärtat istället för ur en beräknande hjärna.

”Endast de med rätt tro på livet efter detta kommer till himlen. Resten kommer skrikande i bårar och får gå i terapi.”

Harald tänkte på Elin som han hade delat hiss med.

”Finns det någon som heter Erik här?”

Tre män med samma namn gick upp på scenen, men bara en av dem påminde Harald om Jesus. Denne Erik hade knutit upp sin vita särk vid knäna och ett par Jesussandaler stack fram med de buskigaste tår han någonsin hade sett. Det var mannen som hade gett honom pillret.

Harald klappade honom på axeln och de andra klev ner.

”Jag vill berätta för dig att din syster har det bra nu.”

Eriks friska ansiktsfärg hade blivit spöklikt blek. Han bugade inför Harald.

”Min syster? Hon är död.”

”Hon var i högsta grad levande i själen när jag mötte henne i hissen. Hon lät hälsa att hon har gått vidare i döden. Hon har fått samma jobb i himlen som hon hade här nere och leder en terapigrupp, en himmelsk tolvstegsmodell. Första steget är att inse att man är död. Andra steget är att inse att livet är över för deras del, att sluta förknippa sig med kroppen som ligger i en kista eller som utspridd aska.”

Erik föll ner på knä, sträckte upp sina händer och började be.

”Elin, älskade lillasyster. Herre Gud, jag tror på livet efter detta.”

Harald klappade honom på huvudet och lyfte upp megafonen.

"Det är inte hur man har det, utan hur man tar det. Vi säger Herregud, änglarna säger Herrechefen och Gud själv använder sig av Herremig. Alla är olika sidor av samma mynt, fast med tre sidor istället för två. Vi har levt tvådimensionella liv och nu är det dags att lyfta upp oss till tredimensionell nivå."

Harald tog Eriks hand och bad honom ställa sig upp.

"Gå mitt barn och begrunda."

Erik reste sig upp på ostadiga ben och klev ner från scenen. Han togs emot av en kvinna som tog tag i hans händer.

En hand sträcktes upp ur folkmassan. En kvinna i åtsittande klänning översållad med tecknade blommor ville ha ordet.

"Jag undrar om du har ett meddelande till mig? Jag funderar på att gifta om mig, men vet inte vad min döda man skulle säga om det. Det hade varit skönt att veta om han har gått vidare med sitt liv, träffat någon ny där uppe."

Harald tittade åt det håll som rösten hade kommit ifrån.

"Tyvärr har jag inga fler privata meddelanden. Elin träffade jag i hissen när jag var på väg ner. Fokusera på livet istället. Döden kommer tids nog, var så säker på det."

Ralf hoppade upp scenen. Han såg ut att ha nyktrat till, med svagt röda ögon och en doft av mintpastiller stigande ut från hans mun. Han tog mikrofonen från Harald.

"Förlåt dem, ty de vet icke vad de frågar. Jag har ett svar från Jesus, stolt sponsor av Ica och deras produkter. De är tillverkade ur djupet av det kristna hjärtat."

Ralf pekade bort mot ladan.

"Förfriskningar finns till ett självkostnadspris på trettio kronor bägaren. Vill man ha en hel dunk kostar den femhundra kronor. Vi serverar Bullens konservkorvar med korvbröd som vi just nu har extrapris på. Endast tio kronor gott folk. Pressfolk och andra som är ute i tjänst ber vi avrunda. Kom tillbaka en annan dag. Nu är det privat fest för alla i församlingen. Vi har sagt vårt."

Folk rörde sig mot ladan, medan TV- och radiofolket stod kvar och packade ihop sin utrustning. Harald hörde hur de pratade sinsemellan. Även om det inte var århundradets scoop var de garanterade en lönehöjning. De hade sett födelsen av en ny sekt och hade varit med från början.

Harald var inte ensam om att bära en lång klänning i nattlinnemodell, men definitivt ensam om att bära den med ett par blanka skinnskor. Det såg bekvämare ut med Jesussandaletter utan strumpor i. Han borde låta håret växa ner till midjan, istället för moderatfrillan på huvudet. Frasandet av klänningar mot klirrande amuletter fick honom att känna sig lugnare inombords, mer hemma än någonsin. Han skulle inte alls tänka på Lisa. Hon fick göra vad hon ville. De hade haft kul ihop och vad kunde han erbjuda henne? Halva sekten?

Medan festivalstämningen drog igång på gården med hjälp av alkoholens förlösande krafter, satte sig någon på scenen med gitarren i handen.

Harald drog sig tillbaka till sakristian. Det hade varit en tuff arbetsdag, en resa till Himlen och ändå hade han hunnit predika två gånger. Nu var han förtjänt av en stunds ensamhet.

Harald lutade sig mot ryggkudden där han satt på fönsterbänken och iakttog hur folk rörde sig över bron, mellan dem och Paavos fält där flera tält hade slagits upp. Bilar rullade fortfarande in på gården. Han drack långsamt ur sin plastmugg som han fyllt på med Helgerone.

Vilja måste hittas så att han kunde lämna tillbaka pengarna. Allt måste ställas till rätta, för han hade sin församlings rykte att tänka på. Harald hade begått dumma handlingar som inte bara skulle få konsekvenser för honom. De måste gå vidare med sina liv. I fängelset skulle han kunna läsa teologi, komma ut prästvigd och starkare än någonsin. Vem kunde tala om frälsning och nåd bättre än en tidigare dömd brottsling? Dessutom kände han Gud bättre än andra. Gud var en nyfiken person, vars företag sköttes av utarbetade änglar. Och det fanns en plan för Haralds liv, en som reviderades allteftersom beroende på om han valde rätt eller fel. Han hade fått en ny chans och skulle ställa allt till rätta.

De andliga planerna var klara. Harald skulle ut i världen och ta emot konsekvenserna av sitt leverne. Det fanns en sak han inte kunde rå för, hans hjärta som Lisa hade plockat med sig och lämnat ett hål efter sig. Harald skulle ge allt för sekten och låta såret långsamt läka.

Harald lyfte upp sin plastmugg och skålade mot månen. En längtansfull suck slapp ur honom.

"Tänk, vi hade kunnat ha allt det här tillsammans."

24

Harald andades in genom näsborrarna och fräste ut den använda luften genom munnen. Någon knackade på sakristians dörr. Vad nu? Han reste sig upp från bänken där han lagt sig för att genom meditation få kontakt med Gud.

Rosita stod vid dörren. Röd i ansiktet med lockar som stod rakt ut i tinningarna där svetten gjorde sitt bästa att förstöra hennes frisyr.

"Svenska Dagbladet är i telefon. De undrar om de kan intervjua dig om ditt himlabesök?"

"De får komma till gudstjänsten som alla andra om de vill veta något. Jag har inte tid med fler intervjuer."

"Inte ens Helgeryds Allehanda? Mattias står vid dörren."

"Om han är här om våra lantdjur och projekt Noaks Ark, pratar jag gärna om det. Inget mer prat om Gud. Jag orkar inte."

Han masserade sina tinningar.

"Har du hört något från Lisa?"

"Nej, hon har inte ringt."

Lisa svarade inte i telefonen. Hon var säkert ute med sin älskade, höll honom i handen och skrattade bakom ryggen på Harald. Skrattar bäst den som skrattar sist. Och om hon tänkte göra slut med Harald, skulle han göra slut först.

Mattias från Helgeryds Allehanda stod i dörren. Tidningen hade fått ett enormt uppsving, från femtio prenumeranter till trehundrafemtiotvå. Varannan Helgerydsbo och var tredje utomsocknesbo fick nu tidningen i sin brevlåda. Intressanta saker såsom mirakel och nakna fyllon i skogen skedde i bygden. Helgeryd hade blivit Smålands nyhetsmetropol.

Mattias hälsade på Harald som trött och suckande klev i sina stallstövlar efter att ha kollat att ingen av kattungarna eller kycklingar hade bosatt sig där inne. Bonzo, den stirriga valpen, en taxador eller labrotax hur man nu såg det, brukade smyga sig in bland hönorna och nappa tag i någon kyckling som han sedan släppte nere i köket, ivriga att presentera sina fjädriga fostersystrar för dem. Bonzo älskade att reta kattungarna Marlboro och Glenn som blivit moderlösa när deras mamma stack ifrån gården.

Harald och Mattias stod på gården och iakttog hur Glenn och Marlboro slickade sig om munnarna där de tjuvkikade på kycklingarna. De vickande svansarna i gräset avslöjade deras positioner. När de kastade sig fram för att hugga tag i en av kycklingarna, stannade de plötsligt till och nosade på de gulgulliga fjäderfäna. Harald skrattade och vinkade åt Mattias att följa med honom till stallet.

Harald öppnade grinden till Noaks Ark. Det var Ralfs nya projekt för att bevara svenska lantraser. Eden var lika mycket Hallelujabrödernas församlingsgård som kursgård. Ralf hade startat matlagningskursen *svensk basmat, svenskkurs för nyanlända, Allah kan sjunga-kören* samt en *snickarkurs för arbetslösa över sextio år*. Den sistnämnda kursen täckte in resten av bygden förutom de som gick på sjukpenning eller var sjukpensionärer.

Nya arbetsmöjligheter skapades och planka och spik botade depressioner. Eva, den sextioåriga före detta fluortanten hade fått jobb i biljettkassan till klapp-och kelfarmen Noaks Ark och höll även kaffepannan varm. Farmen hade hållits igång sedan juli. De hade inte löst vem som skulle baka småkakorna när Rosita när som helst skulle åka in och föda, men det fanns gott om vikarier till den tjänsten i gruppen för helt nya svenskar.

Mattias knäppte kort med kameran och noterade gårdens ivriga expanderade. Familjer spatserade på gården och drog barnvagnar och skrindor efter sig. Harald log. Från det att grindarna hade öppnats hade det var en strid ström av barnfamiljer som vill klappa och kela med djuren.

"I stallet har vi Andy och Hardy som ni kan klappa."

Harald smekte Hardy över manken.

"Vi trodde båda var pojkar. Vi blev lite förvånade när Andy besteg Hardy. Hardy väntar killingar och de behöver få vara ifred just nu."

Harald pekade mot det andra båset där ponnyn stampade med hovarna och lutade sin hals ut.

"Och här har vi cirkusponnyn Ola-Conny som kan gå varv på varv runt gården utan att någon håller i honom. För tjugo kronor styck kan barn under tio år rida honom. Klockan elva och tretton gör han sin show och däremellan får han vila i stallet."

Mattias plockade fram sitt anteckningsblock.

"Varifrån fick ni idéerna?"

"Det var nog Gud och Ralf, lika mycket båda två."

De promenerade ut från stallet och tog sikte mot ett uthus som tidigare hade använts som redskapsbod.

Mattias knackade på dörren och drog sedan i handtaget.

"Det är låst."

Harald gick fram och ryckte i dörrhandtaget.

"Precis som det ska vara."

Mattias sniffade i luften.

"Det luktar rök."

Harald drog in luft genom näsborrarna. Det luktade som när någon brände upp plast. De knackade på dörren igen och hörde hur någon hostade där inne. De tog sats och pressade sig med kraft mot dörren som gav vika och lossnade från sina gångjärn. De tog tag om dörren, bände ut den och kastade den åt sidan. Ett grått svampmoln av rök bolmade ut. Det extra syretillskottet från det öppna hålet fick elden att blossa upp och lade bakre väggen i lågor.

Mattias fick syn på ett par ben och började dra i dem.

"Det finns en till där inne. Jag kände armarna."

Harald blundade och stack in huvudet genom dörröppningen. Det stack till i näsan. Händer grabbade tag i hans och han ryckte i dem och fick med sig resten av kroppen ut ur huset.

Simon och Elsa låg på marken och kippade efter luft. Simon och Elsa var sotiga från skorna upp till håret. De hostade kraftigt där de rullade i gräset. Mattias och Harald höll sig om magen samtidigt som de andades häftigt ut och in. Simon blängde surt på Harald. Vad hade de gjort inne i boden?

Redskapsskjulet var eld och lågor. Harald skrek till Eva att samla ihop alla besökare och be dem lugnt och sansat att gå över bron och ställa sig där tills faran var över. Mattias och Harald sprang bort till kortsidan av stallet och öppnade kranen till vattenslangen och drog ut slangen som de sprang bort till skjulet med.

När elden var släckt var det inte mycket kvar av skjulet. Elden hade som tur var inte hunnit sprida sig. Den uppenbara anledningen till eldsvådan låg bland det svarta bråtet, en silverljusstake som Simon tagit från köket för att skapa mysbelysning.

Mattias ställde sig på knä och fyrade av med kameran. Familjer som stod på andra sidan Helgeån började röra sig tillbaka in på gården igen.

Harald tittade bort mot fältet. En ensam figur gick över fältet och höll en spade över axeln.

”Nu kommer bonden."

Bonden Paavo hade upplyst dem om att han hade levt sig igenom det finska vinterkriget som femåring, när han hade förirrat sig ut på ett fält med skyttegravar. Han sköt en rysk soldat genom att trampa på ett gevär. Det senare fick han en tapperhetsmedalj för. Idag var han inte glad. Den korta bonden med magen som stack ut mellan hängslena såg ut att ha tänt eld på sin korta stubin. Han tryckte ner spaden i jorden ända ner till skaftet.

"Perkele! De skitar ner i skogen och sjunger *Kumbaya* hela natten. Om du inte tar hand om dina ska jag ta ett tjockt rep, binda ihop dem och släpa ut dem till vägen."

"De är inte mina."

"Något jävla samhällsansvar måste du ta. Jag släppte ut kossorna som äter deras tältsnören och skiter ut garnnystan."

"Jag ska prata med dem."

Det skulle inte bli lätt. Erik var den enda svensken. De andra var från Danmark och Holland. Det gick inte att förstå dem trots att de pratade engelska. Efter Haralds närkontakt med himlen hade de bosatt sig på Paavos mark.

Elsas föräldrars traktor körde in på gården med ett djursläp efter sig. Elsas pappa hoppade ut ur traktorn när han såg de pyrande resterna av redskapsskjulet. Han gick fram till Elsa och Simon som låg på marken och hämtade andan. Han kände igen tecknen på rökskador från sitt jobb som deltidsbrandman och ringde ambulansen. Medan han väntade på den inspekterade han området, så att elden inte tog sig än en gång. Elsas mamma satt kvar i traktorn. Hon hade tagit fram sitt stickgarn och fortsatt sticka på en orange halsduk.

Elsas mamma följde med i ambulansen som plockade med sig Simon och Elsa. Harald fick inte plats och skulle få följa efter med bilen han hade lånat av Ralf.

När Viljas stuga dök upp i blickfånget glömde han för ett ögonblick bort vart han var på väg och svängde in på hennes gård.

En sopkvast satt instucken mot hennes dörrhandtag. Han mindes att hon hade haft pelargonier i fönstret. De var borta. Han kikade in genom fönstret. Det såg inte ut som om någon hade bott där på länge. En gulnad tidning låg på köksbordet. Stolarna var upp- och nervända mot bordet och en dammsugare stod mot väggen. Kylskåpsdörrarna var öppna och gapade tomma. Han gick bort till sovrumsfönstret. Täcken och kuddar hade vikts ihop och låg på kortändan av sängen. Den hade inget överkast och den randiga madrassen samlade damm. Han snubblade över de tomma lerkrukorna som hade vänts upp och ner bredvid brevlådan.

När Vilja kom hem igen skulle hon få tillbaka alla pengarna. Det gick inte att börja ett hederligt liv med pengar som de stulit.

Han tittade bort mot stugan en sista gång innan han med bilen svängde ut på vägen. Det hade känts konstigt att återvända till brottsplatsen som inte hade spärrats av med polistejp. Han var säker på att det var det här huset, trots att det såg ut som om ingen hade bott där på flera år.

Harald knackade på luckan till receptionen på akutmottagningen. En sjuksköterska sköt långsamt upp luckan efter tre knackningar.

”Jag är närmast anhörig.”

Hon skakade på huvudet och meddelade att han inte fanns med på listan över närmast anhöriga. Det måste ha blivit ett misstag.

Harald satte sig i akutens väntrum och plockade fram tvåsidstidningen Helgeryds Allehanda. Två sidor om Hallelujabröderna. Simon, Harald, Emrik och Rosita log mot honom från tidningsbilden. Kvinnan vid receptionsdisken hade haft samma tidning uppslagen. Hon tittade upp på honom och log innan hon drog för gardinerna till sitt bås.

Han kunde ringa till Lisas jobb medan han väntade, höra hennes röst för sista gången.

Det skulle inte ha funkat mellan dem, klart att hon hade någon annan i Stockholm. Vad hade han trott, att hon skulle flytta hem till honom? Han bläddrade i mobiltelefonen fram till ett kort han hade tagit på henne när hon klev på bussen. Hon var så vacker, till och med när hon var irriterande. När han var redo skulle han ta bort bilden. En församlingsledare skulle inte låta sig ledas från sin församling. En herdehund lämnade inte sin fårflock. Han skulle bara låta henne veta att han kände till dubbelspelet hon hade kört.

Några signaler gick fram innan hon svarade. Hon lät trött.

”Vad är det? Jag jobbar.”

Skulle hon vara på det här viset, var det bäst att gå rakt på sak.

”Jag gör slut.”

”Det gör du inte alls.”

”Jag får göra slut om jag vill.”

Lisa suckade in i telefonen.

”Ge mig en anledning.”

”Det finns flera anledningar. Vi bor för långt från varandra.”

Det uppenbara att hon låg med en annan tänkte han inte ens nämna. Han hade sett det med egna ögon, ett par ludna ben.

Hennes röst var gäll och bestämd.

”Lägg av! Det duger inte.”

Hon sänkte ner luren och skrek till någon i bakgrunden.

”Lägg dig för fan inte i det här.”

Det var väl det han hade misstänkt. Harald hade bara varit ett tidsfördriv som hon ville leka med ett tag. Hon var tillbaka i luren, för han hörde henne andas. Åh, vad han saknade att hon låg bredvid honom och andades.

”Du älskar inte mig.”

Han hörde henne dra ett djupt andetag.

”Vi ska inte använda sådana ord. Vi har inte varit ihop så länge. Jag gillar dig, men du är jobbig.”

Hennes röst lät avlägsen. Hon pratade med någon i rummet.

”Jo, jag älskar dig, men Harald har jag inte känt lika länge.”

Harald stirrade ut mot väntrummet. På TV:n rullade de lokala TV4-nyheterna med stillbilder från det pyrande redskapsskjulet i Eden och bonden Paavo som stod med benen brett isär och höll ett skaft som slutade i jorden. Han pekade mot de färgglada cirkustälten på fälten.

”Jag vill inte dela dig med någon annan. Och så har jag en församling att tänka på.”

”Jag har inte någon annan än dig.”

”Jag är inte döv eller blind. Du kan inte förneka det.”

”Jag kan inte förneka vidden av soppan jag har blivit försatt i. Våga inte göra slut med mig just nu.”

Harald knep ihop ögonen, mindes hur Lisa hade sett ut naken, hur hon skrikit och åmat sig när han jagade henne i sakristian.

”Jag gör slut.”

Lisa skrek in i luren.

”Det var droppen. Jag kommer ner till Helgeryd.”

”Varför måste vi gräla hela tiden? Kan vi inte göra slut som vanligt folk?”

Lisa lade på. Harald stoppade mobiltelefonen i fickan och knäppte händerna.

”Herre Gud och Jesus, ge mig styrka.”

Akutens entrédörrar öppnade sig och en rullstol kom åkande med Rosita i den. Emrik rullade den bort till receptionen och knackade på rutan. Gardinen drogs isär och kvinnan öppnade luckan.

"Det finns en kölapp. Ta den."

"Det finns ingen kö."

Kvinnan lutade sig fram och pekade bort mot kölappsautomaten.

"Hur skulle det se ut om hela världen slutade ta kölappar? Det skulle bli kaos."

Emrik tittade runt i rummet. När han såg Harald nickade han igenkännande. Emrik såg beslutsam ut. Han vände sig tillbaka till luckan och lutade sig in i öppningen.

"Då gör vi så här. Rosita kommer att föda här på golvet. Jag tror det kommer bli en massa blod. Jag har aldrig sett någon föda, utom på TV."

Kvinnan tittade på honom. Den självsäkra blicken hon hade haft var borta.

"Vårt golv är nybonat."

"Nöden har ingen lag."

Kvinnan tryckte snabbt på tangentbordet och stirrade på sin skärm. "Vänta. Jag tror jag har en ledig doktor här någonstans. Ni borde vara på BB, men där är det fullt."

"Då föder Rosita på golvet."

Kvinnan stängde luckan med en hård smäll.

Emrik gick fram till Harald och frågade vad han gjorde i väntrummet. Varför var han inte inne med Simon? Harald skakade på huvudet.

Dörren ut mot sjukhuskorridoren öppnades och Simon klev ut med sotfärgade kläder, svart hår och kolsvarta ögonbryn. Han hade gnuggat sig i ögonen. Han såg ut som en tvättbjörn i ansiktet med de grå ögonhålorna som stack ut.

"Elsa fick skjuts hem av sina föräldrar. Vi får inte träffas på ett tag."

Harald reste sig upp.

"Varför har du inte angett mig som närmast anhörig?"

"Mona och Gurkan är mina fosterföräldrar. Jag fick en spruta som gjorde mig yr."

En läkare kom ut i väntrummet.

”Rosita Långström.”

De reste sig alla upp och rullade Rosita framför sig.

Läkaren iakttog Simons sotiga kläder och hår.

”Vilka är ni?”

Rosita räckte upp handen.

”Det kan jag svara på. De är mina närmast anhöriga. Vi är Hallelujabröderna.”

25

”Jag känner mig så dum.”

Rosita snöt sig i en pappershandduk som Emrik hade hämtat från sjukhustoaletten. Emrik hade rullat ut henne i sjukhusentréns rullstol till parkeringen och Harald och Simon gick bakom dem.

Emrik öppnade bildörren åt henne.

”Lyssna inte på läkaren. Vad vet de? Du har bara varit med mig och barnets pappa.”

”Han fick mig att känna mig så dum. Pratade om familjeplanering och p-piller. Jag vill bara dö.”

Harald och Simon stod vid bilen och såg när Emrik knäböjde framför Rosita.

”Du är inte ensam, för du har mig och resten av Hallelujabröderna.”

”Du är inte barnets pappa. Vad händer när du tröttnar på mig?"

”Jag tröttnar aldrig på dig. Du är det bästa som har hänt mig.”

”Vad ska min familj säga? Jag lever bland män. Du har inte träffat min pappa Dimitri. ”

Emrik tog hennes hand i sin och kysste den.

”Vill du gifta dig med mig då?”

Rosita snöt sin näsa än en gång i pappersnäsduken och stoppade den i koftfickan.

”Vill du ha mig då?”

”Vi gifter oss innan du föder.”

”Mycket snart. Det här var falska förvärkar, men han sa att jag kan föda vilken dag som helst nu.”

Emrik vände sig mot Harald.

”Kan du viga oss?”

”Jag har ingen vigselrätt. Jag kan välsigna er, men vi måste nog be Lennart viga er.”

Rosita log genom sina tårar.

”Jag kanske först ska flytta min adress hit.”

Emrik tittade sig runtomkring. Förvånade människor hade börjat samlas runt dem. De hade blivit något av smålandskändisar, för så stort hade inte hänt sedan Astrid Lindgren satte landskapet på kartan.

Harald försökte meditera i sakristian. Det var ett nytt inslag i Hallelujabröderna att på ett upplyst sätt nå Gud. Det gick inte bra, för idag var det dålig täckning på linjen.

”Herregud eller Herrechefen, vilket du föredrar, hur ska jag kunna rätta till våra liv när jag aldrig får chansen?”

I prövningen prövades tron.

Keith och Allah-kören hade hört om det stundande bröllopet och ville ställa upp vare sig Hallelujabröderna ville det eller inte. Skulle de sjunga något av Mariah Carey, kanske lite Celine Dion och sedan Keiths favorit Abba? Kören hade nu krympt till femton tondöva flyktingar som kunde hålla takten men inte tonen. Vem skulle laga maten hade Ralf undrat. Givetvis skulle Jesus favorit Ica sponsra belägenheten och den nybildade matlagningskursen, *svensk barnmat*, som höll till i köket på tisdagar och torsdagar, skulle de kunna göra en glasstårta och plockmat som ingen kunde sätta i halsen.

Prästen Lennart hade inte varit förtjust i tanken att hålla vigseln i kapellet. Han hade mycket hellre haft den i sin kyrka. Å andra sidan var det hans första vigsel sedan åttiotalet och det var bättre med en riktig vigsel i Eden än i kyrkan där han hade övat på skyltdockor. Först skulle han ha ett inledande samtal med Emrik och Rosita. De fick inte inleda ett äktenskap hur som helst, för sådana slutade bara i skilsmässa.

Simon stod vid dörren till sakristian och trampade med sina gummistövlar. Smulig lera med instuckna halmstrån ramlade ner på golvet.

”Nu är bonden på krigsstigen.”

Harald reste sig mödosamt upp från den tunna madrassen han lagt sig på för ögonblick av ensamhet med Gud, stunder som aldrig blev av. Det slamrades i köket och djuren ute på gården skällde, jamade, bräkte och kacklade. Oljudet filtrerade sig in mellan väggarna. Kaffearom ångade i luften som lätt dimma och nybakade kanelbullar fick det att knorra i Haralds mage. *Inled en icke i frestelse.* På full mage kunde ingen meditera, bara hamna i drömlös sockerkoma. Han bestämde sig för att gå ut en sväng. Här skulle han ändå inte finna Gud.

Paavo stod på fältet och riktade en högaffel mot hippien Erik.

"Nu ska satarna bort från mitt fält. En av dem mjölkade kossorna. Helvete! Finnar dog som flugor under finska vinterkriget, av svält. Är det så här ni tar hand om krigshjältar?"

Erik höll upp sin hand och det slog Harald hur lik han var Jesus. Om de satte upp en musikal skulle han få huvudrollen. Erik log Jesuslikt.

"Allt på jorden är vårt och jorden har vi till låns av kommande generationer."

Paavo tittade på Harald och spottade ut sitt snus som en projektil som landade i diket.

"Är det sådant skit ni lär ut?"

Harald lade armarna i kors och skakade på huvudet.

Vad skulle han göra med hippierna? De var harmlösa och naiva och trodde att de kunde ta allt utan att betala för sig, som om världen var ett paradis där man skördade utan att så. Han vände sig mot bonden.

"Du har en stor gård och är ensam sedan din fru dog. Du skulle behöva lite hjälp på gården."

Bonden var inte svårövertalad, för han var egentligen en ensam person. Kossorna behövde marken mer än hippierna. De var sju som bodde i tälten, fem män och två kvinnor. De skulle få flytta in i storstugan, mot att de jobbade för mat och husrum. De var billigare att anlita än tillfällig arbetskraft, hade inget behov av materiella ägodelar och gjorde så liten skada som det var möjligt i naturen. Pengar behövde inte utväxlas och alla skulle bli nöjda med arrangemanget. Erik hade bara ett litet önskemål. Han led av ischias och skulle behöva en liten plätt bakom växthuset för att odla medicinalmarijuana.

Harald gick tillbaka in i huset efter att ha sett Paavo och Erik skaka hand. Om han inte hade dedikerat sitt liv åt Gud kunde han ha blivit en väldigt bra fredsmäklare. Han kunde hålla huvudet kallt i upphettade situationer.

Rosita stod andfådd vid sakristians dörr. Marlboro och Glenn hade rymt upplyste hon. Bonzo hade jagat dem ut på fältet. Kattungarna hade förmodligen försvunnit ner i ett kaninhål eller blivit tagna av räven. Om han konstant måste rycka in för att rädda människor och djur, hann Harald inte vara tillräckligt god och rätta till sina misstag. Harald klappade Rosita tröstande på axeln.

"De är borta. Kommer de tillbaka, så gör de det. Vi får lita på Herrens tillsyn."

Det var ingen idé att störa Gud. Förmodligen spelade han golf och hade fullt upp med att få upp bollar ur sanddynor och diken. Kattungarna skulle säkert dyka upp i himlen. Mamma skulle gilla dem, en randig bondkatt och en roströd norsk skogskatt.

Rosita var stressad över det kommande bröllopet och ville absolut inte höra att någon skulle dö. Det var ett dåligt omen och då skulle hon ställa in bröllopet och hennes barn förbli oäkta.

Harald skakade på huvudet.

"Det finns inget vi kan göra. Vi kan irra omkring i fälten i flera timmar och om vi går dit ut och letar efter dem kanske vi trampar ihjäl dem."

Prästen som kommit cyklandes för sitt möte med Rosita och Emrik hade givetvis hört Harald. Han lutade cykeln mot hallonbuskarna och gick fram till dem.

"Varför inte be? Det gör jag när det är motigt."

Det var det Harald hade försökt göra hela förmiddagen, och halva eftermiddagen, men ideligen blivit avbruten.

Harald lyfte upp sitt vita nattlinne, som fått en brun rand när han stod i fältet och mäklade fred, korsade sina ben och sänkte sig ner på gräsmattan. Ingen fick stå i närheten av honom när han bad. Det här var något mellan honom och Gud.

"Herre Gud, vi har samlats här idag, för att be för våra fyrfota vänner Glenn och Marlboro. Du ser förmodligen var de håller hus. Hälsa att matte och hussarna är utom sig av oro. Vi vill, om du har tid, att du ser till att de kommer hem. Det är av yttersta vikt att de är hela och rena."

Bonzo, den lille marodören som jagat iväg kattungarna hoppade upp i Haralds knä innan han hann säga Amen och tacka Gud för att han var så förstående. Valpen gav honom blöta kyssar på kinden med sin fuktiga tunga.

Harald tog upp en pinne och svingade den ut i fältet.

"Gå och leta efter dina vänner."

Bonzo gav till ett skall och sprang iväg. De såg hur hans kropp studsade upp och ner i det fårade fältet, som en gul badboll som red på en våg. Han stannade och plockade upp något ur marken. När han kom tillbaka bar han på Marlboro och släppte ner honom på marken bredvid Rosita som lyfte upp kattungen. Bonzo kom tillbaka till Harald, studsade upp och ner och nafsade på Haralds händer.

"En gång till?"

Harald tog upp en grankotte och kastade den långt bort och den landade någonstans i skogen, på den lilla plätten full med stenbumlingar, det enda som inte hade plogats till fält.

Bonzo sprang efter kotten och kom snart tillbaka med Glenn i munnen som han släppte ner framför Rosita. Harald reste sig upp.

"Nå, var det något annat ni ville att jag skulle göra? Jag har ett brådskande möte med Gud. Vi har skjutit upp det gång på gång."

Att han var tvungen att göra allt. Mäkla fred och kontakta den stora GPS:n i himlen. Om han inte hade gått och blivit religiös skulle han förmodligen kunnat göra karriär som en spåkvinna som hittade borttappade saker.

Lennart, Emrik och Rosita gick in för att diskutera det kommande bröllopet som skulle äga rum om några veckor. Och med lite tur skulle de få smaka sig igenom flera sorters glasstårtor som kursdeltagarna på *svensk basmat* hade svängt ihop.

Harald låste in sig i sakristian med en kaffetermos och brickan full av kanelbullar. Han ställde brickan på långbordet. Vem visste hur länge han skulle kontemplera över de rätta svaren. Han måste göra rätt vad gällde Vilja, hitta henne och överlämna pengarna och se till att hon förstod att om hon överlämnade bröderna till myndigheterna skulle det inte sluta bra för dem. Hur det skulle undvikas var dolt i mystik. Ingen vid sina sinnens fulla bruk skulle acceptera att de gick ostraffade ur det här. Han hoppades att Gud hade en bättre plan. Harald var beredd att sona sina brott, men det var önskvärt om straffsatsen hölls så låg som möjligt och att det byttes ut mot samhällstjänst. Harald knäppte händerna och lyfte blicken mot taket.

"Gud, om du lät allt bli lugnt här på gården, så att jag kan fundera ut en plan. Inga fler orosmoment."

De hade redan fullt upp med alla bestyr inför bröllopet. Innan dess skulle Noaks Ark öppnas för allmänheten samtidigt som kaffestugan. Pressen skulle inte låta dem vara ifred. De skulle bevaka Emriks och Rositas bröllop när Smålands nya kändisar knöt hymnens band. Harald hoppades att medias intresse för deras egendomliga sekt skulle stillas efter det.

Han hade somnat för en tupplur när han hörde hårda knackningar på dörren.

"Nu har helvetet brutit loss. Tanja är här."

Harald låste upp dörren och Simon ramlade in. Lika snabbt reste han sig upp, öppnade alla garderoberna på vid gavel och kikade in.

"Vad gör du?"

Simon klev in i garderoben.

"Gömmer mig. Jag tror inte hon såg mig."

"Vem?"

"Tanja. Hon säger att jag har gjort henne på smällen."

”Har du det?”

Simon grimaserade och drog upp benen till bröstkorgen.

”Vi använde kondom. Hon säger att en sprack och att jag måste komma hem med henne. Hon skvallrar inte om jag kommer hem, men jag är ihop med Elsa.”

Harald gömde Simon under en hög med nattlinnen och västar och stängde garderobsdörren. Tanja hade fått Simon att skaka som ett asplöv. Han tittade upp mot taket där en spindel hade spunnit en väv runt taklampan.

”Gud, jag bad precis om lugn och ro för att hinna tänka ut en ny plan.”

Det slog Harald, när han stängde sakristians dörr, att det här var kanske Guds plan, att bringa ordning ur kaos. Det krävdes en helvetes massa kaos för att det skulle ordna sig. Då var det bäst för Gud att allt ordnade upp sig på slutet och det innan bröllopet.

26

Tanja, Monas syster, hade oväntat dykt upp i Helgeryd. Det var inte ett efterlängtat besök för Simon hade så fort han sett hennes fagra nuna på gården, sprungit in i sakristian. Där hade han gömt sig under en hög med nattlinnen. Tanja var inte ensam. I hennes sällskap var även Simons fosterföräldrar Mona och Gurkan.

Mona och Gurkan hade sent omsider fått veta var Simon höll hus. Om de hade läst dagstidningar eller sett på TV-nyheterna skulle de ha fått veta tidigare. Simon och Elsa hade åkt in på sjukhuset för observation efter branden i skjulet. Svagt omtöcknad av en spruta i låret hade Simon skrivit upp Mona och Gurkan som sina närmast anhöriga. De hade i sin tur blivit kontaktade av kvinnan som jobbade i akutens reception den kvällen. Hon var orolig att Simon hölls mot sin vilja i hjärntvättarsekten. Tanja hade fått reda på var han befann sig av en ren tillfällighet då hon ville diskutera Simons studieresultat. Tanja hade låtit dem förstå att Simon var ett underskattat mattegeni och skulle behöva fler lektioner för att utveckla sin fulla potential. När hon fick veta att han var i Helgeryd var hon inte sen att utnyttja situationen och erbjöd sig att betala halva bensinen mot att hon fick följa med.

Eftersom Simon hade valt att gömma sig i garderoben gick Harald ner på gården för att möta henne. Harald hade inte väntat sig se Mona och Gurkan lyfta ut resväskor ur bagageluckan på sin bil. Mona ställde ner sin resväska på gräsmattan och tittade nyfiket bort mot hönshuset.

”Vad är det för verksamhet ni har här?”

Harald förklarade att de hade startat Hallelujabröderna. Simon var anställd för att ta hand om djuren på gården. Mona och Gurkan såg lättade ut när de hörde att Simon var djurskötaren. De bestämde sig för att titta in i stallet och i hönsgården och se hur Simon skötte det.

Tanja stod kvar vid bilen. Hon hade vänt sig om för att fixa till sitt smink med en fickspegel när han gick fram och hälsade på Mona och Gurkan. Hon nickade mot honom, log bara med munnen vilket fick henne att se demonisk ut. Perfekt noppade ögonbryn, perfekt smink och smidiga muskulösa ben, säkert minst tio år äldre än Simon.

Harald tänkte inte linda in sina ord i krusiduller och omsvängningar. Hon var trubbel med stort T och ju fortare hon åkte iväg desto bättre.

”Vad gör du här?”

Tanja iakttog honom från topp till tå. När hon var klar såg hon in i hans ögon utan en tillstymmelse till leende.

”Jag är bekymrad för Simon. Han försvann utan ett ord och lämnade inte in sin matteläxa i tid. Jag pratade med hans föräldrar och de var också oroliga. Vi ska hämta hem honom. Han är alldeles för ung för att utsättas för religiös påverkan.”

”Och vad är din relation till honom?”

Hon tittade stadigt på honom utan att blinka.

”Jag är hans mattelärare och hans moster. Jag har hjälpt honom höja sitt betyg.”

”Hängiven lärare som åker flera mil för sin elevs skull?”

Tanja tittade sig omkring.

”Var är han nu?”

Harald sa att han inte visste var han var, men att han nog skulle dyka upp senare.

Mona och Gurkan var klara med utomhusinspektionen och följde med in i Eden. De gick in i köket där de hälsade på Rosita som lovade att brygga dem varsin kopp kaffe. Harald ursäktade sig med ett brådskande ärende till sakristian.

Harald knackade på garderobsdörren. Simon svarade inte men han kunde höra honom andas där inne. Han öppnade dörrarna, böjde sig ner och tog bort kläderna som Simon försökte gräva sig ner under.

”Du kan inte gömma dig i evigheter.”

Simon stirrade mot garderobsväggen.

”Jag vill inte. De kommer att tvinga mig att åka hem. Jag trivs här.”

”Du är arton. Ingen kan bestämma över dig.”

Simon bet på sina naglar och spottade ut nagelresterna på golvet.

”Hon kommer att skvallra. Jag vill inte att de ska veta att de har betalat pengar för att jag ska ligga med min moster.”

Harald var inte säker på att hon skulle yttra något om deras speciella lektioner. De var släkt med varandra, även om de inte hade biologiska band med varandra. Hon hade utnyttjat Simons utsatthet.

”Ville du ha sex med henne?”

”Jag kommer inte ihåg. Hon sa att hon visste att jag ville. Först var det bara ibland, men sedan krävde hon det varje gång. Jag kunde inte sluta gå på hennes lektioner, för hon skulle ha skvallrat.”

Harald slog sig ner på golvet bredvid Simon.

”Minns du mannen på parkbänken i Jönköping? Du kände igen Sprit-Kalle.”

Harald berättade hur de hade låst in Simon i garderoben när de gick till skolan. Hur Sprit-Kalle hade stoppat Simons händer i sina kalsonger. Harald hade haft ansvaret för bröderna när mamman var på cellgiftsbehandling. Det var inte sådant han ville berätta för mamma när hon grå och urvattnad kom hem från lasarettet. När mamma blev frisk, då skulle hon få veta. Efter att hon skilde sig skulle de börja ett nytt liv tillsammans.

Simon tryckte sig längre in i garderoben när Harald kom till dagen då familjen hade splittrats för gott. När Simon åkte till lasarettet för magpumpning. Harald hade försökt skydda honom, men något hade fastnat i hans själ. Simon lyssnade tyst och täckte för ögonen med sina händer.

Han lyfte upp sitt gråtrandiga ansikte. Harald sträckte ut sina händer.

”Det var mitt fel.”

Simon tog stöd med händerna på Haralds axlar och reste sig upp.

”Hur kan det vara ditt fel?”

Harald ställde sig upp. Det var som om en tyngd hade lyfts från hans själ. Det hade inte varit hans fel. Det var inte han som hade våldtagit Simon.

Simon och Harald stod en lång stund och stirrade ut genom fönstret. De hörde röster bakom dörren. Emrik visade Tanja runt och de hörde hur stolt Emrik lät.

Simon tittade upp på Harald och släppte en djup suck.

”Tänk om Tanja blir arg?”

”Då är vi i närheten. Det är dags för dig att konfrontera dina demoner.”

Simon hade ställt sig i dörröppningen till köket, med ett konstigt leende i ansiktet. Hans händer skakade i byxfickorna.

Tanja tog upp sin portfölj och meddelade att hon måste ha en stund med Simon för att gå igenom hans studieresultat. De gick upp till andra våningen, till hallen där de satte sig vid det runda konferensbordet. Harald smög uppför trapporna och satte sig i mitten av trappan för att tjuvlyssna, medan Emrik och Rosita uppehöll Mona och Gurkan.

Tanja lät både hotfull och vädjande, som om hon var van vid att få sin vilja igenom. Det kröp i Haralds skinn.

”Har du inte saknat mig det minsta? Mona och Gurkan ska betala femhundra kronor för varje lektion. Jag har saknat dig och våra stunder tillsammans.”

Simons röst var en låg viskning.

”Snälla, låt bli.”

Ett skrapande ljud hördes från en stol.

”Du vill ha mig. Det var du som började.”

”Jag har en flickvän.”

”Då får du göra slut.”

”Jag trivs här.”

En till stol skrapade mot golvet. Någon stampade med fötterna.

”Hur blir det med vårt barn?” Det kommer att bli dyrt för dig med underhållsstöd. Jag har läst att ni har fått en mycket generös donation.”

”Det är församlingens pengar.”

”Jag avslöjar för dina föräldrar vad du gjorde under privatlektionerna. Jag kommer säga att du tvingade dig på mig.”

Harald visste att det skulle komma till det här, när en pedofil hotade att avslöja offret för sina närmaste. Tomma, men effektiva hot.

Simons röst hade spruckit när han fick veta att storebror inte kunde ordna röran Simon hade hamnat i. Om han bara hade låtit bli att röra vid hennes bröst eller inte låtit henne ta nakenkort på honom. Hans värld skulle rasa samman. Haralds röst hade varit mjuk när han hade svarat att imorgon skulle världen vara som förut, men utan skammen Simon burit på så länge.

Harald räknade de tysta sekunderna. En stol drogs ut och in mot bordet igen.

”Då går vi ner och berättar.”

Simons röst lät tvekande men ändå bestämd.

”De som trodde att de aldrig skulle få barn och nu ska de bli farmor och farfar. De kommer bli så glada.”

”Ta bort din hand från min mage”, hörde Harald Tanja säga.

”Vad konstig den känns. Är du säker på att du är gravid och inte bara har gaser i magen?”

”Vad vet du om sådant?”

Simon svarade blygsamt.

”Jag har lärt mig en del. Hardy ska få killingar och jag ska snart bli farbror.”

”Då går vi ner och berättar för dina föräldrar.”

”Okej.”

Harald reste sig snabbt upp och sprang ner i köket. Han satte sig på en stol och sörplade i sig kaffe som Rosita hade ställt fram på bordet. Simon och Tanja kom in i köket där de satte sig mittemot Mona och Gurkan.

”Vi har något vi vill berätta för er.”

Simon log mot dem. Tanja såg osäkert på dem och på Harald som drack sitt kaffe och höll ögonen på henne.

"Om ni ursäktar mig."

Tanja drog ut en stol och gick ut i hallen.

Efter att Rosita hade fyllt på med en ny runda kaffe upptäckte de att Tanja inte hade återvänt. De kollade på toaletten. Hon var borta. Hennes skor hade försvunnit från hallen och hennes sjal låg bortglömd på en köksstol. Mona och Gurkan undrade vart hon hade tagit vägen, men glömde genast bort henne när de såg på Simon med en innerlig blick.

Harald tänkte att de hade en hel del att komma ikapp, ursäktade sig och gick in i sakristian för att försöka få kontakt med Gud igen.

Han satte sig vid fönstret och knäppte händerna framför sig.

"En inre röst vägledde mig. Har jag fått kallelsen att leda människor?"

Gud svarade inte, men Harald hörde hur det blåste mot fönstret och att det knakade i karmarna. Det fick duga.

"Gjorde jag rätt?"

Det var en stor fråga. Var det ens möjligt för Gud att svara på den? Harald ville veta om han dög trots sina uppenbara brister. Simon hade tagit skada, men det var kanske inte helt obotligt. Han måste påminna sig själv att han varit i samma ålder som Simon på den tiden. Skulle han ha anförtrott en femåring till en halvvuxen? Självklart inte. Han måste sluta straffa sig själv för konsekvenserna han inte hade kunnat förutse. Nu var han beredd att tvätta sig ren från skuld. Hallelujabrödernas motto var att man var oskyldig tills brott kunde styrkas. Om Harald kunde bindas till brott fick Gud, om han ville, låta det regna järnspik i flera dagar, om det räckte för att sona hans missgärningar.

Harald lade händerna mot fönstret, kände hur svetten fick honom att klibba sig fast mot glaset.

"Gud, Gud! Hör du mig? Kan du skicka ärkeängeln Gabriel till mig? Det är ändå inte för mycket begärt."

Det knackade på sakristians dörr och Rosita stack in huvudet. Hon pekade andfått mot hallen.

"Gabriel är här."

Det var Gabriel vid dörren, en holländsk hippie som hade inackorderats hos bonden Paavo.

En liten minibuss med texten *Guds rike är nära,* hade fastnat i gyttjan i Paavos åkerfält och när de försökte spinna loss bussen hade den sjunkit allt längre ner i leran.

På bruten engelska och teckenspråk förklarade Gabriel att de skrek som galningar inne i bussen. Kunde de vara besatta av demoner? Nu undrade han om Harald kunde hjälpa dem att dra loss bilen och frälsa bilisterna ifrån ondo.

Haralds andliga insatser för idag tickade på övertid, för han hade varit vaken sedan sju i morse och frälst hela världen ifrån ondo. Skulle det fortsätta så här, skulle han behöva sätta upp en skylt med sina öppettider.

Måndag till fredag: 9.00-18.00
Lördag: Stängt
Söndag: 10.00-12.00

Vid övriga tider hänvisades de till Guds obemannade telefonsvarare.

27

Däckspår löpte från vägen vid den stora kurvan precis innan Eden ända bort till fältet. Föraren hade tappat herraväldet över bilen och kört ut på åkern och fastnat i en fåra. Den orange folkabussen var en syn för ögat. Den hade mer än fyrtio år på nacken och rosten hade bara målats över så att det såg ut som om bussen hade drabbats av tonårsakne som man försökt sminka över.

Av de bilburna syntes inget. Fönstren var igenimmade och den stillastående minibussen krängde åt sidorna. Ord studsade inne i bilen som om någon hade släppt loss ett hav av studsande gummibollar. Det gick inte att urskilja ett samtal mer än att folk där inne var ordentligt förbannade på varandra.

Gabriel och Haralds blickar möttes över biltaket och de tog tag om var sitt dörrhandtag på sidorna. Ut föll Lisa och en som såg ut som en äldre version av henne, fast lång och bastant istället för nätt och smal.

Harald tittade ner på Lisa.

”Vad gör du här?”

Lisa blängde ilsket på honom där hon satt fast mellan två fåror i fältet.

”Du gjorde slut med mig.”

Hon hade inte hunnit byta om utan var klädd i flanellskjorta och randiga pyjamasbyxor. Kvinnan, på den andra sidan av bilen påminde om Lisa och var klädd i ett heltäckande bomullsnattlinne.

”Du kunde ha ringt först.”

Lisa reste sig upp och borstade av lera från sina kläder.

”Jag har fått sparken.”

Ur bilens baksäte steg två män ut, en yngre och en äldre. Den äldre hade en pälsmössa på huvudet och på överkroppen ett tunt linne över ett par grå långkalsonger, som om han inte hade kunnat bestämma sig för vilken väderlek det var där ute. En

äldre kvinna, klädd i en nopprig rosa frottémorgonrock klev
också ut och gnuggade sig i ögonen.

Harald stirrade på den yngre av männen. Lisas pojkvän. Han
hade ett renrakat huvud och var klädd i ett par röda sladdriga
boxershorts med tecknade Buddhafigurer på. Lisa pekade på
honom

"Det där är Lasse, min lillebror."

Lisa hade varit tvungen att ta med sig familjen till Helgeryd.
När Harald ringde och ville göra slut, var det droppen som fick
bägaren att rinna över. Lisas familj hade dykt upp och de hade
inte alls kommit överens med hennes chef. Lisas chef ville inte
släppa in familjen på kontoret, men mamman hade hävdat att
det var en akut familjeangelägenhet av själslig karaktär. Lasses
själ måste räddas från den eviga fördömelsen. Lisas chef hade
sedan kommit in på hennes kontor och med välvalda ord antytt
att Lisa måste förhålla sig neutral till religioner som tjänsteman
på Kammarkollegiet. Hon skulle inte ha några åsikter, helst vara
ateist och inte yttra något om sekterna hon registrerade och
förhålla sig neutral till andras tro och livsåskådningar. Lisa hade
antytt att hon inte trodde på sekter, men på Gud, och bett
chefen stoppa neutraliteten någonstans där solen aldrig sken.
När hon hade anställt Lisa hade hon nämnt att de hade högt i
tak, men tydligen hade Lisa lyckats klättra upp till taket och
spräcka kristallkronorna.

På morgonen, som i vilken annan dysfunktionellt religiös
familj som helst, som bestämt sig för att våldgästa Lisa, hade
Lasse vägrat äta stekt ägg. Han ville ha rå sparris, så att den
slapp lida ännu en gång. När Lasse hade satt sig vid köksbordet
hade Margareta lagt upp ett exemplar av *Vakttornet* och ett till
av *Vakna* åt honom. Mamma Rut hade stänkt heligt vatten från
källan i Lourdes över hans huvud. Ett vatten som hon alltid bar
i en petflaska i sin handväska. Lasse hade suckat och sagt något
i stil med att han hade slutat vara buddhist och numera var
ateistagnostiker. Då hade helvetet brutit lös. Mamman hade
tagit sig för bröstet och fejkat hjärtattack. Det var en sak att inte
dela samma tro, en annan att inte ha en tro överhuvudtaget.

239

Det var det värsta. Ateism var en återvändsgränd, ett brunnslock ifrån helvetet.

Rut gick fram till Harald och skakade hans hand.

"Du har hjälpt så många och ryktet har spridit sig ända bort till Stockholm. Folk har sett dig på TV. Du är deras zinkpasta. Deras sår läker snabbare när de mottar din välsignelse. Du är svag i själ och kött och tvivlar precis som Jesus, vilket gör dig så trovärdig. Vi vill ha familjeterapi."

Medan Paavo och hans följeslag av hippies drog ut bilen ur åkern begav sig de övriga till huset för att inta lunch. De hade lämnat sina frukostar i Stockholm och var nu rejält hungriga.

Rosita tog ner fler tallrikar från skåpet och konstaterade torrt att nu var det fler munnar att mätta. Förutom Mona och Gurkan som dök upp igår hade deras sällskap utökats med fem personer till.

"Jag dukar i salongen."

Harald tackade nej till att ge dem familjeterapi. De bedrev en religiös verksamhet och inte psykvård, vilket verkade vara det de behövde. Lisa som kunde ett och annat om religiösa församlingar hävdade att varje församling var tvungen att ta emot själavård. Det var hans skyldighet att ta emot dem, eftersom Lisa var församlingsmedlem. När Mona och Gurkan fick höra att det fanns gratisterapi ville de också ha en tid tillsammans med sin son.

Rosita satt vid köksbordet och torkade svetten ur pannan. Hon var inte sig lik och verkade irriterad. Emrik gick fram till henne och masserade hennes rygg.

"Jag tror jag har ett stort bowlingklot mellan låren. Tror du vi hinner gifta oss innan hon bestämmer sig för att titta ut?"

Emrik lutade sig fram och kysste hennes mage.

"Det är bara några dagar kvar. Vi hinner."

Matlagningskursens deltagare gick in i köket, kryssade mellan de tillfälliga gästerna, såg på Rosita som stod framåtlutad mot bordet och höll andan. Emrik log ansträngt.

"Hon har bara lite värkar."

En kvinna med ett stort förkläde som inte räckte till att täcka hennes bröst och stora framdel, föste ut dem bestämt och inte särskilt vänligt ur köket och pekade upp mot andra våningen. De behövde köket för att baka till bröllopet.

Harald lämnade dem och gick tillbaka till sakristian som kändes mer som hans än sovrummet. Där kunde han sitta inlåst och höra det svaga bruset av omvärlden komma in genom de tunna väggarna. Det var svårt att vara ensam i huset som hade blivit en fritidsgård för vuxna människor.

"Herre Gud, din tjänare här. Tack för att du skickade den vinglösa Gabriel."

Det var en sak Harald hade tänkt på. Livsplanen. Och om hans liv var uträknat. Hans mamma hade nämnt att det fanns en grovskiss, en som man själv hade gjort innan man reste ner till jorden. Och i grovskissen, som tycktes vara en karta av möjligheter, fanns ögonblick där den fria viljan kunde användas. Konsekvenserna av utförandet av den fria viljan var bortom Guds makt. Vilken väg man än valde skulle det finnas hinder.

Hallelujabröderna hade växt bortom Haralds kontroll. Han hade verkligen inte tillåtit allt, men med sin underlåtenhet hade han på sätt och vis ändå gjort det. Ralf hade getts alltför fria tyglar och hade förvandlat Eden till en kursgård. Han hade inte synts till på några dagar. En ny busslast med tyskar förväntades när som helst anlända till Helgeryd. Semesterstugorna måste vädras och förberedas. Pelargonier skulle planteras i lerkrukor. Wellpappen på fönstren skulle bytas ut mot vita spetsgardiner eller gardiner med broderade kurbitsblommor. Trasmattor skulle hämtas från Ralfs vinterförråd, avlusas och rullas ut i kök och på verandor. De röda stugorna med vita knutar var en masskopierad svenskstugekoloni där allt som inte var svenskt hade rensats ut. Inte nog med det hade Ralf även startat en städfirma med tre utstämplade arbetsvilliga som var beredda att jobba för en billig peng för att få tillbaka sin A-kassa. Han skulle eventuellt utveckla verksamheten till en franchisekedja, mikrostädföretag med minimilöner och desperata människor som fick en andra chans. *Städa med hjärtat* hette firman. De skulle lämna en pralin eller en ros på bordet efter varje städning, för att påminna kunderna om att de tänkte med hjärtat och var genuint service-minded.

Allt hade kunnat få vara som det var om det inte var för Vilja. En gnagande oro tog plats i Haralds mage, som ett långsamt blödande magsår. Vad skulle hon säga när hon träffade dem? Säkert ett och annat.

Haralds alarm på mobiltelefonen ringde. Dags för själavård. Han var glad att Lisa var tillbaka, men inte att hon hade släpat med hela sin knäppa familj till dem. Harald hade egentligen inte trott att de skulle göra slut. Inte på riktigt.

"Gode Gud, har du några tips vad gäller Lisa? Jag förstår henne inte."

Gud svarade inte, i vanlig ordning. Harald öppnade dörren för att släppa in Lisa och hennes familj.

Harald förde ihop händerna och tittade på familjen som stod tysta i en klunga i dörröppningen, som tät granskog.

"Vem vill börja?"

De hade satt sig i en ring, syskonen Lisa, Lasse, Margareta och deras föräldrar Rut och Hans.

Lisa räckte upp handen, vilket följdes upp av Margaretas hand.

Harald pekade med pennan på Lisa, men Margareta öppnade munnen utan att ha fått ordet.

"Jag vill bara säga att jag inte har något med familjen att göra. I Jehovas vittnen är min familj alla de andra i församlingen och min man förstås så länge han är Jehovas vittne. I Paradiset kommer jag att få nya vänner och kanske en ny familj."

Lisa tittade bort mot sin syster och skakade på huvudet.

"Så har det alltid varit. Hon anser sig vara bättre än oss andra och det slog ordentligt slint i huvudet när hon började knacka dörr."

Margareta harklade sig, knäppte händerna och tittade ner på golvet. Hennes stol knarrade under tyngden av henne.

”Vad jag menar är att ni inte är utvalda och ni utsätter mig för frestelse.”

Mamma Rut räckte upp handen.

”De två var besvärliga redan som barn, slogs om vad som helst. Jag skrev ett brev till påven om det. Jag fick svar, givetvis på italienska. Jag skulle be för deras förtappade själar, Rosenkransbönen flera gånger om dagen. Tyvärr är jag gift med en man som sådde tvivel hos barnen och se hur det sedan gick för Lasse. Vi delar inte samma syn på Gud.”

Rut gjorde korstecknet.

”Heliga Maria, Jesu mor, det var inte mitt fel.”

Pappa Hans ställde sig upp och kliade hjässan under pälsmössan.

”Så kan man inte göra, tvinga någon att bli katolik genom bön om bättring och muta Gud att ta in dem som hans lamm. Det är fusk. Jag tror på att vi ska vaka över Guds ljus som en fyrvaktare. Själarna är guppande båtar som färdas i mörk natt över stormigt hav. Vi ska vägleda dem till säker hamn och hindra dem att fastna i rev eller gå på grund. Vi ska inte tvinga på någon vår religion.”

Lasse hade suttit tyst och ihopsjunken på sin stol och förstrött tittat ut genom fönstret. Harald vände sig mot honom.

”Vad tycker du?”

Lasse suckade och satte armarna i kors. Han hasade ner på stolen.

”Jag tror inte på något. Det finns inget därute, varken karma eller pånyttfödelse. Det är tung kommers bakom all religion. Allt som finns är det här livet och slumpen som i bästa fall ger oss en bra start.”

Alla tittade som förstenade på honom, Lisa med händerna på knäna och Margareta med händerna knutna i bön. Rut reste sig upp och skulle gå ut ur rummet, men Hans gick fram och förde henne tillbaka till stolen. Rut höll upp ett finger och pekade på Lasse.

”Vi som alltid har lärt er att det finns något där ute, även om vi inte alltid är överens om vad. Kanske är det Buddha, kanske är det Jesus eller någon av inkagudarna.”

Margareta tittade på Lasse med återfunnet hopp.

”Om du följer med mig till Rikets sal, kan jag lära dig att ta emot frälsningen och i sinom tid tycka om det.”

Lisa lutade sig framåt i ringen.

”Har ni aldrig funderat på att vi inte är överens för att vi inte ser hela bilden? Lasse är helt blind, men resten av er. Tänk om allt är sant, utom det där med att det bara är Jehovas vittnen som får platsbiljetter till paradiset? Ni har haft era andliga uppvaknanden och påstår att er version är sann och helig. Tänk om ni bara ser det från ett håll?”

Rut och Margareta satte armarna i kors och lutade sig bakåt mot sina stolar.

Lisa sänkte sin röst och lutade sig ännu mer framåt.

”Tänk om det finns en Gud, men inte en enda sann religion.”

De muttrade att Lisa hädade. Hur kunde hon med att tro på en Gud utan spelregler att rätta sig efter.

Harald kom att tänka på Himlen och de evighetslånga korridorerna.

”Och tänk om det är sant att det var Gud som skapade oss, för att lära sig något av oss. Nu administrerar änglarna in- och utresorna som om Himlen var en stor vänthall på en gigantisk flygplats.”

De vände sig mot honom. Lasse hade hittills inte intresserat sig för något de sagt, men nu glittrade hans ögon till. Det var som om han hade tagit en tupplur och nu vaknat till liv.

”Berätta mer.”

”Och tänk om Han nu ägnar sig åt att spela fotboll, poker och biljard, medan vi bråkar om vilken sorts Gud vi ska dyrka. Han har skapat oss till sin avbild, skapat jorden åt oss. Har ni aldrig tänkt på att det kanske var själva planen. Att vi lever våra liv och rapporterar upp till Gud och låter honom leva genom våra liv?”

Lasse såg inte längre uttråkad ut. Han vände sig mot Harald.

"Jag gillar tanken. Jag har svårt att köpa det där med karma, att allt skit vi har gjort i våra liv samlas upp till nästa liv som om vi går omkring med sophinkar fulla med saker vi har gjort mot andra."

Margareta lutade sig bakåt och stirrade på dem.

"Menar du att Gud har övergett oss?"

Harald skakade på huvudet.

"Nej, nej, Han skapade oss och vår värld. Vi är en del av hans spel, som intellektuella varelser i ett spel där vi utvecklas och skapar nya saker. Han är klar med oss, med själva skapelsen alltså, men han njuter av frukterna från det. I och med att han valde fria viljan åt oss, är vi självständiga varelser som kan göra gott och ont."

Lasse nickade.

"Det skulle förklara en hel del. Svälten i Afrika, tiggare och konkursade länder."

Nu sprack Hans ansikte upp i ett leende och han lyfte upp pekfingret mot Harald och hötte den lekfullt mot honom.

"Jag hör att du har träffat den gamla räven. Hur mår han? Jag var uppe en sväng hos honom i samband med en blindtarmsoperation strax efter min femtioförsta födelsedag. De gav mig för mycket sömnmedel och jag låg som en klubbad säl i flera dagar. Gick du i de vita korridorerna?"

Harald nickade och Hans fortsatte.

"På den tiden var Gud helt insnöad. Han gillade allt som hade med snö att göra, gillade de små snökristallerna som alla var unika. Glodde på dem dagarna i ända trots att tid uppe hos dem är ett poetiskt begrepp. Gud hoppade i snödrivor, byggde snögubbar och åkte konståkning. Ärkeängeln Mikael är förresten en riktigt bra hockeymålvakt. Hur har det gått med änglastrejken? De inspirerades av fackföreningsrörelsen på jorden på 70-talet och började genast strida för bättre villkor hos Herrechefen för att få samma villkor som hos konkurrenten. "

Harald svarade Hans.

"De är ännu inte klara."

Rut tittade på Hans.

”Du har inte berättat det här för mig.”

”Du skulle ha tagit mig för skvatt galen. Det var då jag började med väckelserörelsen. Senare flyttade jag till kollektivet och bestämde mig för att ägna resten av mitt liv åt att förbättra min flugfisketeknik.”

Harald ville veta mer.

”Tror du att det är fler som har varit där uppe? De har lika avancerad teknologi som vi.”

Lasse ställde sig upp och gick fram och tillbaka i sakristian.

”När jag var där använde sig änglarna av pergamentrullar där de antecknade in- och utresorna. Inte konstigt att det blev så mycket fel på den tiden. De hävdar att de är helt felfria, att det ingick i den himmelska planen men jag är inte så säker på det. Det är vi som har lärt dem den avancerade teknologin, även om vissa änglar har bistått med andlig inspiration.”

Det var det Harald misstänkte, att någon hade varit där uppe och installerat hissarna och de vackra rulltrapporna.

De lämnade Harald, inte klokare, men mindre religiöst inskränkta och mer öppenhjärtade. Så fort Lisa hade rett ut fnurran med Harald skulle de åka hem. Hon dröjde sig kvar i sakristian efter att de andra hade gått ut.

”Egentligen finns det ingen anledning för dig att lämna mig. Är vi ihop igen?”

Harald tvekade.

”Jag leder en religiös sekt och du var emot den. Du tror inte att det kan bli ett hinder för oss?”

”Jag är medlem, som du kanske minns, även om jag ännu inte har släppt misstankarna att ni inte är en riktig församling.”

Lisa skulle inte vara färdig med Harald på flera dagar. Hon hade blivit arbetslös och hade innestående semester att ta ut som hon skulle använda i Helgeryd. Emrik och Rosita skulle gifta sig och det ville hon inte missa.

De måste fixa nya kläder inne i byn, för de kunde inte gå klädda i pyjamas hur länge som helst.

Om Lisa inte reste hem innebar det att resten av hennes familj skulle stanna kvar till bröllopet. De hade inte bråttom någonstans.

Harald hittade Mona och Gurkan i stallet där de turades om att klia Andy under hakan. Simon mockade i stallet och pratade samtidigt som han sopade betonggolvet. När de hörde Harald komma vände de sig om. De tittade på honom med en öm blick, en sådan man fick efter att ha druckit några glas och ville omfamna främlingar. Gurkan gick fram till honom och lade händerna på hans axlar.

"Tack för att du gav oss sonen som vi alltid har önskat oss. Jag är så stolt över Simon, du kan inte ana. Han har växt så mycket under dessa månader. Frisk luft och frireligion har gjort honom gott."

Simon lutade skyffeln mot väggen och tog några steg mot Mona. Mona tittade förvånat på honom men mötte honom halvvägs. Simon lade händerna runt hennes midja och lade huvudet mot hennes bröstkorg.

"Jag älskar dig, mamma."

Han lyfte upp huvudet och tittade bort mot Gurkan.

"Dig med, pappa."

Gurkans ansikte, som var stelt och väderbitet, skrynklades ihop när tårarna rullade nerför hans näsa och kinder. Han knäböjde i halmskiten och lyfte upp sina händer mot taket.

"Tack mama, tack mama."

Simon höll hårt om Mona, som om han bara kunde stå på benen om han höll sig fast i henne. Mona klappade honom ovant på huvudet och smekte hans nacke. Mona som var som hårt svenskt virke utan kvisthål kunde inte heller hon hålla sig. Hennes ögon svämmade över av tårar.

Harald backade, stängde dörren om dem och gick upp mot huset. De behövde ingen terapi idag. De hade försonats och skulle ta tag i den slumrande kärleken som blommade upp framför Harald.

28

Ett långbord hade dukats upp på gården. Den löpte från ladans dörr till ladans ena kortsida och dignade av allehanda läckerheter från världens alla hörn. Där fanns blinier, biryani, halloumi, den orientaliska sockerkakan sfouf och baklava sprängfylld med pistagenötter. Maten skulle räcka till att göda ett helt militärkompani, i det här fallet ett bröllopssällskap och en hel by med åldringar. Morgonen när Emrik och Rosita skulle knyta hymnens band hade grytt med en rosa regnhinna i skyn, men nu surrade pigga flugor runt tallrikarna till bakgrunden av Paavos kossor som krävde att bli mjölkade och råmade högljutt på fälten.

Noaks Ark hade stängt för dagen på grund av personliga skäl, vilket ändå inte hindrade barnfamiljer från att ta sig en tripp till det vackra Helgeryd. När de visste att det skulle vankas bröllop hade de åkt till Ica Helgeryd och där köpt sig ett bröllopsfika-kit, en korg full med alkoholfritt bubbel och chokladdrömmar som såg ut som självaste brudparet.

Det sjöd av liv i byn. Ralfs stugor hade fyllts till brädden med tyska turister, utom en som hade reservats för hans servicepersonal, studenter från Jönköping som skulle bistå med inköp av bensin, starkvaror och grillkol.

Det fanns mycket för turisterna att se. En älgsafari hade förberetts där de kunde gå en snitslad bana, spana in älgar, björnar, järvar och räv och skjuta på dem med lösa skott. Ändå bleknade det jämfört med vad som hände i kapellet Eden. Det stundande bröllopet mellan Emrik och Rosita hade väckt stor uppståndelse i det tyska lägret. De hade läst om Hallelujabröderna i Die Zeit. Ralf försökte tona ner det, hade förklarat att det skulle bli ett multikultibröllop med mat från världens alla hörn. Inte en sill så långt ögat nådde och inte heller traditionella svenska snapsar. Dessutom var bröllopet endast för Helgerydsbor. De tyska turisterna fick filma och fota om de höll sig på några meters avstånd. Ralf hade dragit spärrplast runt gården och snurrat runt den på stolpar som gick flera meter bakom stallet och huset.

På morgonen hade pensionärerna från Gyllene Vilan körts med färdtaxi ut till Eden. De hade inte skådat bröllop i Helgeryd sedan 90-talet när Elsas föräldrar gifte sig. De sov middag i sina rullstolar i partytältet efter att de ätit mellanmål, fruktkompott och mjölk tagen direkt ur spenarna.

Prästen Lennart vankade nervöst av och an, gick in i huset och ut på gården och grön i ansiktet frågade han om alla mådde bra. Harald klappade honom på axeln och sa att allt skulle ordna sig. Det var länge sedan Lennart hade hållit ett stort bröllop, och framför allt aldrig med en närvarande press. Mediabevakningen, tre fotografer från Aftonbladet, Expressen och GT gick omkring och tog för sig av snittar och drinkar, vilket inte gjorde Lennart mer avslappnad. Ralf gav honom ett glas tillspetsad saft och efter det gjorde prästen sällskap med pensionärerna som börjat vakna från sina tupplurar.

Efter att Paavo hade fått avbytare till bondgården hade han blivit vänligare till sinnes. Lisa och hennes familj hade fått begagnade kvinnokläder av honom. Han hade ingen användning av avlidna frugans avlagda kläder annat än till fönsterputsning, vilket han bara gjorde en gång om året.

Klänningarna var stora och passade damerna alldeles utmärkt. Rut ville ha något som gick bra i katolskt och Margareta något som var en smula Jehovas Vittnianskt. Enligt matematisk mängdlära sammanföll religionerna i de rutiga skurgummeklänningarna med sidofickor tillräckligt breda och djupa att där fick plats en femkilos potatissäck i vardera av dem. Margareta kunde ha *Den heliga skriften* på den ena sidan och flera nummer av *Vakttornet* och *Vakna* på den andra sidan och få händerna fria. Kanske kunde hon få några av de avlagda kläderna till skänks innan Lisa körde hem dem? Lasse och Hans fick låna varsin vit särk av Harald, men ingen väst för den skulle bara församlingsledaren ha. Rosita gjorde ett undantag för dem, att endast bruden fick bära vitt. Lisa var ett knivigt fall, hon vägrade med bestämdhet ha på sig något av tälten. Hon tog en av Haralds skjortor, drog ett stort skärp om midjan, gick sedan barfota ute på gården och såg mycket lycklig ut. Lantlivet och arbetslösheten gjort gott för henne. Både hennes smink och sarkastiska tonfall var borttvättade.

Harald drog in Lisa i det lilla krypinet under trappan och stängde dörren. Det var enda stället som inte innehöll andra människor och han tänkte ha lite föräktenskapligt sex.

En diskret knackning hördes just när Harald skulle till att lossa den sprattlande, men villiga Lisas skjortknappar. Emrik stack in huvudet.

”Rosita mår inte bra. Ska jag ge henne en värktablett?”

Lisa drog sig undan från Haralds grepp och klev ut i hallen.

”Vad är det som har hänt?”

”Hon får värkar var femte minut. Det kan inte vara bra, eller?”

Lisa gav till ett rop.

”Hon kan få barn när som helst.”

Emrik såg bekymrad ut.

”Det var inte bra. Hon som vill vara gift innan hon föder.”

Harald klev ut och drog upp blixtlåset på sina byxor.

”Vi ordnar det.”

Lennart skakade på huvudet. Ceremonin han hade planerat skulle ta minst en timme. Om han tog vartannat ord, skulle det ta en halvtimme. Det gick Lennart inte med på. Själva andemeningen med bröllopet skulle gå förlorad. En ny lösning måste hittas på den uppkomna situationen. Jesus och Gud var säkert med på noterna, nu när det handlade om att föda fram ett inomäktenskapligt barn. Huvudsaken var att allt rymdes i ceremonin.

Harald knackade på mikrofonen och ett hav av jubel slog mot honom. Det blev startskottet för Simon som klättrade upp i klockstapeln och ringde öronbedövande över Helgeryd.

”Gott folk, om ni kan ta och samla er och rikta er uppmärksamhet framåt. Byns präst Lennart kommer strax att viga brudparet. Trots att vi kanske ser olika på det här med Gud, så är vi alla lika inför Gud. Ordet är ditt, Lennart."

Lennart ställde sig framför dem, lyfte upp händerna i luften för att be dem sluta jubla, vilket de redan hade gjort när Harald lämnade över mikrofonen.

Det hade varit meningen att Rosita skulle komma ridande på en åsna över Helgeånbron, men Ralf hade ingen åsna på lager. Ponnyn Ola-Conny var för klen. Getterna Andy och Hardy vägde inte ens tillsammans lika mycket som Rosita så de var inte mycket till bärdjur. Hon fick sitta i en gammal skrinda som Andy, Hardy och Ola-Conny drog. Rut och Margareta drog nävar av potpurri ur sina gigantiska fickor och kastade på marken framför sig. Ingen hade ansvarat för blominköp och ingen hade således köpt rosor. Borden pyntades med blommor de plockat i rabatterna och hade arrangerats i vaser, färgglatt sprakande spretade de ut åt alla håll. Rut och Margareta skred högtidligt över marken och kastade rosenblad, eterneller, kanelstänger och torkade apelsinskivor framför sig.

Lennart snöt sig i en vit näsduk och stoppade den tillbaka in i den osynliga fickan på sina prästkläder.

"Tack alla ni som kom idag. Jag vill påminna er om att vår kyrka, den svenska kyrkan, är en öppen kyrka och där är ni välkomna varje dag. Jag delar senare ut kartor på var den ligger. Ni är välkomna, ni som känner er vilsna i vardagen. "

Harald gick fram och knackade på hans mikrofon. Ett knäppande läte uppstod, vilket fick flera pensionärer att oroligt vrida på volymknappen på sina hörapparater.

"Till saken."

Lennart tittade ner på Emrik och Rosita som tillsammans satt i skrindan. Rosita hade ridit ut en värk och andades tungt. Hon hade inte hunnit byta om till sin vita brudklänning för varje rörelse hade gjort för ont, och bar därför det gröna nattlinnet med Lisebergskaninen på. Emrik hade inte heller fått tid att byta om, men hade dragit på sig ett par shorts till sitt randiga linne.

”Inför Guds ansikte är vi samlade till vigsel mellan er två, Emrik Karlsson och Rosita Långström. Vi är här för att be om Guds välsignelse över er och för att dela er glädje.”

Rositas ansikte förvreds i en ny grimas och hon grabbade tag i Emriks hand och klämde till. Hon pustade, drog in andan och andades ut mellan de sammanbitna tänderna.

”Äktenskapet är ett heligt förbund, förordnat och välsignat av Gud. Mår du bra, Rosita?”

Rositas ansikte förvreds i en ny grimas.

”Bebisen är på väg och jag vill vara gift innan hon är ute.”

Lennart harklade sig, tog en klunk vatten ur sin vattenflaska och drog med handen över den svettiga pannan.

”I min ungdom jobbade jag som sportkommentator. Då gjorde vi så här.”

Han gjorde korstecknet och mumlade.

”Förlåt Gud, men du kan orden vid det här laget.”

Lennart tog sats, tippade med tårna över scenkanten och vaggade fram och tillbaka, medan Simon övertalade Andy, Hardy och Ola-Conny att vända skrindan tillbaka in i stallet. Rosita skrek, men Lennart överröstade henne med mikrofonen. Det gick så snabbt att det enda församlingen hörde var att det gick upp och ner i talet. Ingen räckte upp handen och bjöd över varandra, även om det lät som om de hade auktionsutropning på gården. När Lennart stötte på hårda konsonanter spottade han snabbt ut dem medan de mjuka vokalerna tilläts rulla kvar och vibrera i mikrofonen.

”Efter Guds vilja.”

Lennart torkade pannan med sin näsduk.

”Inför Gud och i denna församlings närvaro, frågar jag dig, Emrik Karlsson, vill du ta Rosita Långström till din hustru och älska henne i nöd och lust?”

Lennart tystnade, men det hindrade inte Rosita från att skrikande ta sig an nästa värkvåg.

”Jag är ledsen, men jag kan tyvärr inte höra dig. Jag måste höra om du vill bli gift.”

Simon hoppade upp på scenen, slet mikrofonen från Lennart och sprang med den in i stallet.

”Ja”, ropade Emrik.

Simon sprang tillbaka och gav Lennart mikrofonen.

”Då tar vi nästa. Inför Gud och i denna församlings närvaro, frågar jag dig, Rosita Långström om du vill ta Emrik Karlsson till din man och älska honom i nöd och lust?”

Simon sprang med mikrofonen till stallet. En andfådd Rosita svarade med svag röst.

”Ja.”

Simon kom tillbaka, vit i ansiktet.

”Jag ser huvudet.”

Lennart svalde nästa mening han skulle säga och hoppade till den andra.

”Ni är nu man och hustru, må Herren vara med er och leda er i sanning nu och alltid.”

Lennarts sista ord klövs av en nyfödd bebis skrik. Han vände sig mot Harald.

”Jag tror det gills. Precis vid målsnöret. Barnet är fött inom äktenskapet.”

Paavo visste ett och annat om födslar, för det var han som förlöste sina kor. Kossa som kossa. De märkte inte att han hade gått in i stallet för att hjälpa till med förlossningen och nu kom han ut och torkade blodet från sina händer på den närmaste bordsduken.

Folket på gården hade redan börjat köa till buffén. Lennart skulle i vanliga fall ha avrundat bröllopet med några välvalda ord och efteråt skulle folk ta honom i hand och gratulera för den fina ceremonin. Lennart stod kvar med mikrofonen i handen medan folket skingrades och samlades vid buffébordet.

”Varför står du här och ser ut som ett grått moln. Vill du ha rosa, vitt eller starkvaror från bakluckan?”

Ralf gav en plastmugg till Lennart och tillsammans gav de sig av till hans pickup.

Paavo ställde sig framför Harald och Lisa och klappade på sin runda mage.

”Det blev en Rosa. Sådana har jag förlöst tidigare. Jag fick vara inne och vända. Det blev ett och annat skrik från Rosita. Jag sa till henne att hålla käften, för det blev inte så mycket bättre av att hon skrek och då bet hon mig i handen. Jag behöver en steril sax att klippa av navelsträngen med och ett plåster till mig.”

Harald och Lisa gick in och kom ut med rena handdukar från huset för att svepa in babyflickan i. Emrik och Rosita var insvepta i varsin fleecefilt medan de väntade på ambulansen. Bebisen Rosa var blå om läpparna, för det var en svensk sommardag, kylig som en varm decemberdag.

Harald lutade sig över det nyfödda flickebarnet.

”Är det någon annan som ser liknelsen med Jesusbarnet?”

Rosa låg inlindad i vita frottéhanddukar som ett prydligt litet bandage där ansiktet stack ut, inbäddad i skrindan som täcktes av halm. Rosita och Emrik som hade lagt sina filtar som en huva över huvudet såg ut som skådespelare till ett teatersällskap som spelade upp Jesus födelse.

Tyskarna kunde inte komma närmare än till avspärrningen men de tryckte mot plasten och avfyrade fotoblixtar med sina kameror. Det hördes om vartannat ”Ach du liebe”, ”Oh mein gott”, där de uttryckte sin häpnad. Keith knäppte med sina fingrar och ställde upp Allah-kören bakom Rosita och Emrik, en färgglad kör klädd i fotsida dräkter.

Ingen hade brytt sig om att binda fast Andy, Hardy och Ola-Conny efter det snopet korta bröllopet, så de strövade fritt på gården och tog för sig av både salladen och blombuketterna i vaserna. Mätta och belåtna gick de sedan in i stallet och lade sig framför Rosita och Emrik och tryckte fram sina klövar som de lade sina huvuden på.

Lisa lutade sig mot Harald.

”Nu fattas bara de tre vise männen.”

De tittade efter potentiella visa män, men hippierna hade hittat Ralfs informella punschbål och gick omkring med röda ögon från sprit och torkat gräs som de smuttade med långsamma bloss på.

En ambulans svängde in med blåljusen på. Den saktade av vid spärrtejpen, men körde igenom den och parkerade framför ladan.

Två män rullade ut en bår som de bar in i stallet medan den tredje stod kvar vid ambulansen och ringde sjukhuset.

"Vi kommer med bår, smärtstillande och navelklämma."

Harald klappade Lisas arm.

"De där får duga som de tre vise männen."

29

Vilja hade kommit hem. Ralf berättade den glada nyheten när han lastade ut potatissäckarna som Hallelujabröderna hade beställt till församlingen.

Vilja hade sett ut att må bra och hade bjudit honom på kaffe och bullar hon köpt på Kiviks marknad. Tillsammans med sin syster hade hon bilat från Ystad upp till Jokkmokk och tillbaka. Hon hade fått sig en tankeställare och ville göra allt det hon ännu inte hade hunnit göra. Tänk om Helgeryd och Gyllene Vilan inte var något för henne.

Ralf uttryckte sin oro till Harald. Tänk om hon ville sälja allt hon ägde och flytta hem till systern? Varifrån skulle han få pengarna för att köpa ut henne? En stor del av hans sparpengar hade gått åt till att rusta upp Eden och starta flera sidoverksamheter som ännu inte bar sig ekonomiskt. Han fick visserligen en fast inkomst från Migrationsverket för att ta hand om flyktingarna. Sedan fick han lite från statskassan för att hålla hela byn upptagen och verksam.

Ralf hade bjudit in Vilja till nästa gudstjänst och hon hade lovat att tänka på det. Det var några saker hon måste uträtta först.

Harald kämpade emot viljan att fly från platsen. Samtidigt visste han att det här var hans chans att rätta till ett stort misstag. Kroppen var inte lika villig till det. Hans ben var som gelé och de dallrade till hjärtats rytmiska trumslag och vibrerade upp till öronen. Blodet brusade som vattenfall mot trumhinnorna.

Ralf åkte iväg till affären för att få igång de nya sommarvikarierna som skulle sälja livsmedel och hyra ut stugor. Harald blev stående vid dörren efter att ha vinkat av honom. Vad skulle han göra nu? Han gick omkring i rummen, i korridoren, öppnade och stängde dörrar och letade efter inspiration. Tröttheten hade kommit smygande, ett högst opassande sinneläge. Matlagningskursen skulle ta över köket klockan åtta och två timmar senare skulle de sadla om till en ny verksamhet och tillverka kroppkakor. Gyllene Vilan hade fått sin sista sats klistrig potatis av kommunen och all deras mat tillagades nu i Edens kök.

Spelet skulle vara slut efter lördagens gudstjänst. Vem visste vad Vilja ville. Han visste att han skulle lämna tillbaka pengarna. Hon kanske benådade dem eller så gjorde hon det inte. Harald hade kommit till ett vägskäl i livet och valde att bära konsekvenserna av sina egna handlingar. Men det fanns fler som skulle få lida. Nej, han skulle ta hela straffet. Det var han som hade tvingat Simon och Emrik att klä ut sig till mormoner. Eftersom de var rikskända och kända ända bort till Tyskland kunde de inte sticka även om de ville. Deras pappa hade haft flera orter att gömma sig på, men polisen hade ändå hittat honom. Det hade varit svårt att förklara för grannungarna varför polisfarbrorn Benny satte handfängsel på deras pappa, samtidigt som Harald fick den försenade födelsedagspresenten som hela poliskåren samlat ihop till.

Den sista gudstjänsten skulle sammanfatta lärdomarna Hallelujabröderna hade lärt ut. Det var inte lätt. I början tog de vilket budskap som helst, för att sedan anamma Bibeln, extrahera det viktigaste och sedan överge texterna. Harald hade träffat Jesus, Gud och änglar av olika kategorier. Blev inte var och en salig på sin tro? Nu visste han varken ut eller in. Han skulle återfödas och sedan? Och om han vägrade, skulle han tryckas in i Nirvana, där alla själar upplöstes och blev ett? Nästa gudstjänst skulle inte bli glädjefylld.

Lisa hade åkt hem till Stockholm, men hon skulle komma tillbaka så fort hon fick familjen på tåget som skulle ta dem till pappans norrländska kollektivby. Rut och Hans hade kommit på vänskaplig fot och hade tagit igen alla åtskilda år på en gnisslande resårmadrass. Lisa skulle gå på en arbetsintervju, som hon inte såg fram emot. Hon var säker på att hon inte skulle få jobbet eftersom hon saknade referenser. Hennes tidigare jobb hade alla i princip slutat på samma sätt, att hennes chef skrek åt henne och att hon visade fingret åt vederbörande.

Harald drog bort tankarna från sin självförebråelse. Gurkan stod framför honom och såg allvarlig ut. Harald hade alltid tyckt om honom. När han var ung hade han knyckt en gurka av honom på grönsakstorget. Istället för att Gurkan blev arg på honom, hade han fått stå där en eftermiddag och sälja squash, gurkor och tomater. Efter det, när han gick förbi, kom Gurkan alltid fram till honom med en plastpåse full med grönsaker och bad honom hälsa till resten av familjen. Han visste vem Sickan var. Ibland fick Harald hämta hem honom från en av parkbänkarna och då såg Gurkan hur han fick slita hem sin redlösa pappa. Ibland hände det att Gurkan körde hem dem. Det var så Harald hade fått veta att Gurkan och hans fru var barnlösa, att de hade försökt få barn i femton år. Mona hade blivit bitter och instängd av det och Gurkan hade tytt sig mer till sina grönsaker.

Harald sträckte ut sin hand till Gurkan som tog den och drog honom till sig. Han slöt Harald i en bamsekram.

"Har jag någonsin sagt hur mycket jag uppskattar allt du har gjort? Kommer du ihåg första gången vi träffades? En tjuv med vattenkammat hår? Det var något som inte stämde med dig. Du såg så ledsen ut. Din mamma hade blåsor i munnen och ville ha gurkstavar att suga på. Att stjäla för sin sjuka mammas skull, det var något nytt det."

Harald tittade ner på golvet. Han hade tappat sin röst när tårarna svämmade över.

"Gick allt bra med dig och Emrik? Vi tappade kontakten där ett tag, för Simon blev upprörd varje gång han såg er. Det rörde upp många minnen. Det går väldigt bra för er nu, ser jag."

Gurkan tittade sig omkring i rummet och fastnade med blicken på garderoberna där broderade västar och dräkter hängde från metallgalgar. Harald följde hans blick.

"Allt är inte alltid som det ser ut att vara."

"Jag vet. Jag och Mona insåg när Simon försvann att vi inte har någonting kvar där hemma på Vargön. Vi har knappt några vänner kvar, för alla är upptagna med sina barnbarn. Vi har varit stränga mot Simon, men som du kanske vet var vi tvungna. Eden har gjort honom mer gott än Vargön gjort honom under alla år.”

Harald hade varit för upptagen med att överleva och inte sett vad som hänt bröderna. Alla hade nog förändrats till det bättre.

Gurkan drog efter andan.

”Vi har tänkt och har ett förslag. Jag och Mona säljer vårt hus och investerar i verksamheten här nere. Ralf drack några drinkar för mycket på bröllopet och avslöjade att han behövde investerare. Verksamheten växer snabbare än han trodde. Vet du att Eden nu är det största företaget i trakten och de som anställer mest just nu om man räknar med hans andra verksamheter? Mona kan gå in i städfirman med Ralf. Hon kan ett och annat vad gäller städhygien, för hon är städledare på sitt jobb.”

”Jag tror inte att det är någon bra idé.”

Harald hade avslöjat allt, rakt av. Gurkan var en sådan man anförtrodde sig till. När Harald hade fått veta att deras mamma var döende hade han berättat allt för honom. Inte ens nu förmådde han ljuga. Det var Gurkan han hade sprungit till när Simon hamnade på lasarettet, den enda vuxna han kunde lita på. En som kunde ordna upp allt, som kunde fostra Simon som hans egen son.

Gurkan lade handen på hans arm.

”Stopp! Säg inget mer. Harald, du är god, men en smula naiv. Har du tänkt på varför Vilja inte hade pengarna på banken? Det är inte lite pengar det. Gamla tanter har pengar i madrassen, men det rör sig aldrig om större summor.”

Vad visste de egentligen om henne? Var hon en rar gammal tant eller en maffiafarmor? Tänk om pengarna inte ens var hennes.

”Det spelar ingen roll. Jag gjorde fel.”

Gurkan hummade och det såg ut som om han tänkte.

”Tänk om man ibland måste göra fel för att det ska bli rätt? Tänk om det ibland behövs en knuff för att hamna i rätt riktning?”

Hade inte deras liv alltid ordnat upp sig, även när det var som värst? Det fanns ofta en öppning i väggen och fanns det ingen fick man själv knacka upp ett lagom stort flykthål. Om han inte hade knyckt gurkan från Gurkan skulle kanske Simon inte ha fått ett så bra fosterhem, ett hem hos den varma Gurkan och den sträva Mona, som med fast hand hade gett honom det han behövde.

Harald tittade upp på Gurkans varma ögon.

"Är du helt säker?"

"Jag är säker. Jag har pratat med Ralf och din granne Paavo. Jag ska arrendera ett stycke mark av honom. Er mark på er sida om staketet duger till att hålla djuren, men den är alldeles för lerig och kompakt för att kunna odla något på. Jag hinner inte odla så mycket i år, kanske kryddor och salladsblad. Den här gången ska jag ha ett större växthus, kanske en liten gårdsbutik för plantor och krukblommor. Tiden får utvisa vad det blir. Jag litar på försynen."

Lita på försynen. Vad betydde det egentligen? Han måste lita på planen, att för varje val han utsattes för, om han valde den som var mest moraliskt rätt skulle allting ordna sig. Och att det fanns avfarter genom hela livet där man fick en ny chans att hitta tillbaka till rätt väg igen.

En taxi åkte in på gården. Emrik och Rosita klev ut med ett litet knyte. Rosa. De hade bråkat, för Rositas ansikte var randigt av maskaran som hade runnit ner. Hennes ögon var röda och underkanterna svullna. Det var ovanligt, för Emrik hade aldrig bråkat med någon.

Rosita höll upp Rosa som låg i hennes famn, men Emrik skakade på huvudet.

"Bli inte arg Emrik. Det är bara mina föräldrar."

"Jag gillar dem inte. Var det inte de som kastade ut dig när du var gravid?"

"Men nu har bebisen kommit och jag är gift. De kommer att ändra sig."

"Vi får se."

Taxichauffören öppnade bagageluckan och gav Emrik Rositas övernattningsväska.

Harald iakttog dem försvinna upp på sitt rum. De hade tagit över rummet bredvid sitt eget på övervåningen. Allt hade målats om i rosa. De hade hittat möbler på vinden, ett skötbord och en babysäng. Två hyllor på väggen ovanför bordet hade fyllts med blöjor, talk och våtservetter.

Ralf var den första att gratulera den nyanlända bebisen. I en stor vedkorg hade han plockat ner Ica:s sortiment, nappflaskor, nappar och små rosa strumpor som såg ut som små fingervärmare. Mona och Gurkan hade inget med sig, men en flaska vin som de haft i bagaget gav de till det unga paret att skåla i. De asylsökande, från matlagningskursen och kören, ställde sig vördnadsfullt i korridoren. Kvinnorna formade fingrarna till ett o vid läppen, smattrade med tungorna i munnen och skapade ett läte som steg upp från strupen. Simon och Elsa kom hand i hand, satte sig vid sängen och tittade nyfiket och blygt mot den nya församlingsmedlemmen.

Elsa ville veta om det gjorde ont att föda, medan Simon undrade om det någonsin skulle se ut som vanligt därnere igen. Harald hade alltid trott att det var han som skulle bilda familj först, för när han tänkte efter var han den som var stabilast av dem och hade framtiden för sig.

En bil hade stannat på gården. Däcken hade gnisslande bromsat in. En svart Mercedes blänkte i solen. Tre tärningspar i framrutan, vita och fluffiga, dinglade i backspegeln. Ut ur bilen klev tre svartklädda personer, en man och två tonåriga pojkar, med blänkande spetsiga skinnskor, vita skjortor och svarta västar. På huvudet bar de svarta platta cylinderhattar som såg ut som sockerkaka på fat, men som bakats med för lite bakpulver. De var lite för låga för att få in ett huvud i, utan balanserade ostadigt på hjässan.

Harald hade gått ut för en nypa frisk luft och hade sett dem först. Maffia, var det första han tänkte och sprang in. Han trodde att han var trött, men han sprang fort upp till andra våningen och beskrev de nyanlända.

Rosita drog efter andan.

”Pappa och mina bröder.”

Emrik tog Rosa från henne och skyddade sig bakom henne som om hon var en airbag.

”Borde jag bli orolig?”

Rosita skakade på huvudet och tog morgonrocken från väggkroken. Hon tänkte gå ner och möta dem, men det behövde hon inte. De stod redan på andra våningen. Rositas pappa Dimitri spände ögonen i Rosita, lyfte upp handen och vinkade henne till sig.

”Kom! Mamma väntar i bilen.”

Rosita hade varit på väg mot sin pappas famn, men stannade i mitten av rummet. Emrik tryckte Rosa mot sig.

”Ska jag komma ner och hälsa på mamma? Är hon trött igen?”

Dimitri vinkade med handen att följa honom.

”Du ska hem nu.”

Rosita satte sig bredvid Emrik på sängen.

”Det här är mitt hem. Har du hälsat på min man Emrik? Vi gifte oss för några dagar sedan. ”

Dimitri fortsätta stirra på Rosita.

”En gajo? Det räknas inte. Är den där hans?”

Han pekade på barnet som verkade veta att det pratades om henne för hon började skrika oroligt.

”Vi förlåter dig, men du lämnar den här. Marco har lovat att ta dig. Jag lämnar min bilfirma till honom. På så sätt stannar den kvar i familjen.”

Rosita strök handflatan över ögonen.

”Älskar du mig, pappa?”

”Det hör inte hit. Du är vår dotter, räcker inte det? Ta på dig anständiga kläder och kom ner. Du vet att jag kan tvinga dig att följa med oss.”

Hennes bröder hade inte sagt något utan stått och stirrat på golvet. Nu närmade de sig Emrik och Rosita och bröstade upp sig. Harald reste sig upp och det gjorde även Emrik, med Rosa i famnen. Rosita höll upp sina händer och bad dem lugna sig. Hon vände sig om till sin pappa med ilska i rösten.

”Om ni inte låter mig vara kommer jag att avslöja vad jag vet. Jag har fotat alla bilar du sålde svart och ditt häfte med försäljningen. Om du så kröker ett hår på någon av dem här, ska jag ta hand om dig. Det var Marco som gjorde mig gravid.”

”Det räknas inte. Du var inte gift, du kan ha legat med vem som helst, till och med den där färglösa pojken.”

Dimitri pekade på Emrik.

Emrik gav Rosa till Harald och ställde sig bredvid Rosita. Hans ansikte var samlat och pannan var i djupa fåror.

”Min fru stannar här.”

Dimitri tittade på Rosita.

”Din mamma kommer att bli mycket ledsen.”

”Inte lika ledsen som min dotter kommer att bli om jag lämnar henne. Mamma är man alltid och man älskar sitt barn oavsett vad den gör eller har gjort. Jag kan inte förstå att ni inte kan älska mig och mitt barn.”

Dimitri knäppte med fingrarna framför henne och lutade sig hotfullt fram.

”Jag förstår dig inte. Du ska bara lyda mig. Om jag säger till dig att komma hem, så gör du det.”

Rosita tittade ner på den sovande Rosa i sin famn.

”Hälsa mamma, från mig. Nej förresten, gör det inte.”

Pappan hade gått ner, men bröderna stod kvar i rummet. Ett mänskligt drag hade smugit sig in i deras ansikten, vilket fick dem att se unga och sårbara ut. Rosita tittade ner och lade händerna för ansiktet.

”Ni måste följa pappa. Han har bara er nu.”

Harald stod kvar en stund och iakttog hur bilens baklyktor sken upp och sedan försvann. Han låste dörren och hoppades slippa mer oväntat besök. När det knackade på dörren hoppade han till. Hade de kommit tillbaka för att utkräva blodshämnd?

Han låste försiktigt upp dörren och kikade ut. En äldre kvinna stod på trappan och stödde sig mot en käpp.

"Jag förmodar att du har väntat på mig? Undrat när jag skulle dyka upp?"

Harald öppnade dörren på vid glänt och släppte in Vilja Gustafsson.

30

Livet gick inte på räls eller ens kom i tid. Livet spårade ibland ur, vilket det hade gjort för Harald, Emrik och Simon. Hallelujabröderna hade nu kommit till ett vägskäl där den stora vägspärren utgjordes av Vilja Gustafsson.

Vilja tog av sig sin kappa och hängde på en krok i hallen. Harald tog hennes arm och ledde henne bort till församlingssalen.

Hon satte sig på en av de mittersta bänkarna och tittade sig runtomkring.

"Det har hänt en hel del sedan sist, kan jag se."

Harald berättade kortfattat om alla projekt som var på gång i huset. Att de flesta sköttes av Ralf utom kören som dirigerades av Keith. Nästa år, om de var kvar, skulle de odla ekologiskt och eventuellt öppna en sommarrestaurang. Han lät den outtalade frågan hänga kvar i luften, men Vilja nappade inte på den. Hon stirrade rakt framför sig, gick bort till fönstret och tittade bort mot stallet och hönsgården.

"Min far grundade ett av de första mormonsällskapen i Sverige, men tiden var inte mogen för det. De blev utbuade från byn, men jag kom tillbaka. På 70-talet startade jag och Ralf en församling och vi kallade oss *Syster Måne och Bror Sol*, men tiden var inte mogen för det. Det var bara jag, Ralf och vår revisor på slutet. Vi hängde av oss församlingskläderna och stoppade in dem i garderoben. Men så hade jag en dröm, där huset växte från ett litet frö, vattnades och togs om hand av tre trädgårdsmästare. Jag berättade om drömmen för Ralf och vi åkte tillbaka hit, tog bort plankorna från dörren och fönstret och vädrade. Vi tvättade alla kläderna, hängde tillbaka dem i garderoben och väntade på att tre människor skulle dyka upp."

Harald räknade baklänges i tiden. Det var då de hade börjat planera rånkuppen i Helgeryd.

"En dag när jag hängde lakan ute i trädgården, såg jag en kvinna komma gående. Jag såg henne genom tyget. Hon stannade vid lakanet och sträckte upp sin hand. Jag kunde se fingrarnas konturer och den tunna vigselringen på fingret. Hon hälsade inte utan började genast prata.

"'Bli inte rädd, men det kommer tre bröder och tar något som är värdefullt från dig. Gör inte motstånd'. Jag tittade ner på marken där det borde ha funnits två par fötter, men där fanns inget. Hon flöt någon centimeter i luften. När jag lyfte på lakanet var hon borta, som om hon aldrig varit där."

Harald anade att någon han kände hade haft ett finger med i spelet.

"Och samma kväll knackade ni på dörren. Jag gick först ut till sovrummet för att ställa tillbaka sportbagen med pengar i garderoben, men där stod den där kvinnan igen och skakade på huvudet. Jag blev så rädd att jag backade tillbaka till hallen. Ni fortsatte att knacka och jag öppnade. I det tillståndet ville jag verkligen inte vara ensam och hade börjat tvivla på mina sinnen. Jag hade hämtat ut pengarna från banken utan att veta vad jag skulle ha dem till. Jag visste inte varför jag gjorde det."

"Förlåt!"

Harald tittade ångerfyllt på Vilja, som svarade med att klappa hans hand.

"Det kommer mera. Jag blev kontaktad av en kvinna från Kammarkollegiet. Hon utredde Hallelujabröderna och eftersom jag stod som huvudägare för huset kontaktade hon mig. "

"Lisa Nyrén."

Vilja vände sig nyfiket mot honom.

"Hur visste du det?"

"Det är min flickvän."

Vilja lyfte förvånat på ögonbrynen.

"Märkligt, för när jag fikade med henne i Stockholm sa hon att alla män var idioter. Jag förstår henne. Jag har känt en hel del idioter."

"Det var kärlek vid första ögonkastet. Det slog gnistor om oss."

”Det kan jag tänka mig. Hon är temperamentsfull och viljestark.”

”Hon trodde inte att vi var en riktig sekt.”

”Jag sa att det var jag som hjälpte er att starta Hallelujabröderna, att jag var en av dess grundare. Ni steg av dansbandsbussen och träffade mig, såg att det lyste i Eden och klev in. Det var så ni blev räddade. ”

”Det är inte riktigt sant. Vi träffade Ralf i lanthandeln och han gav oss nyckeln.”

”Ni måste ha glömt hur det gick till, för både jag och Ralf är överens om det.”

Harald stirrade på Vilja som log mot honom.

”Ska du inte ange oss?”

”Det som ni gjorde var otroligt dumt, men jag har kollat upp er. Det är första och förhoppningsvis sista gången ni gör något sådant. Det finns en mening med allt.”

”Jag har svårt att se meningen med vissa saker.”

”Men ändå, så finns det en mening med allt.”

De hade pratat hela natten och de tittade upp när de såg solljuset strömma in genom fönstren. Sova var inte att tänka på, för husfolket började vakna. Lilla Rosa skrek hungrigt på övervåningen och de hörde hur Rosita hyssjade henne med en romsk vaggsång.

Simon kom inklivandes med stallstövlarna på och spred en stank av gödsel och sommargräs. Han kliade håret under kepsen.

”Andy födde idag. Hardy är stolt pappa till en liten killing vid namnet Stanley. Han sa själv vad han hette, mycket märkligt.”

Märkligare saker än så hade hänt, att djuren namngav sig själva. Harald lyfte handen till pannan.

”Vad är det för dag?”

”Lördag”, svarade Emrik sömndrucket. I handen höll han en bricka med muggar som han hade fyllt med kaffe. Ralf måste ha sovit över för han kom bärande på ett paket mjölk och en skål med socker. Gurkan hade kaffeskedar i handen. Som den naturligaste saken i hela världen hade Mona tagit över Rosa från Rosita som behövde duscha och slog sig ner bredvid dem vid köksbordet.

"Så vad händer idag?"

Simon, Emrik och Harald svarade i munnen på varandra.

"Gudstjänst."

De hade hjälpts åt att bära ut bänkarna på gården och placerat dem i en ring runt en öppen plats på gräsplätten där Harald nu stod. Han hade inte bytt om till sina vita plagg utan tagit på sig det bekvämaste han hade, en stor t-shirt, ett par blåjeans och gymnastikskor. Ändå utstrålade han karisma, ett lugn som hade lagt sig i hans kropp. Han behövde inte ha koll på livet, för livet hade koll på honom. Bara slappna av och vara människa istället för besserwisser, en som visste svaret på allt.

Emrik gick bort till klockstapeln och ringde in kapellbesökarna. De kom gående över fältet, Paavo med sina hippiedrängar, Simon och Elsa från hönshuset där de varit och utfodrat hönorna och tyska turister som kom promenerande från de röda stugorna. Barnfamiljer hade brett rödrutiga filtar på gräsmattan och packade nu upp termosflaskor och kanelbullar ur sina fikakorgar. De enda som saknades var Rositas mamma Katarina, pappa Dimitri och småbröderna Abel och Allan. De som kände sig kallade kom och satte sig i ringen. Ty som Vilja hade sagt, man kan inte tvinga människor till gemenskap. De kom när de var beredda. En del blev det aldrig, utan envisades med att vara separerade från andra människor och göra sig själva eländiga i ensamheten.

Harald lyfte upp handen till ögonen och spejade. Det fanns en till han saknade, men hon måste leta jobb för att ha råd med sin stockholmslägenhet. Åh, vad han önskade att hon var där. Han hade en viktig sak att säga till henne. Han älskade henne i all hennes omöjlighet och hon fick honom att vibrera av känslor.

En orange folkabuss svängde in på gården. Lisa klev ut och skyndade sig bort till Harald. Harald höjde förvånat sina ögonbryn. Han hade bett om att få se henne. Tydligen hade han blivit bönhörd.

”Vad gör du här?”

”Jag fick ett jobberbjudande jag inte kunde motstå. Uruselt betalt, men jag får lov att jobba med det jag gillar och med människor jag älskar.”

Haralds axlar sjönk ner. Hon hade säkert fått jobb utomlands, kanske i USA. Lisa kysste honom på kinden.

”Du ser inte klok ut, älskling. Hälsa nu snällt på er nya koordinator, mig. Det blev klart med Vilja i går, men jag fick inte lov att säga något förrän idag. Hädanefter kommer alla inköp och verksamhetsplaneringar att gå genom mig. Jag har hört att ni ska öppna en restaurang. Över min döda kropp. Det är jag som bestämmer om det blir något med det.”

Harald blinkade och tittade bort mot Vilja som vinkade glatt. Han harklade sig och lyfte upp mikrofonen till munnen. Publiken satt på sina bänkar. De var tysta, men gungade fram och tillbaka som en enda stor familj.

”Välkomna gott folk till Hallelujabröderna. Vi tillåter alla att vara som de vill. Senare idag är det gratis inträde i Noaks Ark där ni bjuds på våfflor med grädde och sylt i kaffestugan. Ni kommer att få möjlighet att klappa alla djuren samt fråga vår djuransvarige Simon alla frågor ni vill.”

Det blev en kort gudstjänst, men mycket sagt ändå. Harald och Vilja berättade den förunderliga historien om hur de hade träffats, minus det att de hade rånat henne. I deras version hade Vilja trugat på dem sportbagen med pengar, för pojkarna såg så pålitliga ut. Sluta vara mormoner och bli i egen regi och kalla er för Hallelujabröderna. En ur pressen som hållit reda på alla sanningar och osanningar frågade Vilja, om det ändå inte var så att pojkarna hade hoppat av dansbandet Ola-Connys, att de klivit av i Helgeryd när de skulle ut och pissa. Jo, visst var det också sant, eller så blev det sant ju fler gånger man upprepade det. När Gud fann dem i skogen var de mer än mottagliga. Man kan vara allt möjligt i livet och helt omöjligt var det väl ändå inte att både sekter och dansband sjöng lovord och löftesrika ord till människor som längtade efter närhet. Alla letade efter närhet, antingen genom att trycka sig mot varandra i en kyrkbänk eller när man svängde sina ben på dansgolvet.

Harald lyfte välkomnande upp sina händer.

"Möt min stora familj. Res er upp, så att alla kan se."

Han pekade mot var och en av dem och sa något snällt om personen som antingen rodnande böjde sitt huvud eller vinkade glatt mot publiken.

"Simon, min lillebror, jag trodde ett tag att det var kört för dig, det är sant, men så läkte djuren dig. Emrik, min bror, du vet att jag aldrig lämnar dig, men nu har du en egen familj. Jag har hört dig säga ifrån. Du är starkare än du tror. Rosita, min svägerska. Vet du om hur underbar och omtänksam du är? Du säger inte mycket, men du tar hand om oss och lagar underbar mat. Mona och Gurkan, välkomna ombord. Tack för att ni tog hand om lillebror när han behövde det som mest. Tack Gurkan för dina kloka ord. Mona, jag känner dig inte så väl, men mitt hjärta svämmar över av ord som alla uttrycker tacksamhet. Ralf, du är så öppen för allt. Du vågar och satsar allt. Du undrar inte om något är omöjligt, utan du möjliggör allt. Jag hoppas inte jag har glömt någon, tack Keith och kören. Det jag vill säga Lisa, vår nya koordinatör, stannar tillsvidare mellan henne och mig tills jag har fått ett ja från henne."

Lisa satte handen för munnen och skrattade tills hon föll ihop av skrattsalvor på bänken.

"Några saker till. Jag har inte fått ihop allt än, men jag tror vi alla hänger ihop på något sätt. Att vi påverkar varandra. Vi behöver inte gudstjänster, utan människotjänster där vi möts och hjälper, stöttar och håller om varandra. Låt oss vara ljuset i mörkret och skingra skuggorna. Människor har den fria viljan. Den fick vi av Han där uppe, men det finns människor här nere med så mycket vilja att de påverkar människor runtomkring dem. Vi har alla brister, men vi är också varandras styrkor. Bara tillsammans kan vi bli hela."

Harald viskade amen för sig själv och tittade ner på publiken som klappade händerna. Ett skrik klöv genom det och Rosita reste sig upp och gick fram till Harald och lade den nyfödda brorsdottern i hans händer.

"Jag glömde introducera vår nya medlem, Rosa Karlsson. Mamma, om du är där uppe, hälsa på ditt första barnbarn. Är hon inte vacker?"

Rosa skrek till. Harald tittade ner på henne. Rosa log och blinkade med ena ögat. Hennes rörelser var skakiga, men hon förde försiktigt fram sina händer och knäppte dem till bön. Harald stirrade på henne.

"Mamma? Herregud, är det du?"

Rosa avfyrade ett tandlöst leende mot honom, blinkade och blundade sedan samtidigt som hon sträckte ut sina händer som om hon skulle till att flyga.

Den fria viljan gällde inte bara de levande utan även de olevande i ett böjbart universum som bände och vred sig efter sina spelare. Medan Harald funderade över alla händelser som slutat i Helgeryd, ställde sig Keith och kören framför publiken och började sjunga. Vilja och Ralf nickade mot varandra, reste sig upp från bänkarna och gled ljudlöst bort från församlingen. De lutade sig förtroligt mot varandra, tog varandra i hand och löstes upp i dimma.

271